더 싱어
The Singer

더 싱어 1

강선우 N세대 장편 소설

초판 1쇄 찍은 날 § 2003년 8월 20일
초판 1쇄 펴낸 날 § 2003년 8월 30일

지은이 § 강선우
펴낸이 § 서경석

편집장 § 문혜영
편 집§ 김희정
마케팅 § 정필 · 강양원 · 이선구 · 김규진 · 홍현경

펴낸곳 § 도서출판 청어람
등록번호 § 제1081-1-89호
등록일자 § 1999. 5. 31
어람번호 § 제3-0011호

주소 § 경기도 부천시 원미구 심곡1동 350-1 남성B/D 3F (우) 420-011
전화 § 032-656-4452 팩스 § 032-656-4453
http://www.chungeoram.com
E-mail § eoram99@chollian.net

© 강선우, 2003

값 9,000원

ISBN 89-5505-783-0 04810
ISBN 89-5505-782-2 (SET)

※ 파본은 본사나 구입하신 서점에서 교환하여 드립니다.
※ 저자와 협의하여 인지를 붙이지 않습니다.

강선우 N세대 장편 소설

더 싱어
The Singer

1

도서출판
청어람

C O N T E N T S

이야기를 시작하기 전에…

신 홍길동전 1부가 끝나고 두 번째 작품입니다.

처음 이 소설의 제목을 정하고 구상을 하게 되면서 저는 제가 그토록 쓰고 싶었던 글을 쓴다는 것에 대한 흥분과 전율을 느꼈던 한편, 그에 비례한 두려움 또한 느끼게 되었습니다. 그것은 내가 과연 음악과 소설을 잘 접목시켜 누구나 재미있고 쉽게 읽을 수 있도록 글을 쓸 수가 있을 것인가에 대한 것이었습니다. 조금이라도 연구와 자료 수집을 게을리 하면 이것은 기존에 나왔던 연예인들의 모습들을 그린, 그런 소설과 다를 바가 없어지게 되니까요.

하지만 조금 더 지나치게 된다면 이것은 재미있게 읽을 수 있는 『소설』이 아닌, 음악 상식 교본이 되어버릴 것이고… 정말 힘들고 어려웠습니다.

연재를 하게 되고… 수많은 독자 분들의 과분한 사랑을 받게 되면서 다행히 그 정도까지는 가지 않았다라고 판단했지만, 그래도 저에게는 남아 있는 과제가 있었습니다. 그것은 단지 좋은 곡들과 가사들의 덕을 보지 않아야 한다는 것이었습니다.

여기서 자칫 잘못하면 '이런 명곡들로 팬들의 관심을 유도한다면 누군들 인기를 못 끌겠느냐' 라는 소리를 들을 수가 있기 때문이었습니다.

이 글을 처음 시작할 때, 그리고 이 글을 쓰기 시작하면서… 저는 제가 믿고 있는 하나님에게 매일같이 기도했습니다. '무언가를 남길 수 있고, 또 독자들의 가슴에 오래 남을 수 있는 글을 쓰도록 저에게 지혜와 명철을 허락해 주세요' 라고… 그리고 지금도 기도하고 있습니다만… 과연 제가 섬기는 주님이 그 기도에 대한 응답을 들어주셨는지 안 들어주셨는지, 또는 들어주실 것인지 안 들어주실 것인지에 대해서는 잘 모르겠습니다. 저는 너무도 미련하니까요.

하지만 분명한 것은 저에게 독자 여러분들이 너무도 과분한 사랑이라는 더 큰 은혜를 베풀어주셨다는 것입니다. 그래서 저는 감사드립니다.

이 글은 『세계 최고의 가수』라는 큰 꿈을 가진, 어렸을 적 자신의 소중한 두 친구와 함께 나눠가졌었던 한 소년의 이야기입니다. 그러나 그 소년은 아버지가 갑작스레 행방불명되고, 또 어머니가 돌아가시게 되면서 험난한 삶에 부딪혀 수많은 좌절과 절망감을 떠않게 됩니다. 그리고 결국에는 자신의 그 꿈을 포기하게 됩니다.

소년은 꿈을 바꾸었습니다. 자신보다 똑똑하고 자신보다 미래가 밝은 동생을 훌륭하게 키우겠다고 말이죠. 그렇게 되면서 어린 나이임에도 불구하고 소년은 홀로 일어서려고 현실에 맞서 발버둥 치기 시작합니다. 하지만 운명은 너무도 짓궂습니다. 소년은 세 명의 인연들과 관계를 맺게 되면서 어렸을 적 잊어버렸던 그 꿈을 다시 꾸게 되었으니 말이죠.

하지만 소년은 그 꿈을 꾸는 것을 두려워합니다. 꿈에 빠져 사는 자의 가족들이 얼마나 괴로웠었는지를 몸소 체험한 적이 있기에… 또한 이미 소년에게는 동생을 훌륭히 키우겠다는 전혀 다른 꿈이 자리 잡고 있었기 때문입니다.

더 싱어의 이야기는 한 소년의 꿈을 계기로 이렇게 펼쳐지게 됩니다. 오늘처럼 험난한 아스팔트의 시대에서 치열하고 살고 있는 독자 여러분들에게 이 책을 통해 제가 전하려는 조그마한 따스함과 행복을 조금이라도 느끼셨으면 좋겠습니다.

마지막으로 저와 항상 함께하여 주시는 주님께 감사드리고 싶습니다. 또 저에게 인생의 즐거움을 느끼게 해준 나의 벗 피아노 숲의 작가 한상찬 군과 내 인생 길의 선한 조언자인 소도 이야기 진룡강신검의 훈이 형, 내 든든한 심적, 물적 후원자인 우리 새벽 이슬파의 멤버 지은, 현호, 은정, 소영 누나, 형들과 은숙 전도사님, 항상 나를 지켜봐 주고 존재 그 자체만으로도 큰 힘이 되어주시는 사랑하는 나의 가족… 신 홍길동전 공식 팬 카페의 주인장인 진이와 운영자 분들…

여러모로 도움을 주신 세계 격투기 챔피언 권영철 사범님과 이름을 빌려준 우리 교회 중·고등부의 사랑하는 나의 제자들, 그리고 언제나 축복하고 사랑하는 중보 동역자 현주 누나, 찬송이 형, 그리고 너무 존경하고 사랑하는 유종수 목사님.

끝으로 제 글을 아껴주시고 항상 제 건강을 염려해 주셨던 독자 여러분들께 작가라고 불리기에는 아직 너무도 부족한 글쓴이가 고개 숙여 감사의 인사를 올립니다.

여러분들을 진심으로 사랑하고 축복합니다.

어느 화창한 봄날에 강선우 올림.

프롤로그

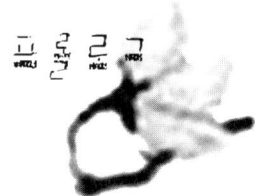

꿈.

"빌보드야, 빌보드! 길보드나 그런 엉성한 곳 따위가 아니라고. 세계, 세계란 말이야!"

"약속이다. 우리는 커서도 반드시 함께 음악하는 거야. 너는 기타, 너는 드럼, 그리고… 나는 노래. 싱어 말이야, 싱어(Singer)."

어린 세 소년들의 치기 어린 약속.

"우린 말이야, 반드시 유명해질 거야. 아주 퍼펙트한 남자들이 될 거라고. 두고 봐, 우리가 반드시 세계를 놀라게 해 보일 테니깐 말이야. 하하하!"

나는 기타리스트. 인수 녀석은 드러머. 그리고…….

"기분 좋다! 야, 기분이다! 내가 콜라 쏜다!"

음인이 녀석은 싱어.
천부적이라는 단어가 어울릴 정도로 멋진… 그리고 두근거리는 목소리를 가지고 있던 그 녀석… 나의 친구 음인이.

"야~ 야! 콜라는 그렇게 무턱대고 마시면 안 돼. 이렇게 슬쩍 따서 김을 다 뺀 다음 천천히 맛을 음미하는 거라고. 톡 쏘는 맛을 말이야. 잘 봐. 그러니까 이렇게 톡 따서… 어라? 미안하다! 모르고 네 것을 마셔 버렸잖아? 아하하!"

언제나 활기 찼던 녀석은 나에게 그리고 우리 모두에게 있어 삶의 활력소이자 소중한 재산이었다.
사실 나는 어설픈 실력으로 기타 치는 것보다 신나게 노래 부르는 것을 더욱 좋아했다. 그래서 싱어는 내가 하고 싶었지만 그래도… 나를 가장 잘 이해해 주고 위해주었던 음인이었기에 나의 욕심 정도는 까짓것 그냥 접어버리기로 마음먹었다.

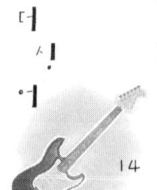

그래도 셋만 있을 때는 마냥 좋기만 했다.

―뚜우우우…….
―엄마… 어, 엄마아―!

초등학교 4학년.
 엄마는 나보다 한 살 어린 남동생을 남겨두고 이 세상을 떠나셨다. 내가 초등학교 2학년이었을 때 어디론가 멀리 떠나 버리신 아버지를 결국 만나지 못한 채로 말이다.
 그래, 솔직히 말하자면 아버지가 원망스러웠던 것은 사실이다. 그때 당시 내 눈앞에 있었더라면 주먹을 꽉 쥐고 있는 힘껏 때려 버리고 싶었을 정도로 아버지가 무척이나 원망스러웠었다.
 그러나 어머니의 쓸쓸한 죽음 앞에서, 그리고 동생을 나 홀로 돌봐야 한다는 책임감 속에서 나는 아버지에 대한 원망을 잊어버리기로 했다. 애당초 아버지가 떠난 그날부터 지니고 있었던 '우리는 우리 셋이 가족이다' 라는 마음가짐이 나로 하여금 아버지에 대한 원망을 잊어버리게 하는 데에 큰 공로를 했었던 것 같다.
 하지만… 그때만큼 우릴 버리고 갔었던 아버지가 그렇게도 그리웠던 적이 없었다는 것은 부정할 수 없을 것이다. 어쨌든 어머니가 돌아가시고 이제는 어린 동생밖에 남지 않은 나에게는 하루하루가 절망의 나날들이었다.
 그러나 내게는 아직 음인이와 인수가 있었다. 둘은 항상 나를 위해

프
롤
로
그

주었고, 또 위로해 주었다. 때문에 나는 간신히 웃으며 살아갈 수 있었던 것이다. 아직 내게 있는 모든 것을 잃어버린 것은 아니다 라는 생각은 절망스러운 상황 가운데서도 나를 지탱해 주는 든든한 버팀목이 되었다.

그러나…

"나 미국으로 간다. 아버지 사업이 망해서 미국에 있는 친척집으로 이민 가는 거야. 아니, 음… 어쩌면 도피행이라고 말할 수도 있겠다. 하하하!"

"후우~ 내가 없더라도… 울지 마, 임마. 내가 크면 네놈 데리러 올 테니깐 기다리고 있어. 그리고… 아직 우리의 약속은 깨진 게 아니야. 다만 조금 미뤄졌을 뿐. 그러니까… 그러니까 단단히 준비하고 있어. 만약 내가 훗날에 너를 찾아갔을 때, 네가 아무런 준비도 해놓고 있지 않았다면 콜라 캔 가지고 죽도록 머리를 때릴 테니깐 말이야. 알았지? 하하하하……."

그때 난 처음으로 음인이의 눈물을 보았다. 나와 음인이, 그리고 인수… 우리 셋은 손을 굳게 잡고 미래를 기약했다. 커서… 커서 반드시 다시 만나 음악을 하자고 말이다.

음인이가 미국으로 떠나고 나서부터 나는 되도록이면 음인이처럼 항상 얼굴에 웃음을 띠고 다니려 부단히 노력했다. 사소한 일에도 미소 지었으며 아무리 화나는 일이 있다 해도 항상 웃으리라 다짐을 했었다.

하지만…….

"미안해. 나도… 나도 가게 되었어. 일본으로 말이야."

음인이가 떠나고 1년 뒤… 나를 지탱해 주던, 이제 내 곁에 하나밖
에 남지 않았던 친구… 인수마저 떠나게 되었다.

절망… 오직 절망뿐이었다. 이제 내게 남아 있는 재산은 동생과 아
버지가 물려주셨다는 낡은 통기타 하나뿐… 더 이상… 더 이상 내게
남은 것은 없었다.

어렸을 적에는 그저 '미래'라는 확실하지 않은 헛된 망상에 젖어
무너져 가려는 나를 애써 일으키곤 했지만… 서서히 내가 갇혀 있는
삶의 현실을 어느 정도 직시하게 되고 난 후부턴 진실한 웃음과 즐거
움이라는 것을 잊어버리게 되었다.

어렸을 적, 세 명의 어린 소년들이 약속했던 치기 어린 꿈은 말 그
대로 '치기 어린'세 아이들의 망상으로 내 가슴속에 묻어졌다. 그리
고 그것은 그저 한때의 즐거웠던… 그리고 다시는 찾지 못할 파란 가
을 하늘의 추억으로만 남겨졌을 뿐이다.

하지만 그렇다고 내가 비전이 없다는 것은 아니다. 나에게는 머리
좋고 공부 잘하며, 나아가서는 나랑 같이 다니는 해광고등학교의 유
망주인 자랑스러운 동생이 있다. 나야 이미 틀린 인생(?)이라고는 하지

만, 미래가 창창한 동생만큼은 반드시 행복하게, 그리고 남부럽지 않게 살도록 해주고 싶다.

　내 동생… 이것이 지금의 나에게는 그 무엇보다 중요한 인생의 목표이고, 소중한 나의 비전이다. 그 누가 뭐라 해도… 내 동생은 반드시 크게 될 거다. 반드시…….

　혹시 또 모른다. 대기업의 사장이나 회장이 되면? 만약 그렇게 되면… 헤헤헤…….

1장 만남

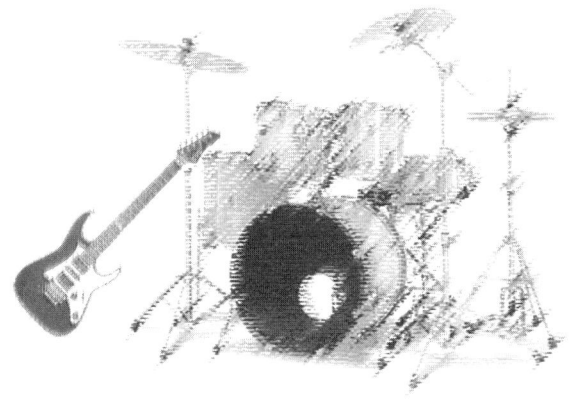

만남

Shape of My heart

딱!

"뭘 해죽해죽 웃고 있어? 바닥 제대로 안 닦지? 응?! 잠시 후 다시 왔을 때 만약 바닥에 내 얼굴이 안 비치면 가차없이 만 원 싹둑이야. 알았어?!"

"아, 예~ 예! 당연하죠! 아주 빠득! 빠득! 문지르겠습니다. 아하하!"

"실없는 녀석 같으니, 어쨌든 열심히 해. 일 다 끝나면 음료수라도 하나 뽑아줄 테니까. 그럼 수고해."

"예~ 살펴가세요~"

내가 지금 있는 곳은 『피아노와 커피』라는 꽤나 고상한 이름을 가

만
남

지고 있는 레스토랑이다. 총 3층이라는 어마어마한 규모를 가지고 있는 이 레스토랑의 주인은 방금 내 고상한 머리를 가차없이 때리고 지나간 20대 후반의 아름다운 아가씨인데, 알고 보면 그 외모와는 달리 꽤나 터프한 성격을 가지고 있는 열혈 여인이다.

주방 보조 겸 서빙. 청소 업무와 기본적으로 지급되는 저녁 제공. 이 모든 것을 합쳐서 월급 120만 원.

뭐, 총 8시간 정도를 일해야 하는 탓에 집에는 새벽 늦게야 들어가게 된다는 단점이 있긴 하지만, 그래도 이렇게 좋은 아르바이트 자리는 쉽게 구할 수 없을 것이다.

자, 지금 시각 9시. 학교가 4시 정도에 끝나니까 5시부터 아르바이트를 들어왔다 치면 퇴근까지 내게 남은 시간은?

"흠, 이제 3시간 남았군. 그러고 보니 오늘이 말일… 월급 날이네? 아자자!! 힘내자! 월급이다! 우아아아!"

나는 그렇게 괴성을 지르며 스스로에게 힘을 불어넣었다. 물론 아직 영업 시간이었던 관계로 괴성은 아주 조그맣게 질러야 했다.

"후우……."

오늘은 웬일인지 손님들이 별로 없었다. 참 이상한 일이다. 원래 이 시간이면 분위기를 잡는답시고 이곳을 찾아오는 느끼한 커플들이 많이 있어야 정상인데… 왠지 허전해진다.

"흠… 거참, 이거 잘하면 일찍 퇴근할 수도 있겠는걸? 좋아! 기운이 솟는다! 으라차차차!"

내가 지금 있는 곳은 3층이다. 역시 강남에 있는 건물이어서 그런

지 이곳도 여느 곳 못지 않게 크고 화려했다.

『피아노와 커피』.

원래 이런 번화가에 있는 레스토랑의 특성상, 특히 이곳은 다른 곳과는 비교할 수 없을 정도로 화려한 정도가 더 심했는데, 2층과 3층의 벽에는 깔끔하고 튼튼한 방탄 유리로 장식되어 있고 실내의 분위기는 현대적인 감각과 중세풍의 화려하고 고급스러운 양식을 절묘하게 배합시킨, 그야말로 건물 자체가 예술이라고 칭하기에 부족함이 없는 그런 곳이었다.

바닥 또한 옅은 갈색의 타일로 쫙 깔려져 있어 그 고급스러움을 더하고 있었는데 나는 영광스럽게도 그렇게 고급스러운 바닥을… 열심히, 정말 열심히 청소를 하고 있던 중이었다.

젠장, 사나이 체면에 청소가 다 뭐냐.

"우아~ 다 했다. 3층 청소를 끝냈으니… 이제 내려가자."

청소를 대충 끝냈다고 판단한 나는 대걸레를 3층에 마련되어 있는 화장실에 가져다 놓고 콧노래를 부르며 1층으로 내려갔다. 역시 예상대로 손님은 한 명도 없었다.

"이상하네요? 손님은 한 명도 안 오다니… 음! 역시~ 이곳도 망해갈 때가 다 되었……."

꽁!

"헛소리하지 말고 빨리 퇴근할 준비나 하시지?"

"아구구. 예? 퇴근이요? 이렇게 일찍?"

"음, 오늘 월급 날인 데다가… 곧 있으면 시험이라면서? 아무리 인

생을 막 살기로 작정했다 하더라도 일생에 단 한 번뿐인 학창 시절,
시험이라도 잘 봐야 되지 않겠니? 너, 그래도 공부는 꽤 열심히 하잖
니. 언제까지 동생만 보필할 수는 없는 노릇이고… 이제 너도 고등학
교 2학년생인데 슬슬 대학 갈 준비를 해야지."

"……."

"자, 그러니 오늘은 이만 일찍 돌아가서 쉬렴. 아, 여기 이번 달 월
급. 특별 보너스로 20만원 정도 더 넣었으니 이거 가지고 문제집이
라도 사."

그녀는 흰 봉투를 건네며 싱긋 미소 지었다. 나는 그녀를 보며 멍
해졌다.

세상에! 어떻게 저런…….

"이렇게도 어울리지 않는 행동을! 이럴 수가! 이럴 수가!! 불안해!
너무 불안해! 우아악~!!"

찰싹!

"하여간 조금만 잘해주려고 하면……."

"헤헤헤~"

내 등을 힘껏 후려치며 새침한 표정으로 나를 노려보는 그녀를
향해 나는 어색한 웃음을 지어 보였다. 아하하, 아이고~ 무안해
라.

"어쨌든 수고했어. 이만 가봐."

"예, 안녕히 계세요."

나는 동방예의지국(東方禮義之國)의 모범적이고 착실한 청소년답게

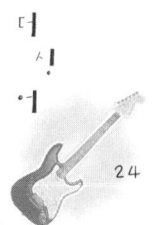

24

그녀에게 정중히 고개 숙이며 인사를 한 뒤 그곳을 벗어났다.

덜컹~

"후아아~ 기분 좋~다."

문을 여니 11월의 세찬 바람이 나의 얼굴을 휘감는다. 하지만 오늘은 월급받은 날, 바람이 이렇게나 시원하게 느껴질 수가 없었다.

"후우~ 오늘은 사골 국이나 해 먹어야겠다. 지훈이 녀석이 정말 좋아할 거야. 월급도 탔으니 녀석 용돈도 좀 주고… 음… 아, 옷도 몇 벌 사줘야겠다. 그러고 보니 근 몇 달간 녀석 옷 사준 적이 없었어. 아무리 교복을 입고 다닌다고는 하지만 팔팔한 10대 청춘이 쌔끈한 옷 몇 벌 정도도 없어서야 쓰나. 좋아, 빨리 가자."

지금처럼 동생에게 무엇인가 해줄 생각을 하면 그렇게도 행복할 수가 없다. 조금 무뚝뚝하긴 하지만 너무도 착한 내 동생 지훈이.

녀석은 나와는 달리 얼굴도 정말 잘생기고 스포츠에도 만능인 탓에 같은 학교의 여자 아이들을 비롯한 다른 친구들에게도 무척이나 인기가 많다. 하지만 정작 본인은 전혀 신경도 안 쓰는 눈치다. 친구들이 어디를 놀러 가자고 찾아와도 공부 또는 집안일을 핑계로 냉정하게 거절하기 일쑤였으며, 그럴 때마다 내가 제발 좀 놀러 나가라고 부탁 아닌 부탁을 할 때에도 녀석은 아무 말 없이 자신의 할 일을 억지로라도 찾아서 한다.

물론 그러한 모든 행동이 나를 위한 배려라는 것을 알긴 하지만…

만
남

녀석은 청소년이다. 한창 친구들과 이곳저곳 놀러 다니며 예쁜 여자 친구들과 미팅을 해야 할 그런 나이란 말이다.

뭐, 그렇다고 나는 청소년이 아니란 말은 아니지만 나와 지훈이는 다르다. 지훈이는 반드시 크게 될 녀석인 데다가, 나와 같은… 상처를 간직하고 살아야 할 녀석이 아니기 때문이다.

"…후우~ 빌어먹을, 아버지."

그럴 때마다 우리를 버리고 간 아버지의 모습이 떠오른다. 분명… 지금쯤 어딘가에서 잘 먹고 잘 살고 있을 테지?

"후아~ 점점 추워지는걸?"

날카로운 바람은 땅 위에 움직이는 생명체들을 잔인하게 유린한다. 코트 자락을 여미면 조금이라도 덜 추워질까 회사에서 막 퇴근한 중년인들은 잔뜩 몸을 움츠리고 있고, 얇은 스카프와 두꺼운 밍크 코트를 입고 나온 부잣집 마님들은 고개를 살짝 숙이며 막 결혼하려는 새색시처럼 얼굴을 빨갛게 물들인다.

강남의 밤을 지배하는 것은 요란스러운 경적 소리와 한 쌍의 잉꼬와도 같이 너무도 사이가 좋아 보이는 연인들… 그리고 서로의 손을 꼭 잡고 어딘가로 즐겁게 걸어가고 있는 단란한 가족들.

"쳇."

저 모습을 보면 어린 시절, 햇살이 가득한 날에 서로의 손을 맞잡고 어린이 대공원으로 소풍 나갔던 마지막 추억이 떠오른다. 그것은 내가 장담컨대 이 세상의 그 무엇과도 바꿀 수 없는 가장 존귀하고 소중한 우리 가족의 마지막 재산이었음이 분명하다. 그 어떤 금은 보화가 감히 그것과 비교될 수 있을까?

"호호호, 그래서 말이야……."

"어머! 얘, 그건 너무하잖니."

내 앞으로 교복 치마를 약간 줄여 입은, 어느 여학교의 여학생들 4명이 무리를 지어 지나간다. 무얼 그리 즐겁게 이야기하는지… 얼굴에 미소를 가득 담고 있는 그녀들은 너무나 행복해 보인다.

그래, 정말 좋은 때지. 학창 시절이라는 때는 말이야.

"음? 이게 무슨 소리지?"

그런데 그때 나의 귀를 자극하는 음악 소리가 들려왔다.

강렬한 댄스 음악. 이것은?

"가보자."

나는 호기심을 이기지 못하고 소리의 근원지를 향해 열심히 뛰기 시작했다.

음악 소리도, 보통 라디오 같은 곳에서 흘러나오는 그런 음질의 음악이 아닌, 듣는 이의 가슴을 강하게 때리는 그야말로 살아 있는 소리. 아마도 이 소리는…….

"우와~ 무슨 행사를 하나 본데? 이 사람들 할 일도 없나, 때늦은 시간에 이게 다 뭐야? 정말 많이 모였구만?"

예상대로 어떤 큰 쇼핑 센터 건물 앞에 마련된 무대에서 어떠한 행사를 하고 있는 듯했다. 아마도 한 달 뒤가 신년과 성탄절이고 해서 미리 분위기를 띄울 겸, 어떤 단체에서 주최한 것일 게다.

흠… 이거 재미있겠는걸? 조금만 구경하다 가자.

"실례합니다. 아, 실례합니다."

밀집되어 있는 무리를 힘들게 해치고 드디어 무대에 다가서게 되자 화려한 조명 세트와 그에 걸맞는 신나는 음악, 그리고… 너무도 넓게만 느껴지는 '무대' 가 내 눈에 들어왔다.

무대… 어렸을 적의 꿈.

"……"

나는 말없이 무대를 바라보았다. 무대 위에서 현란한 춤을 추고 있는 아마추어 댄스 그룹은 눈에 들어오지도 않는다. 무대… 오직 무대만이 내 눈에 보여지고 있었다.

어렸을 적, 그토록 갈망했었던 나의 꿈… 나의 고향이…….

"치잇!"

이곳은 내가 있을 곳이 아니다. 어서 가자.

이런 생각이 나의 가슴을 지배하며 되살아나려던 흥분을 싸늘히 식혀주었다. 어느새 음악이 끝났다. 그러나… 내가 상관할 바는 아니다.

"실례합니다."

나는 다시금 무리를 해치며 몸을 돌리고 또 마음을 돌렸다. 괜히 호기심이라도 와보지 말았어야 했다. 그동안 애써 잊고 지냈던… 그 때의 덧없던 꿈이 되살아나 버렸지 않은가.

그런데 그때, 나의 몸과 마음을 멈춰 서게 만드는 왠지 익숙하게 들리는 목소리가 있었다.

"네, 감사합니다. 댄스 팀 스마일 여러분들, 정말 수고해 주셨

어요. 자, 다음 팀을 부르기에 앞서 특별한 게스트 한 분을 초청하
도록 하겠습니다. 자… 저기 방금 자리를 떠나시려던 검은색 체크
무늬 남방의 잘생기신 학생 분, 잠시 무대로 올라와 주시겠습니
까?"

'에? 방금 자리를 떠나려던… 검은색 체크 무늬 남방의…… 잘생
기신 학생 분? 나 말하는 건가? 설마…….'

나는 설마 하는 심정에 슬쩍 고개를 돌려 무대 위를 바라보았다.
그곳에는 이 행사의 진행자로 보이던 여자 MC가 왠지 장난스러워
보이는 미소를 지으며 나를 내려다보고 있었다.

난 그 여자 진행자를 보는 순간 엄청난 정신적 공황에 빠져버리고
말았다. 성숙함 뒤에 감춰져 있는 앳된 얼굴과 허리까지 닿는 검은색
생머리… 그리고 아름다운 얼굴에 어울리지 않는 저 특유의 사악한
미소는 분명…

"기, 김… 혜정?"

해광고등학교 2학년 4반 10번 2분단 뒤에서 셋째 줄의 여인. 학생
인 주제에 머리를 허리까지 기르고 다니지만 그 악명 높은 선도부조
차도 감히 함부로 건드릴 수 없는 학교 최고의 신데렐라. 특별 사항
은 외모가 무척이나 뛰어나고 그 덕분인지, 요즘 최고의 호황을 자랑
하는 인기 아이돌 그룹 '아리나' 의 리드 보컬인 만능 엔터테이너. 그
녀의 이름은 김.혜.정.

"어서 올라오세요. 체크 무늬 남방의 잘~생기신 학생 분."

그녀는 나만이 눈치 챌 수 있게 무대 제일 앞쪽으로 다가와서는 황

당해하고 있던 나의 얼굴에 자신의 얼굴을 가까이 대고 얄미운 미소를 지어 보였다.

"네, 네가 왜 이곳에…….'

"어머머! 제가 왜 이곳에 있겠어요? 저는 지금 이 행사의 진.행.자. 라고요. 해광고등학교 2학년 4반 10번이자, 2분단 뒤에서 셋째 줄에 앉아 있는 아리따운 여학생인 김혜정 학생의 절친한 짝이신 강수호 군? 저를 아시나 보죠? 왜 저를 아는 척하시는지… 뭐, 좋아요. 어쨌든 빨리 올라와 주시겠어요? 많은 사람들이 강수호 군을 기다리고 있으니까요."

그녀는 모~두 모두 들으라는 듯, 평소보다 마이크를 입에 더욱 가까이 가져다 대고 또박또박 분명한 어조로 말했다. 덕분에 여기저기에서 우리를 향한 폭소가 터져 나왔다. 저 망할 지지배를 그냥… 아악! 쪽팔려!!

"하하하하!"

혜정이의 말을 들은 내 주위 사람들은 익살이 가득한 혜정이의 말에 큰 목소리로 웃어댔다. 실상 그리 웃기지 않은 말이었지만 상대가 상대이고, 또 장소가 장소이다 보니 내 귀에는 평범하게만(사실은 비꼬는 것같이) 들리는 말도 상당히 웃기게 생각되어졌던 모양이었다.

후우~ 한 몇 달 동안 안 보인다 싶어서 그동안 존재 자체를 잊고 지냈었는데 여기서 이렇게 만나게 될 줄이야. 뭐, 어차피 이 전에도 신경 쓰고 지냈던 것은 아니었지만.

아, 여기서 아까 미처 말하지 않고 빼먹은 가장 중요한 마지막 하나의 특별 사항이 있는데 바로 그것이…

"어서 올라오세요, '짝' 님."

그녀가 바로 나의 짝이라는 사실이다.

'젠장! X 밟았다.'

왜 이런 상황이 벌어졌는지… 이럴 줄 알았으면 그냥 무시하고 가는 건데 그랬다. 빌어먹을! 그냥 집으로 가는 건데…….

"어머~! 사내대장부께서 왜 그러시나? 빨리 올라오시라니까요? 에이~ 남자답지 않게… 이거, 아무래도 내일 학교에 가서 소문을 내야 하려나?"

헉! 소, 소문까지?! 정말 울고 싶어진다. 에잇! 그냥 울어버리자! 마음속으로만. 흑흑흑!

"어? 저쪽에서 무슨 행사라도 하는 것 같은데? 한번 가볼까?"

"……."

"좋아. 가자는 것으로 알아도 되지? 자~ 뛰자!"

탁탁탁.

블루 블랙의 미청년인 수한과 은빛 머리의 분위기가 몹시도 차가워 보이는 포커페이스의 청년 상찬은 오래간만의 재회를 축하하며 강남의 어느 호프집에서 술을 몇 잔 기울이고 나오던 차였다. 그들은 지금까지 서로 어떻게 지냈는지에 대해 이야기를 나누었으며, 특히 미국에 있었던 상찬의 경우 술이 조금씩 들어가면서 본래의 말없는 성격과는 맞지 않게 많은 말을 하게 되었다. 물론 이 모든 것이 술이 조금 들어가면 이 말없는 죽마고우의 말문이 조금이라도 트이게 되는 것을 노린 수한의 작전이었지만, 역시 직접 대면한 것은 오래간만이었기에 상찬이 말없이 넘어가 준 영향도 있었다.

서로가 서로를 잘 아는 친구란 바로 두 사람을 두고 말하는 것이리라.

"후와아~! 사람 한번 굉장하다!"

수한은 평소에 이런 떠들썩한 것을 무척이나 좋아했다. 수한의 눈은 동그랗게 뜨여졌으며, 곧 밀집되어 있던 인파들을 해치며 앞으로 나아갔다.

"음… 너무 앞은 좀 부담스러우니까 이 정도 위치면 되겠지? 그렇지?"

"……."

수한은 들뜬 표정으로 상찬에게 물었다. 상찬은 말없이 한숨을 내쉰 뒤 고개를 끄덕였다.

무대에서는 한창 아마추어로 보이는 댄스 팀이 음악에 맞춰 춤을 추고 있었다. 지금 시대에 와서 댄스 음악과 댄스라는 것은 이전 1990~2010년 도 때의 시대보다 상품 가치가 많이 떨어지긴 했지만, 그래도 그 인기가 아직은 완전히 죽지 않았다는 것을 지금 이곳에 모여 있는 관중들의 환호성들로 알 수 있었다.

2015년. 지금은 락과 소울, 랩과 R&B가 강세를 점하고 있는 시대지만 사람들은 이렇게 갑작스럽게 열리는 행사를 즐겼고, 또 댄스 공연을 좋아했다.

"이야~ 잘 추네!"

한참 무르익어 가는 분위기에 젖어 수한이 즐거운 듯 말했다. 하지만 상찬은 친구의 말을 들으며 고개를 살며시 내저었다. 수한이 말은 저렇게 하지만 지금 당장이라도 무대에 올라서면 저 댄스 팀들보다 월등한 실력을 보여줄 수 있다는 것을 알기에, 이따금씩 보이는 저렇게 느긋한 성격이 상찬으로서는 이해가 가지 않을 때가 적잖게 있곤 했다.

쿠우웅!

마침내 음악이 끝나고 댄스 팀은 빠르게 무대에서 내려갔다. 그러자 이 행사의 진행자인 듯한 미소녀가 나와서 다음 순서를 위한 준비 멘트를 하기 시작했다.

"어? 저 여자애… 아리나의 리드 보컬 김혜정인 것 같은데? 맞지? 맞지, 상찬아?! 우와아~ 연예인! 연예인이다아~!"

눈살을 찌푸리며 무대에 나타난 소녀 진행자를 유심히 쳐다보던 수한은 곧 그 얼굴이 TV에서 많이 본 얼굴이라는 것에 대해 탄성을 터뜨렸다.

"이거 지루해서 그냥 가려고 했더니… 조금 더 구경하다 가야겠는데? 어때? 괜찮지?"

"……."

수한은 상찬에게 그렇게 물었고, 잠시 말이 없던 상찬은 고개를 끄덕이는 것으로 수한의 말에 대답해 주었다.

수한은 싱글벙글 미소 지으며 난생처음 보는 연예인을 좀 더 자세히 보고자 슬쩍 발 앞 꿈치를 들어 올렸다.

"네, 감사합니다. 댄스 팀 스마일 여러분들, 정말 수고해 주셨어요. 자, 다음 팀을 부르기에 앞서 특별한 게스트 한 분을 초청하도록 하겠습니다. 자… 저기 방금 자리를 떠나시려던 검은색 체크무늬 남방의 잘생기신 학생 분, 잠시 무대로 올라와 주시겠습니까?"

그런데 그때 느닷없이 혜정이 관중들의 제일 앞줄을 가리키며 한 인물을 지명했다. 지명을 당한 인물은 고등학생으로 보였다. 혜정이 왜 갑자기 평범한 고등학생을 지명하는지에 수한을 비롯한 모든 관객들이 의문을 가졌으나 그것도 잠시… 갑작스런 돌발 상황에 수한과 마찬가지로 슬슬 지루함을 느껴가고 있던 관중들은 다시금 흥미를 나타내기 시작했다.

수한 또한 눈빛을 번뜩이며 말했다. 아니, 말을 하려고 했다는 편이 더 옳을 것이다.

"이거 재미있……."

"이거 재미있겠는데?"

"응?"

마치 의도적으로 자신이 할 말을 가로채듯 누군가가 자신보다 한 발 앞서 하려던 말을 먼저 입 밖으로 꺼내었다.

'뭐야?'

수한은 황당한 기분을 느끼며 목소리가 들린 곳으로 고개를 돌렸다. 황당함의 근원지는 바로 자신의 옆.

"할아버지, 왠지 재미있을 것 같지 않아요? 저기 무대에 올라간 녀석, 나와 같은 나이인 것 같은데… 흠, 또 게스트를 무대로 초청한다고 하면 나도 나가 볼까나?"

"허허. 이 녀석아, 그럼 이 할아비는 어떻게 하려고?"

"할아버지야 뭐… 에이~ 그럼 손자와 할아버지가 다정하게 같이 올라가면 되죠, 뭐."

"뭐야? 허허허~"

그곳에는 자신과 똑같이 뒤꿈치를 올리고 고개를 쭈욱 뺀 채로 무대에 시선을 집중하고 있는 고등학생이 있었으며, 또한 그 소년의 할아버지인 듯 검은색의 단정한 정장 차림에 흰 백발을 말끔히 넘긴, 노인치고는 너무도 정정해 보이는 이가 있었다.

"응? 왜 그러세요?"

"아, 아니요. 실례했습니다."

"아, 예."

그 소년은 아까부터 고정되었던 수한의 시선을 느꼈던 듯, 고개를 돌려 수한을 쳐다보며 의아한 표정을 지었다. 그에 수한은 어색하게 미소 지으며 고개를 저어 보였으나, 다시금 고개를 갸우뚱하더니 무대 쪽으로 시선을 옮겼다.

"흠… 할아버지, 그렇게 고민한다고 풀릴 문제도 아니고 계속 꿍꿍 앓아봤자 오히려 속병만 더 쌓인다고요. 그런데 보세요, 이런 곳에 이렇게 바람을 쐬러 나오니 얼마나 좋아요? 사람이란 모름지기……."

'후우～ 꽤나 말이 많은 녀석이군. 이것 참……'

그 모습을 흘끔 쳐다보던 수한은 피식 미소를 지었다. 소년의 말을 듣자 하니 어떤 일 때문에 몹시도 골치 아파하고 있었던 자신의 할아버지를 위하여, 차가운 바람이라도 쐬며 조금이라도 쉬게 하고자 억지로 밖으로 모시고 나온 듯했다. 그러다가 자신들처럼 이 행사장에서 들리는 음악에 이끌려 이곳으로 오게 된 것일 테고…….

'왠지 나하고 비슷한 성격을 지니고 있는 것 같은데? 사귀어보면 괜찮은 녀석일 것 같아. 끝나고 말이라도 걸어볼까?'

수한은 이런 생각을 하며 다시 한 번 소년을 흘끔 쳐다보았다.

"성진아, 그냥 다른 곳으로 가면 안 되겠니?"

"아～ 정말 할아버지도……. 조금만 더 구경하고 가자니까요! 아니, 지금 이 시간에 여기만큼 시간 때우기 좋은 곳이 어디 있겠어요? 그리고 솔직히 지금 집에 들어가 봤자 무슨 바람을 쐰다는 사람들이 어딜 갔다가 이렇게 늦게 들어왔냐고 부모님께 지겹도록 시달릴 것이 뻔한데, 이왕 그럴 바에야 그냥 보던 것 끝까지 보고 궁금증과 스트레스를 확 풀어버리고 가는 것이 몸에 좋은 법이에요. 그러니까 좀만 더 보고 가죠."

"허어… 이 녀석이 정말! 후우～ 정 그렇다면 어쩔 수 없지. 나 혼자 가마!"

"어어?! 하, 할아버지! 가긴 어딜 가요! 조금만 더 보고 가자니까요～!"

"이 녀석이 정말… 이 손 못 놓겠니?"

"못 놔요~ 못 놔!"

"어허……!"

"에잇! 정 그렇다면 할아버지 혼자 가세요! 전 이거 꼭 보고 갈 거예요."

"호오~ 정말이냐?"

"예."

소년은 그렇게 말하면서 팔짱을 끼며 콧방귀를 꼈다. 노인은 소년의 그러한 모습을 보며 흐음~ 하고 탄성을 흘리다가 품에서 자그마한 은색의 핸드폰을 꺼내 번호를 누르기 시작했다.

그리고는…….

"김 기사인가? 나 지금 이지스 패션타운에 있네. 아~ 그래. 손자 녀석도 함께 있는데 이 녀석이 가지 않겠다고 계속 때를 써서 말이야. 그러니까… 그래, 지금 즉시 이곳으로 와줄 수 있겠나? 그래, 고맙네. 빨리 오게."

탁.

노인은 핸드폰을 닫으며 이제는 자신을 향하여 황당한 표정을 짓고 있는 손자를 향해 씨익 미소 지어 보였다.

"자, 그럼 나는 이만 가보마. 집에서 무사히 만났으면 좋겠구나."

"하, 할아버지!"

"허허, 농담이다. 즐겁게 놀다 오려무나. 네 엄마에게는 이 할아비가 잘 말해 주마."

"후우, 그럼 다행이네요."

"집에서 보자구나."

"예에~ 조심히 가세요! 할아버지, 제가 할아버지를 엄청 사랑하는 거 알고 계시죠?"

"오냐~ 오냐~ 난 가마."

"네에! 할아버지, 바이바이!"

성진은 그렇게 소리치며 할아버지에게 손을 흔들었다. 그 모습에 아까부터 성진을 계속해서 지켜보던 수한이 황당한 미소를 터뜨렸다. 보면 볼수록 정말 재미있는 녀석이라는 생각이 들었다.

'후후, 왠지 나하고 잘 맞는 듯해. 성진이라… 끝나고 말이나 한번 붙여봐야지.'

수한은 그렇게 생각하며 또 새로운 인연을 만든다는 흥분에 가슴이 두근거렸다.

'어디, 무대는 어떻게 됐나……?'

수한은 고개를 돌려 무대를 쳐다보았다. 그곳에서 혜정에게 지명당해 갑작스럽게 무대에 올라서게 된 고등학생 소년이 혜정과 대화를 나누고 있었다.

'흠, 이 다음에 관중들 중에서 참가자를 또 올라오라고 한다면 나가겠다고 했겠다? 저 녀석이 나가면 나도 한번 나가봐야지. 후후, 이거 벌써부터 기대되는데?'

왠지 신나는 일이 생길 것 같은 예감에 수한의 눈빛은 번뜩여졌다.

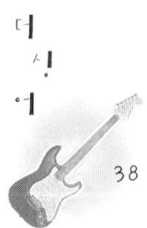

요즘은 뭐 시킬 때 빼는 사람을 정말 꼴불견으로 본다. 젠장! 솔직히 지금 같은 기분에선 뒤도 안 보고 도망쳐 버리고 싶지만… 이미 카메라가 날 잡고 있었던 탓에 전국적으로 쪽팔리는 짓을 하지 않기 위해, 즉 꼴불견이 되지 않기 위해 억지로 미소 지으며 무대에 올라가야 했다. 그런 나의 심정을 알고 있는지 모르는지, 저 망할 지지배는 빙긋 웃고만 있을 뿐이다.

망할! 예뻐서 참는다.

"예! 올라왔습니다. 갑작스러웠을 텐데 이렇게 용기 내서 무대에 올라와 준 멋있는 남학생 분에게 뜨거운 성원의 박수를 부탁드립니다!"

"와아아아!"

"휘이이익~휘익~"

엄청난 함성이 나의 귓가를 뒤흔들어 놓았다.

젠장! 이거, 엄청 부담되는데?

"자기소개를 부탁드려도 될까요?"

"아, 예. 저, 저는……."

말하려다 말고 혜정이를 쳐다보았다. 망할 지지배…….

혜정이는 눈을 반짝이며 나를 바라보고 있었다. 저 눈빛은… 그래, 흔히들 말하는 흥미가 가득한 눈빛이다. 더불어 기대감 또한 옵션으로 추가되어 있었다.

"해광고등학교 2, 2학년 4반에 재학 중입니다."

"끝인가요? 이름도 말씀해 주셔야죠."

아차! 깜빡했다!

"아, 제 이름은 강수호라고 합니다."

나는 성급히 대답한 뒤 갑자기 이마에 생겨난 식은땀을 훔쳤다. 깜짝 놀란 탓인지 몸이 시원해지며 '퍼뜩' 하고 정신이 드는 것 같았다.

후우, 이런 느낌… 정말 오래간만인데?

"이렇게 갑자기 초대해서 죄송해요. 하지만 잘생기신 수호 군은 당연히 용서해 주시리라 믿어요. 그럼요~ 사내대장부인데."

"하하하……."

나는 어색한 미소를 지음과 동시에 강렬한 눈초리로 저 망할 지지배를 째려보았다.

"수호 군에게 딱 하나만 질문하죠. 음… 수호 군은 혹시 좋아하는 연예인이 있나요?"

"아, 그런 건 없……."

그 딴 것이 있을 턱이 없지요, 라고 퉁명스럽게 대답해 주려던 나였으나 등 뒤쪽 옆구리에서 느껴지는 고통과 나만이 느낄 수 있는 혜정이의 눈 째림에 나는 급히 말을 수정해야 했다.

"…지는 않고, 사실 혜정……."

여기서 혜정님이라 부를까, 아니면 혜정 양이라 부를까 고민하다가 그냥 양이라 부리기로 칭하고 다급히 입을 열었다.

"양을 무척이나 좋아해요."

"어머! 그래요? 아이~ 좋아라. 호호호~!"

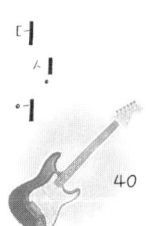

40

"우우우~!"

그녀는 몹시도 기뻐하며 그렇게 웃음을 터뜨렸고, 일찍이 그것이 아부라는 것을 알아챈 관객들은 온 마음과 정성을 다해 야유를 퍼부었다. 그래도 그 야유에는 유쾌함이 담겨 있었기에 나도 은근히 기분이 좋아졌다.

"노래 하나만 불러주셨으면 좋겠어요. 뭐, 괜찮으시다면 저기 뒤에 있는 악기들 중 하나를 이용해서 연주해 주셔도 좋지만… 그것까지는 좀 무리한 부탁이겠죠?"

그녀는 드럼과 기타를 번갈아가며 가리킨 뒤 나에게 싱긋 웃어 보였다.

망할 지지배… 분명히 내가 악기 다룰 줄 안다는 것을 알아채고 저러는 게 분명했다. 제길, 자꾸 아픈 기억을 떠오르게 하네?

"……."

갑자기 기분이 우울해진다. 그런 내 기분을 눈치 챈 것일까? 그녀는 어색한 미소를 지으며 황급히 입을 열었다.

"어떤 노래를 부르실 건가요?"

자리가 자리인지라 차마 개인적인 사과는 하지 못하겠고, 또 계속 끌자니 제한된 시간을 초과할 것만 같고, 어쩔 수 없이 프로그램을 계속 진행시킬 모양인 듯 그녀는 그렇게 말하며 매끄럽게 위기 상황을 모면했다.

물론! 내가 그것에 동조해 주었기에 가능한 일이지만.

"음……."

그나저나 무슨 곡으로 하지? 내가 뭐 아는 노래가 있어야지. 그렇다고 자신있는 곡을 부르자니 너무도 옛날 곡들이라 적잖은 야유를 다시 한 번 받게 될 것 같고… 음… 뭘 한다?

나는 고개를 돌려 혜정이를 쳐다보았다.

그녀는 내게 몹시도 미안하다는 눈빛을 보내고 있었다. 그런 그녀의 모습을 보자니 이제까지의 우울한 기분이 싹 가시는 것만 같았다. 아니, 억지로라도 가시게 해야 할 것만 같다.

좋아, 결정했다.

"음… 제가 문맹 겸 음맹인지라 요즘 어떤 곡들이 인기가 있는지 잘 알지 못하거든요? 그래서 말인데… 저 말고 4명의 젊은 남성 분들을 이 무대로 불러주셨으면 하군요. 제가 부를 수 있는 곡이 있긴 한데 그건 다섯 명이 불러야 하는 곡이라서요. 너무… 무리한 부탁일까요?"

"예? 다섯 명이 불러야 하는 노래라고요?"

"예."

내가 중학교 3학년 때부터 지금껏 즐겨 부르는 노래. 음… 비록 외국의 보이 그룹이긴 하지만 귀가 있고 또 눈이 있는 사람이라면 누구나 알 법한 초대형 보이 그룹이었기에 젊은 남성 4명을 요청한 나였다.

나는 내 손에 있는 마이크를 통해 다시 한 번 입을 열었다. 아무래도 그룹 명을 이야기해 줘야지 그 곡에 자신있거나 또는 팬인 사람들이 참여해 줄 수가 있을 것 같아서였다.

"그룹 명은 BackStreet boys입니다."

그러자 관객들이 '아!' 하는 탄성을 내더니 서로 웅성대기 시작했다. 내가 아는 그룹이니만큼 아마 이곳에 모인 사람들의 대부분은 다 알고 있는 그룹일 것이 분명했다.

"'BackStreet boys'라면… 아하! 그래서 4명이 더 필요하다고 하셨군요. 정말 기대됩니다. 자, 들으셨지요? 이 중에서 혹시 이 그룹을 너무도 좋아하셔서 난 이 그룹의 노래를 눈 감고도 부를 수 있다! 라고 자신있게 나설 수 있는 남성 분들은 속히 이 무대로 올라와 주시면 감사하겠습니다. 정말 기대가 되는군요!"

혜정이는 몹시도 흥분한 듯 눈망울을 반짝이며 관객들을 훑어보았다. 몇몇의 여학생들이 자신도 그 노래 부르면 안 되겠냐고 아우성을 쳤지만, 나는 몹시도 미안한 표정을 지으며 고개를 살짝 저어 보였다.

무대에 섰고 이왕 노래를 부르기로 한 것 한번 멋지게 불러보자는 마음이 내 속에서부터 강하게 불타오르고 있었기 때문이다.

"남자 분들, 안 계신가요? 속히 올라와 주시기 바랍니다."

그러나 내가 한 가지 망각한 것이 있었으니… 공연에 대한 우리나라의 적극적인 참가도가 대중 문화가 발달한 세계의 모든 나라들 중에서 최하급 수준의 매너를 자랑한다는 것이었다.

제길! 선뜻 나서려 하는 사람들이 없었다. 뭐, 나야 노래를 부르나 안 부르나 그만이긴 하지만 그래도 이왕 부르기로 했고, 가슴속에서 타오르고 있는 의욕은 나에게 아쉽다라는 감정을 계속해서 안겨주고 있었기 때문에 이대로 아무것도 안 하고 내려가면 이후로도 계속 찜찜한 기분을 느껴야 될 것 같았다. 이러한 이유로 다급해져 버린 나의 마음은 나도 모르게 내가 생각하고 있던 곡명을 입에 담게 만들었다.

"곡명은 'Shape of My Heart' 입니다."

그러자 또 한 번의 탄성들이 연달아 터지더니 자신도 한번 나가볼까 하는 표정으로 서로의 동행들에게 소곤거리기 시작했다. 그런데 그때, 거의 맨 뒤편의 관객석에서 어떤 요란한 소리가 내 귓가에 들려오기 시작했다.

"잠시, 잠시만 비켜주세요. 저 무대로 나갈 거거든요. 잠시만 비켜주세요~!"

나는 그곳으로 시선을 옮겼다. 소란의 주인공은 검은색 톤의 힙합 복장에 얇은 갈색의 선그라스형 안경을 착용하고 있던 짧은 스포츠 머리의 남학생이었다. 척 보니 내 또래로 보였다.

"아! 저기 한 분 나오시는군요! 우리 모두 용감한 참가자 분을 위해 길을 넓게 터줍시다!"

역시 마이크의 힘은 엄청났다. 그 옛날, 모세가 지팡이를 내려쳐 홍해 바다를 반으로 갈라놓은 역사를 보인 것처럼, 혜정이의 말에 그렇게도 복잡하게 들끓었던 관객들이 길을 터주기 시작했다. 그러자 그 남학생은 '헤헤' 하고 주위를 향해 웃음 지어 보인 다음 무대를 향해 성큼성큼 걸어나왔다.

"아! 또 있습니다. 이번에는 두 분입니다! 보아하니 저 두 분은 일행인 것 같군요. 이 세 분께 격려의 박수와 뜨거운 함성을 부탁드립니다! 모두들! 엄청난 외모의 킹카입니다!"

"와아아아아—!!"

말 그대로 모두들 엄청나게 잘생겼다. 왜 이제껏 TV에서 못 보았었는지 의문이 들 정도로.

탈색한 듯, 머리 전체가 은색으로 물들어져 있는 20대 초반으로 보이는 냉랭한 표정의 남성과, 몹시도 곱상하게 생긴 블루 블랙의 머리카락을 뒤로 길게 늘어뜨린 남성. 그리고 제일 처음에 소란을 피우며 참가 신청을 낸 내 또래의 남학생.

이들은 그야말로 슈퍼 스타급의 외모들이었다. 모두가 잘생겼고 나름대로의 개성이 뚜렷하게 잡혀 있었다. 그러나 그에 비하면 나는…….

'이런 젠장.'

나는 속으로 그렇게 되뇌이며 슬금슬금 피어오르는 억울함에 주먹을 꽉 쥐었다.

"이제 마지막 한 분만이 남았군요! 자! 한 명! 딱 한 명입니다!"

이제 한 명만 있으면 다섯 명이 채워진다. 하지만 얼마만큼의 시간이 흘렀는데도 선뜻 나서겠다고 하는 사람이 없었다. 그럼 어쩔 수 없지.

"저, 네 명만 있어도 충분하니깐 이제…….."

"음? 아, 예. 자! 그렇다면 참가자를 이쯤에서 마감하겠습니다! 네 명도 충분하다고 하는군요! 자, 그렇다면 이제 어떻게 하실 거죠? MR은 준비되어 있습니다.”

에? MR? 뭐야 그게?

나는 궁금하다는 표정을 잔뜩 머금으며 대답을 촉구하는 눈빛으로 혜정이를 바라봤고, 혜정이는 정말 모르느냐 하는 황당한 표정을 짓다가 어쩔 수 없다는 듯 미소 지으며 설명하기 시작했다.

“간단히 말하자면 어떠한 곡의 보컬 부분을 제외한 반주용 음악이라고 말할 수가 있겠죠.”

“아, 네.”

참으로 간단한 설명이었다. 그러나 그것으로 인해 MR이 무엇인지는 대강 알 수가 있게 되었다.

“그럼 잠시만 시간을 주세요.”

“네, 얼마든지요.”

혜정이는 그렇게 대답하며 싱글싱글 웃어 보였다. 나는 무대에 올라온 이들에게로 다가가 그들을 모아놓고 말했다.

“일단 파트를 정해야 할 텐데… 아, 그전에 자기소개부터 하죠.”

이렇게 서로 만나게 된 것도 인연인데 이렇게 그냥 무심히 지나칠 수는 없는 노릇이지. 그리고… 흠흠! 왠지 친해지고 싶기도 하고 말이야.

“일단 나부터. 내 이름은 한성진. 서울종합예술고등학교 2학년에 재학 중입니다. 잘 부탁해요.”

오~ 서울예고란 말이야? 이거 처음부터 주눅 드는걸?

“내 이름은 박수한. S대학 1학년에 재학 중이지. 잘 부탁해.”

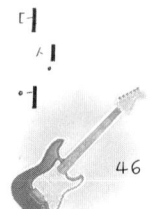

박수한. 블루 블랙의 미공자는 그렇게 말하며 살짝 윙크해 보였다.

S대. 우리나라 최고의 대학인 S대학이라…….

"한상찬. 하버드 대학 1학년이고 지금은 휴학 중이다."

하, 하버드?! 홋, 이제는 하버드생이냐? 도대체 이 사람들은 뭐야? 왜 이곳에 온 거야?

"휘유~ 대단한걸? 하버드라니… 이거 지금부터 친해질 필요가 있겠다. 헤헤, 잘 부탁합니다~ 형님."

성진이라 불린 녀석은 살갑게 웃어 보이며 상찬이라 자신을 소개한 남자의 손을 맞잡았다. 그러나 상찬이라 불린 남자의 표정에는 일말의 변화도 없었다.

"제 이름은 강수호. 해광고등학교 2학년에 재학 중이고, 저기 있는 김혜정 양과는 아주~ 사이좋은 단.짝.이지요. 저도 잘 부탁드려요."

나는 싱긋 웃으며 이를 뿌득 갈았다. 그런 내 모습에 성진과 수한은 서로 마주 보며 의아한 표정을 지었다. 이렇게 보니 저 둘, 왠지 성격이 착착 맞을 것 같다는 생각이 든다.

"그럼 지금부터 파트를 정하기로 하지요. 아, 그전에 혹시 기타 칠 줄 아시는 분 계세요?"

"기타? 음, 나 칠 줄 알아."

"나도. 그건 기본이지."

"흠… 나도 조금 다룰 줄 안다."

"모, 모두 다룰 줄 아시는군요."

역시… 엘리트들은 뭔가 다르다는 건가. 이들은 자신만만한 표정으로 그렇게 대답을 했다. 젠장! 내가 내세울 수 있는 것은 단 하나도 없단 말인가? 흑흑흑.

"그럼 기타 치시면서 메인 싱어를 맡으실 분?"

"에? 기타 치면서? 에이~ 싫어. 그냥 그 그룹(BSB)처럼 각자 파트를 나눠서 부르자."

"그래, 그게 좋겠네."

내가 말하려는 게 그거였는데… 쩝. 어쨌든 의견이 모아지자 우리는 각자 파트를 정하기 시작했다. 나와 동갑내기인 한성진은 BSB(backstreetboys의 약자)의 멤버 중, 주로 높은 음을 담당하고 있는 하위 디(Howie D)의 역을 맡겠다 자청하였고, 수한이 형… 아, 수한이 형은 자기보고 편하게 형이라 부르라고 하였다. 참 마음에 드는 성격이다. 물론 성진이도 나이가 같으니 자기를 편하게 부르라고 하였고, 상찬이 형은 음성으로 대답은 안 했지만 암묵적으로 역시 편하게 부르도록 허용했다. 차가워는 보여도 내면은 따뜻한… 이른바 외강내유의 성격인 것 같았다.

음… 의미는 조금 다른가? 뭐, 그게 그거지!

하여튼 수한이 형은 두 번째 메인 보컬이자 테너의 파트를 맡고 있는 A·J와 첫 번째 메인의 브라이언의 역할을, 상찬이 형은 중저음이자 화음 중 제일 낮은 음인 베이스의 파트를 담당하고 있는 그룹 제일의 카리스마 케빈의 역할을, 그리고 나는 매인 음을 담당하고 있는 닉 카터의 역할을 맡기로 하였고 또 추가로 기타 또한 연주하게 되었다.

"자, 일단은 다 정하긴 했는데… 어떻게 바로 공연에 들어가도 괜찮겠어요?"

"음? 상관없지만… 그래도 조금은 맞춰보자. 솔직히 이 노래, 정말 오래간만에 불러보는 거라서… 다른 사람들도 괜찮지?"

"예, 물론이지요."

"상관없다."

수한이 형의 말에 모두가 고개를 끄덕이며 동의의 의사를 표했다.

"자, 그럼 후렴 부분을 한번 맞춰보도록 하지요. 아, 그전에 기타를……."

나는 고개를 돌려 혜정이에게 부탁의 눈짓을 했다. 그러자 혜정이는 방긋 웃으며 뒷무대로 가더니 잠시 후, 통기타 하나를 손수 들고 와 나에게 안겨주었다. 그러면서 내게 귓속말로 속삭였다.

"기대할 테니깐 멋지게 보여줘 봐."

으웃~ 간지러워! 음… 저 지지배, 꽤 귀여운 면도 있었네?

"후우, 자, 그럼 시작을… 에?"

한숨을 살짝 내쉰 뒤 기타를 바로잡으며 고개를 돌리자 나를 향해 의미심장한 눈빛을 보내고 있는 성진이와 수한이 형의 얼굴을 볼 수 있었다.

"흐으음~"

"그랬구나."

"예? 뭐, 뭐가요?"

"아니야, 아니야. 흐흐흐. 어서 시작이나 하자구."

"맞아맞아. 시작하자. 크크큭!"

거, 웃음소리 한번… 무슨 변태도 아니고 말이야. 아무래도 뭔가 단단히 오해하고 있는 것 같은데 이거 공연 끝나고 상황 설명해야 할 필요가 있겠는걸?

"흠흠! 자, 시작합니다."

촤좌쫭!

나는 이 부분의 기타 코드를 잠시 떠올려 본 뒤 후렴 부분의 음을 치며 시작에 들어갔다. 혹시나 시작을 놓칠까, 난 눈빛으로 모두에게 신호를 보내었지만 그 걱정은 기우였던 모양인지 모두는 눈을 감고 바지 주머니에 손을 넣거나 팔짱을 끼고 있는 등의 자신들이 내보일 수 있는 최대한의 껄렁껄렁한 자세를 해 보이며 목소리를 내기 시작했다.

Looking back on the things I've done
I was trying to be someone
Played my part, kept you in the dark
Now let me show you the shape of my heart.

나는 화음에 맞춰 노래를 부르는 족족, 계속해서 피어오르는 미소

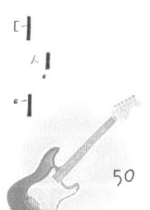

를 억제할 수가 없었다.

"대단해요! 정말 대단해! 처음 맞춰보는 화음인데 이렇게도 잘 맞다니……."

이 노래. 아르바이트를 하면서 가계에서 흘러나오는 음악에 맞추어 홀로 흥얼거렸던 것이 전부였다. 처음 이 노래를 들었을 때야 '아, 좋은 노래구나'라고 생각했을 뿐이었지만 몇 번 반복해서 듣다 보니, 계속 이 노래의 음이 머리 속에서 지워지지 않고 나를 괴롭히기 시작했다. 그러다가 이 노래에 대해 흥미가 생긴 나머지, 동네 음반점에 가서 이 노래의 악보집을 구입한 뒤, 틈이 날 때마다 기타로 쳐 보며 연습을 했고 끝내는 모든 코드와 가사까지 외우게 되었다.

이 노래는 분명히 멋진 노래였고, 괜히 빌보드 차트에 진입했던 것이 아니니만큼 계속해서 들어도 질리지가 않았다. 하지만… 이렇게까지 이 노래가 멋진 노래인지는 오늘 처음에야 알았다.

세상에! 이렇게도 기분이 좋다니!

"이야~! 이거 우리 넷의 목소리 조합이 꽤 잘되는데? 비성음을 섞지 않은 진성이 이렇게 잘 조합되는 경우는 정말 드문데 말이야!"

"벌써부터 가슴이 두근거려! 대단해!"

그러한 기분은 비단 나 혼자만이 느꼈던 것이 아니었던 모양인 듯, 수한이 형과 성진이 또한 입가에 미소를 가득 띠고 있었다. 그리고 내색은 안 했지만 상찬이 형 또한 입꼬리를 아주 미세하게 올리고 있었다.

"야, 꽤 잘하는 것 같은데? 저 사람들 실력 좋다."

"응~ 그런 것 같아. 왠지 기대된다, 그치?"

마이크를 대지 않아 관객석에서는 작게 들릴 목소리였지만, 그래도 이미 들을 사람은 모두 들을 수 있었던지라 무대의 가까이에 있던 관객들이 그렇게 말했다. 그것은 물론 우리들의 귀에도 들어왔기에 나를 포함한 성진이와 수한이 형의 표정에는 약간의 우쭐함마저 베이게 되었다. 물론 상찬이 형은 여전히 포커페이스를 지키고 있었다.

"더 이상 시간 끌면 미안하니깐 이제 슬슬 시작해 보지. 이 이상 지체하면 기다리는 관객들에게도 실례라고."

"아, 예. 이제 시작하죠."

수한이 형은 관객석을 흘끔 쳐다보며 말했다. 맞아, 그러고 보니 꽤 시간이 지나갔군.

"멋지게 한번 해보자! 아, 그전에 모두 파이팅이나 한번 해볼까?"

"좋아!"

성진이의 제한에 우리는 그렇게 외치고는 둥그렇게 모여서 가운데에 손을 모았다. 그리고 크게 외쳤다.

"하나! 둘! 셋! 파이팅!

"아자!"

"오오오오~!"

우리의 파이팅은 관객들로 하여금 놀라움의 탄성을 자아내게 했던 모양이다.

헤헤, 쑥스럽구만.

"저기, 죄송하지만 의자 다섯 개와 마이크 네 개 좀 가져다 주시겠어요?"

"아, 예. 잠깐만 기다리세요."

우리는 무대의 가운데로 와 관객들을 향해 나란히 섰고 스태프들은 수한이 형의 요구를 빠르게 받아들였다.

어라? 그런데 왜 의자는 다섯 개지?

나와 성진이는 그런 궁금증에 수한이 형을 바라봤으나 형은 그저 두고 보라는 표정으로 싱긋 웃어 보일 뿐이었다.

잠시 후, 마이크가 설치되고 또 의자 역시 나란히 놓여졌다.

"일단 삼각형 모양으로 의자를 배치하고 자리에 앉겠는데 가운데는 비워두는 거야. 알았지?"

"예."

영문은 몰랐지만 일단 대답은 시원하게 했다. 성진이와 나의 대답에 형은 고개를 끄덕이고는 다시 성진이에게 말했다.

"음… 성진이 너는 우리가 서 있는 위치를 기준으로 무대에서 제일 오른쪽 앞 석에 앉고, 상찬이 너는 그 앞인 왼쪽의 앞 석에 앉는 거야. 나는 네 옆에 앉고, 수호 너는 성진이 옆에 앉는 거지. 그리고 가운데는……."

수한이 형은 혜정이에게 시선을 옮겼다. 그리고 싱긋 웃어 보이며 말했다.

"혜정 양께서 앉아주시면 좋겠군요."

"예? 제, 제가요?"

"예."

갑작스런 수한 형의 제안에 혜정이는 눈을 동그랗게 떴고, 그것은
나 또한 마찬가지였다. 대체 형이 왜 저러는 거지 하는 마음이 내 안
에 가득했으나 성진이는 그 이유를 깨달은 듯, 존경의 눈빛으로 형
을 바라보았다. 나는 성진이의 옆구리를 툭툭 치며 그 이유를 물었
다.

"야, 형이 왜 그러는 거야?"

"에게? 너 그거 진심으로 묻는 거야?"

"응."

"우리가 부를 노래의 가사를 한번 생각해 봐. 그러면 금방 알 수
있을 거야."

"가사?"

가사라… 이 노래의 가사가… 아~ 맞아!

"이제 알았냐? 너, 참 둔하구나?"

녀석은 한숨을 내쉬며 내 어깨를 툭툭 두드렸다. 살짝 화가 났지만
여기서 화를 냈다가는 나의 무식함을 더욱 폭로하고 인정하는 것 같
아 그냥 살짝, 아주 살~짝 녀석의 옆구리를 꼬집는 것으로 끝냈다.

녀석은 '아악!' 하고 크게 소리 질렀고 순간 모든 시선이 녀석에
게 집중되었으나, 나는 왜 그러냐는 표정을 담은 아주~ 순진한 눈
망울로 녀석을 쳐다보았고, 나를 손가락으로 가리키며 억울한 표정

을 짓던 녀석은 고개를 푹 숙이며 아무것도 아니라는 듯 손을 흔들었다.

후후.

"자, 여기에 앉으시고 각자 자리에 가서 앉자."

이렇게 보니깐 수한이 형 정말 믿음직해 보인다. 마치 상냥한 큰형 같은 이미지라고나 할까? 뭐… 나는 형제가 없어서 정말 그런지는 잘 모르겠다만.

우리가 자리에 가서 앉자 수한이 형은 혜정이에게 싱긋 웃으며 말했다.

"어서 앉으세요. 그래야 저희가 노래를 시작하지요."

"아! 그, 그래도……."

혜정이는 난처하다는 얼굴로 스태프(staff)들을 쳐다보았으나 스태프들은 능글맞게 웃으며 그 시선을 무시했다. 결국 할 수 없다는 판단을 내린 혜정이는 터벅터벅 자리로 걸어가 앉았다.

"자, 모두 노래를 부르면서 항상 취하고 있어야 할 행동은 혜정 양을 바라보아야 한다는 거야. 그리고 혜정 양을 자신이 가장 사랑하는 사람이라고 생각하며 노래의 가사 대로, 나의 진심을 그대에게 보여주겠다는 과거의 뉘우침과 미래의 결심을 강하게 보여주는 거야. 마이크는 너무 가까이 대지 말고, 특히 기타를 치기로 한 수호는 주의하고. 모두 알았지?"

"예!"

"좋아, 그럼 시작하자."

우리는 서로 눈빛을 맞추며 고개를 끄덕였다. 심장이 조용히 고동쳐 온다. 손에 잡히는 식은땀은 마치 불에라도 달군 듯 뜨겁게 달아오르고 있었다. 정말… 이런 기분은 처음이다. 무대에 선다는 것이… 이런 기분이었나?

우리의 시작을 눈치 챈 듯 관객들 또한 몹시도 조용해져 있었다. 두 눈에는 기대감과 호기심, 또는 너희들이 해봤자 얼마나 잘하겠냐라는 무시와 조롱. 일부 BSB의 광 팬인 듯한 사람들은 '감히 우리 오빠의 노래를 부르다니… 망치기만 해봐라, 가만 안 둔다' 라는 식의 표정으로 우리를 무섭게 노려보고(?) 있었다. 장담하건대 이 노래를 망쳐 버린다면 우리는 전국의 BSB 팬들에게 적지 않은 질타를 당하게 될 것이다. '그러게 되지도 않는 실력으로 왜 나서서 깝쳤냐!' 라는 식으로 말이다.

그들이 어떻게 아냐고? 지금은 지구촌 시대. 인터넷이라는 엄청난 아이템이 가정에 기본적으로 보급되어 있지 않은가. 지금 캠을 찍고 있는 사람들은 잘되든, 잘 안 되든 그것을 인터넷에 올릴 테지? 그리고 우리는 평가의 대상이 될 터이고…….

제길, 애초 처음 곡 제목을 말할 때 너무 자신있게 말하는 것이 아니었는데… 다른 사람들은 어떨까? 나와 같은 심정일까?

별의별 생각들이 내 머리 속을 어지럽게 헤집어놓기 시작했다. 초조함과 불안함… 그리고 두려움… 이 모든 것들이 내 마음속을 강하게 분탕질한다. 나는 어서 시작을 하려 기타에 손을 가져갔으나 손쉽게 움직여지지 않았다.

'어서 시작을 해야⋯⋯.'

급한 마음으로 기타 줄을 내리그으려 할 때 조용한 음성이 나의 귓가에 울렸다.

"무대에 설 때에는⋯ 그리고 몹시도 떨릴 때는 가장 즐거웠던 일들을 떠올려 보는 거다. 눈을 감고⋯ 조용히 호흡을 가다듬으면서 말이다. 아마 그때의 추억들과 기억들이 너의 모든 것을 지켜줄 것이다."

나는 깜짝 놀란 표정으로 목소리의 주인공인 상찬이 형을 바라보았다. 담담하고 차가운 표정의 형은 나와 시선이 마주치자 조용히 고개를 끄덕여 보였다. 다시 수한이 형에게 고개를 돌리자 형 또한 두 주먹을 꽉 쥐어 보이는 시늉을 하며 부드러운 미소를 지어 보였다.

혜정이는 영문을 모르겠다는 표정으로 나를 쳐다보고 있었고, 다시 내 옆의 성진이에게 고개를 돌리니 녀석은 조용히 호흡을 가다듬고 있었다. 그리고는 눈을 뜨고 나를 쳐다보았다.

"시작하자."

"그래."

나는 그렇게 대답을 했다. 왠지 마음이 차분해진다.

즐거웠던 기억⋯ 그래, 지금 이 순간 떠오르는 가장 즐거웠던 기억은 가족과 함께 있었던 시간도, 다른 무엇도 아닌, 지금은 헤어진 세 명의 친구들과 함께 있던 그 시간이다. 비록 간단한 코드의 곡이었지만, 그래도 함께 연주를 하며 언제나 지속될 것만 같았던 생에 최고의 마음들을 공유했던 우리들.

그래, 바로 그 순간이다.

만
남

나의 최고의 시간… 그리고 생애……. 나를 지켜주는 것… 내 삶을
지탱해 주는 기억들…….

그래, 생각났다.

Baby, please try to forgive me
그대여 … 날 용서해요 …….

수한이 형이 노래를 부르기 시작했다. 첫 소절은 브라이언, 즉 수
한이 형의 솔로 파트이다.

내 마음을 눈치 챈 것일까, 기타로 노래의 첫 부분을 시작하기 전
형이 먼저 노래로서 시작을 했다. 혜정이를 바라보며 노래를 부르던
형은 'me' 부분의 소절을 끝낸 뒤 나를 바라보며 살짝 미소 지었다.
그러나 그것은 너무 찰나에 이루어진 일이라 나 말고는 누구도 눈치
채지 못했을 것이다.

살짝 고개를 들어보니 무대에 설치되어 있는 대형 스크린에 우리
의 모습이 비춰지고 있었다.

노래는 계속되었지만 나는 아직 기타를 치지 않고 있었다. 차라리
지금은 무반주로 부르는 편이 훨씬 좋을 거라는 생각에서였다.

Stay here don't put out the glow
여기 머물러 줘요. 사랑의 불씨를 끄지 마세요.

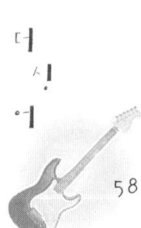

형의 목소리는 무척이나 깨끗했다. 브라이언 특유의 억양도 약간 섞여 있었는데 여학생들은 '어머! 완전 브라이언이야! 정말 똑같다!' 이러면서 호들갑들을 떨고 있었다. 하지만 그 여학생들은 주위 사람들의 무서운 눈초리에 곧 입을 다물 수밖에 없었다.

Hold me now don't bother
If every minute it makes me weaker
You can save me from the man that I've become
oh yeah
날 안아주세요. 상관없어요.
삶의 매순간이 날 나약하게 만들지라도…
당신은 예전의 내 모습으로부터 날 지켜줄 수 있어요.

이제부터가 진정한 시작이다. 나는 다음 소절의 음을 떠올리며 목소리를 내기 시작했다.

원래 수한이 형이 Aj의 파트와 브라이언의 파트를 맡기로 했지만, 아무래도 한 사람이 없는 상태이다 보니 각자가 메인, 테너, 소프라노, 베이스, 코러스의 음을 담당하기로 했다. 그래서 원래 리드 보컬인 수한이 형이 테너와 코러스를, 성진이가 소프라노를, 상찬이 형이 베이스를, 그리고 내가 노래 전체의 메인 음을 맡기로 했다. 원래대로라면 내가 테너를 맡아야 했지만 난 유닛송밖에는 음을 모르는 관계로 원래 메인이었던 수한이 형이 코러스 겸, 테너를 맡게 된 것이다.

형이 내게 당부하기를, 네가 목소리를 우리보다 더 크게 내야 한다고 했는데 원래 매인 음에 화음들을 넣는다는 것 자체가 매인 음을 더욱 돋보이게 하기 위해서이니 다른 목소리들에게 돋보이려는 대상이 잡아 먹혀 버려서는 결코 안 된다는 것이 그 이유였다.

무척이나 찰나의 시간, 우리는 서로의 눈빛을 쳐다본 뒤 혜정이를 향해 시선을 집중시켰다. 그리고 화음에 맞추어 노래를 부르기 시작했고, 나는 피크가 없는 탓에 조금씩 아파오는 손가락을 느끼며 힘차게 기타 줄을 내리긋기 시작했다.

촤촤쫭!

Looking back on the things I've done
I was trying to be someone
Played my part, kept you in the dark
Now let me show you the shape of my heart
이제까지 내가 살아온 삶을 되돌아봅니다.
난 중요한 사람이 되려고 노력해 왔어요.
그대를 어둠 속에 둔 채로 내 일만 해왔죠.
이제 내 진심을 그대에게 보여줄 거예요.

"와아아아!"

아직 첫 부분이었지만 반응은 대단했다. 단순히 기타 하나의 악기만 가지고 노래를 부르고 있다고는 하지만, 그것도 그 나름대로의 매

력이 묻어 있었고 무엇보다 노래를 부르는 우리 네 명의 화음이 꽤나 절묘하게 어우러져 나왔기에 그것 자체로도 벌써 역동감이 실려 나오고 있었다. 신이 허락하신 최고의 악기는 바로 '인간의 목소리'라고 하지 않는가.

하지만 여기에서 만족할 수는 없지, 노래는 이제 시작이니깐.

다시 수한이 형의 차례다.

Sadness is beautiful
Loneliness is tragical
So help me I can't win this war
oh no
슬픔은 아름답습니다.
외로움은 비극적이지요.
날 도와주세요. 이 고난을 이겨낼 수가 없어요.

이번에 형은 Aj의 목소리 턴을 약간 따라하려고 했던 모양인지 처음의 깨끗한 목소리와는 다르게 약간 거칠고 R&B적인 요소가 듬뿍 함양된 목소리로 혜정이를 향해 간절한 눈빛을 보내며 애절한 모습을 해 보였다.

내가 했으면 느끼함에 모두가 온몸을 긁어댔을 저 광경이, 형이 해 보이니깐 왠지 멜로물의 한 장면 같아 보였다.

Touch me now don't bother
If every second it makes me weaker
You can save me from the man I've become
나에게 손길을 주세요. 상관없어요.
삶의 매 순간이 날 나약하게 만들지라도
그대는 예전의 내 모습으로부터 날 지켜줄 수 있어요.

정말 놀랍다, 인간이 저렇게까지 멋진 목소리를 낼 수 있다는 것은. 얼굴도 잘생겼겠다, 학력도 좋겠다, 거기다가 성격도 좋으니 도대체 수한이 형에게 부족한 것은 무엇이 있을까? 지금 이 순간의 형에게 아마추어나 노래 자랑에 참가한 일반인들에게 흔히 보일 수 있는 어설픔 따위는 조금도 엿보이지 않았다. 그것은 수한이 형뿐만이 아닌, 모두가 그랬다. 다만 뒤떨어져 있는 것은… 나뿐이었다.

이번에는 성진이와 상찬이 형 또한 같이 노래를 불렀다. 성진이는 자기가 맡은 하이 부분을 완벽히 소화해 내 보였고, 중간에 상찬이 형 또한 낮은 중저음으로 합세하여 세 명이 멋진 하모니를 만들어 보였다.

두 번째 매인 음이 끝나자 우리는 다시 후렴 부분에 들어갔다.

Looking back on the things I've done
I was trying to be someone
Played my part, kept you in the dark
Now let me show you the shape of my heart

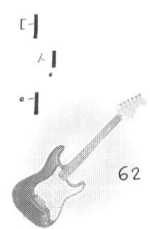

62

이제까지 내가 살아온 삶을 되돌아봅니다.
난 중요한 사람이 되려고 노력해 왔어요.
그대를 어둠 속에 둔 채로 내 일만을 해왔죠.
이제 내 진심을 그대에게 보여줄 거예요.

드디어 내 파트가 시작되었다. 나는 조금은 거친 음성으로, 그리고 되도록 너무도 애절하게 들리도록 내 목소리를 머리 속에 그려내며 노래를 부르기 시작했다. 다른 사람들에게 결코 뒤질 수는 없다.

I'm here with my confession
이제 난 고백할게요.

목을 풀지 않고 노래를 불러서인지 내 느낌에 목이 꽤나 탁하게 느껴졌다. 하지만 여기서 삐그덕거릴 수는 없는 노릇이라 난 살짝 고개를 들고 기타를 치켜 든 손에 힘을 실어 강하게 내뱉듯 노래를 불렀다.

Got nothing to hide no more
I don't know where to start
But to show you the shape of my heart
더 이상 숨길 것이 없습니다.
어디서부터 시작해야 할지 모르겠지만

만
남

이젠 내 진심을 그대에게 보여주겠습니다.

나는 잠시 기타를 치는 것을 멈췄다.

침묵과 고요가 무대를 잠식했다. 관객들 또한 조금의 소란도 없이 우리를 주시했고 우리는 약속이라도 한 듯, 고개를 숙였다. 이때 수한이 형이 스태프들에게 손짓으로 싸인을 보내었고, 뭔 뜻인지 알겠다는 듯 스태프들은 방송석에 신호를 보내었다. 아마도 MR을 틀어 달라는 싸인 같았다.

"우우웅!"

잠시 후, 묵직하고 무게있는 베이스 기타의 중저음이 울려 퍼짐과 동시에 하이라이트 반주 부분이 연주되어 나오기 시작했다. 우리는 모두 자리에서 일어나 앞으로 나아가며 노래를 부르기 시작했다.

I'm looking back on things i've done
I never wanna play the same old part
keep you in the dark
Now let me show you the shape of my heart
이제까지 내가 살아온 삶을 되돌아봅니다.
다신 옛날의 예전의 내 모습은 싫어서
당신을 어둠 속에 두었죠(외롭게 두었죠).
이젠 나의 진심을 그대에게 보여주겠습니다.

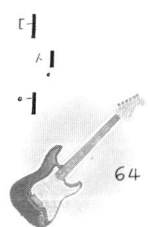

64

점점 노래 속에, 그리고 그 속에 담겨 있는 분위기 속에 빠져드는 나 자신을 느꼈다.

Looking back on the things I've done
I was trying to be someone (trying to be someone)
Played my part, kept you in the dark
Now let me show you the shape of my heart
(Now let me show you the true shape of my heart)
이제까지 내가 살아온 삶을 되돌아봅니다.
난 중요한 사람이 되려고 노력해 왔어요.
그대를 어둠 속에 둔 채로 내 일만 해왔죠.
이제 내 진심을 그대에게 보여줄 거예요.

격렬하게. 그리고… 애절하게…….

Looking back on the things I've done
I was trying to be someone
Played my part, kept you in the dark
이제까지 내가 살아온 삶을 되돌아봅니다.
난 중요한 사람이 되려고 노력해 왔어요.
그대를 어둠 속에 둔 채로 내 일만 해왔죠.

형은 다급히 손짓하며 스태프들에게 또다시 신호를 보내었다.

만
남

그들은 그것을 용케도 알아봤는지 다시금 무대 뒤쪽으로 사라졌다.

Now let me show you the shape of…….
이제 내 진심을 그대에게 보여줄 거예요…….

드디어 마지막이다. 반주는 점점 약해지더니 'show you the shape of' 부분의 가사에 와서는 완전히 꺼져 버렸다. 그 누구도 맞을 신호를 보내지 않았지만 끝 음은 원래보다 길게 이어졌다.

우리는 수한이 형을 바라보았고, 형은 고개를 저으며 네가 부르라는 뜻으로 나를 가리켰다. 나는 당황스러운 마음에 내 손으로 나를 가리키며 눈을 동그랗게 떴고, 형은 고개를 끄덕이며 짓궂은 미소를 머금었다.

나는 다급한 마음에(사실 나는 보기보다는 소심한 성격이다) 성진이와 상찬이 형을 바라보았고, 수한이 형의 생각에 동의하는 듯 상찬이 형은 원래의 포커페이스대로 담담하게, 그리고 성진이는 얄미운 미소를 지으며 고개를 끄덕였다.

나는 '후우' 하고 조용히 한숨을 내쉰 다음 셋이 터준 길의 가운데를 지나 혜정이에게 걸어갔다. 나는 다시 살짝 수한이 형을 쳐다보았고 형은 입 모양만으로 '무릎 꿇어! 무릎!' 하고 외쳤다. 나는 그 말뜻을 알아듣고는 더욱 아연한 기색이 들었다.

내가 진정 그런 쪽팔린 짓까지 해야 하는가 라고 생각은 했지만 형이 바라는 것은 이거다. 중세의 기사들이 한쪽 무릎을 꿇으며 레

66

이디가 내민 한 손을 살짝 붙잡고 그 손등에 입을 맞추는 로맨틱한 장면.

'후우~ 어쩔 수 없지. 이왕 끝낼 거 멋있게 한번 끝내보자!'

나는 굳게 결심을 하고 혜정이의 앞에서 한쪽 무릎을 꿇었다. 혜정이는 크게 놀란 듯 눈을 동그랗게 뜨며 나를 바라보더니 곧 쑥스러운 듯 살짝 얼굴을 붉히며 오른손을 내밀었다. 역시 눈치 하나는 빠르다.

나는 혜정이가 내민 오른손을 붙잡고 약간은… 아니, 사실은 엄청나게 어색한 마음으로 조심스레 마지막 소절을 불렀다.

Show you the shape of
그대에게 보여주겠습니다.

마지막 단 한 소절을 남겨두고 난 혜정이의 손등에 살짝 입을 맞추었다.

my heart.
나의 진심을.

짝… 짝짝짝짝짝!

"와아아아—!!"

고요하던 무대는 어떤 이에게서부터 비롯된 박수 소리로 처참하게 깨어졌다. 조용한 박수는 곧 해일과도 같은 소리를 불러왔고, 그것은 엄청난 환호성으로 합세되어 작은 무대를 향해 거침없이 폭격되기 시작했다.

나는 그녀의 손에서 손을 때고 몸을 일으켰다. 혜정이 또한 의자에서 일어서더니 내게 조용한 어투로 속삭였다.

"지루하던 무대에 너를 세운 것은 정말 탁월한 선택이었던 것 같아. 학교에서 말 한마디 없이 조용히만 지내던 너에게 이런 면이 있을 줄은 몰랐는데? 정말 다시 봤어. 그리고 고마워."

혜정이는 내 두 손을 꽉 잡아주고는 형들에게로 다가가며 말했다.

"환상적인 무대였습니다! 정말 TV에서 나오는 여느 가수들과 비교해도 전혀 뒤떨어져지지 않을 듯싶군요. 여러분! 이분들의 이름을 들어보고 싶죠?!"

"예!"

"후훗, 관객들이 저렇게 원하시는데 설마 거절하지는 못하겠죠? 이분부터 차례대로 자기소개를 들어보기로 하겠습니다."

혜정이는 그렇게 말하고는 수한이 형에게 마이크를 건네주었다.

"이름은 한상찬, 미국의 대학에 재학 중이고 지금은 휴학 차 한국에 왔습니다."

"그럼 재미 교포인가요?"

"예."

"미국의 대학이라면… 어디를 말하는 거죠?"

"……."

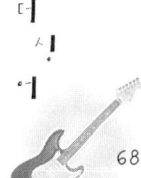

형은 잠시 생각하더니 다시 입을 열었다.

"너무 작은 대학이라 말하기가 부끄럽군요. 말해도 잘 모르실 겁니다."

"그렇군요. 그럼 다음 분에게 마이크를 넘기겠습니다."

"우우우!"

형의 대답에 관객들이 실망스럽다는 심중을 입으로 표현했다. 그러나 상찬이 형은 여전히 포커페이스를 지킬 뿐이었다. 음, 왜 그런 거지? 나 같으면 '저는 하버드 대학에 다니고 있습니다' 라고 당당하게 말할 텐데. 그러면 관객들은 엄청 놀랄 거고 그럼 나는… 아, 그렇구나!

뒤늦게야 나는 형이 왜 그런 대답을 했는지 알 수가 있었다. 형은 대답을 함으로써 닥쳐올 귀찮은 일들을 피하려 한 것이다.

생각해 보라. 얼굴도 잘생겼겠다, 노래도 잘 부르겠다, 거기다가 학력까지 죽여주겠다. 형의 성격으로 봐서 대답을 한 그 순간이 바로 지옥이라는 것을 짧은 시간에 깨달은 것이다. 포커페이스의 형의 성격으로 미루어 짐작할 때 그것은 너무나 당연한 사실이었다. 이것은 아마 나 아니더라도 형을 조금이라도 대해보았던 사람이라면 그 누구나 알 수 있었을 것이다.

다음은 성진이었다.

"제 이름은 한성진, 서울종합예술고등학교 2학년에 재학 중입니다."

"오오오!"

관객석에서 나지막한 탄성이 터져 나왔다. 성진이는 약간은 자랑스러운 표정을 담으며 어깨를 으쓱였다. 그 모습을 보고 관객들은 한 차례의 웃음을 터뜨렸다.

"제 이름은 박수한, 현재 S대학 음악과에서 작곡을 공부하고 있습니다."

"와아아아!"

수한이 형의 말이 끝나자 관객들은 성진이 때보다 더욱 큰 탄성을 터뜨렸다. 그런 관객들의 반응에 성진이는 기가 팍 죽은 얼굴과 원망이 가득 담긴 눈초리로 형을 쳐다보았으나 형은 장난스레 웃어 보이는 것으로 대답을 대신했다.

쳇! 역시 내가 제일 딸리는구나. 아~ 이 서글픔이여!

나는 오늘만큼 내 학력과 내 자신에 대해 비참함을 느껴본 적이 없었다. 흥! 내 동생도 곧 있으면 형들처럼 크게 될 테니, 아니, 형들보다 더 크게 될 테니 내가 지금 이렇게 자존심 상해야 될 까닭이 없지! 내 동생은 내가 기대고 있는 내 삶의 전부이니 말이야!

"우하하하하!"

"어, 어라? 왜, 왜들 그래요?"

"아니, 그, 그게… 너 괜찮니?"

"어디 아파?"

"응? 왜? 왜 그러는데?"

문득 정신을 차려보니 성진이와 수한이 형이 얼굴을 살짝 구기며 나를 쳐다보고 있었다. 그 모습은 흡사…

'쪽팔림을 애써 참고 있는 표정이군.'

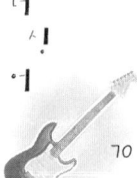

난 그렇게 단정 내렸다. 왜들 그러는 거지? 내 이런 생각은 혜정의 표정을 보고 금세 알 수 있었다.

"푸후훗!"

아예 몸을 뒤틀며 애써 웃음을 참고 있군. 아~ 힘들겠다, 힘들겠어. 그리고… 젠장! 무자게 쪽팔리는구나. 아아~ 하늘이여!

"하하하핫!"

관객들은 또 한차례 폭소를 터뜨렸다. 나는 쪽팔린 마음에 고개를 들어 맑은 밤하늘을 잠시 쳐다보았다. 혜정이는 눈물을 닦으며 아직도 웃겨죽겠다는 표정을 짓고는 내 가슴에 비수를 꽂는 멘트를 날리기 시작했다.

"정말 유쾌하신 분입니다. 사실 여기 있는 수호 군은 제가 다니고 있는 고등학교의 같은 반 단짝인데요. 학교에서는 워낙 조용하고 소심해서 설마 이런 재주와 끼가 있으리라고는 전혀 생각지 못 했었거든요. 그랬는데 그것을 지금에 와서 이렇게 확인하게 되니 정말 놀랍기 그지없습니다."

"오오오~!"

같은 반, 단짝이라는 말에 모두들 또다시 탄성을 내뱉었다. 그것을 나에게 들어 이미 알고 있던 수한이 형과 성진이는 서로를 쳐다보며 키득거릴 뿐이었다.

"어쨌든 오늘 자진해서 무대에 나와 이렇게 멋진 무대를 선사해 주신 여러분들께 진심으로 감사의 인사를 드립니다. 여러분들은 어디로 가시지 마시고요, 이 행사가 끝나고 무대 뒤편으로 와주시기

바랍니다. 개최 측에서 소정의 상품을 드리겠다고 합니다. 여러분
들! 이분들에게 다시 한 번 아낌없는 환호와 박수를 부탁드립니다!"

"와아아아!!"

"짝짝짝짝!"

우리는 엄청난 환호성과 박수에 정중한 인사로 답례하며 무대에서
내려왔다.

행사는 계속해서 진행되었다. 혜정이의 말대로 이전보다 분위기가
많이 좋아진 듯, 관객들은 저마다 더 큰 환호를 보내며 행사에 열중
했다.

비록 오늘 처음 만난 사이이지만 우리는 우리의 공연 내용과 그 순
간 자신들이 느꼈던 긴박함과 아찔함, 그리고 환희와 기쁨을 털어놓
으며 급속도로 친해지기 시작했다. 물론 상찬이 형은 여전히 포커페
이스였지만 그래도 분위기는 처음 만났을 때와는 비교도 안 되게 풀
어져 있었다.

우리는 서로의 핸드폰 번호를 교환하였고, 핸드폰이 없는 나만이
내가 아르바이트를 하고 있는 가계 이름과 주소, 그리고 집 전화 번
호와 위치를 가르쳐 주었다.

"우리 이대로 헤어지는 것도 뭐하니깐… 한잔할래?"

"예? 한잔이요? 술?"

"물론! 왜? 싫어?"

"음… 아니요. 좋아요!"

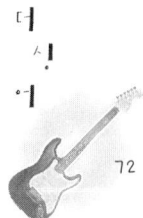

수한이 형의 제안에 성진이는 움찔하는 기색을 보였으나 곧 흔쾌히 승낙했다. 하지만 나는… 음… 어쩌지? 오늘은 일찍 집에 들어가려고 했는데… 에라, 모르겠다! 오늘 하루쯤이야!

"저도 좋아요!"

라고 말하며 결국 승낙해 버렸다. 솔직히 동생이 걱정되기는 했으나 녀석이 어린것도 아니고… 어차피 밤을 세울 것도 아니었으니 조금 늦어도 괜찮겠지?

"좋아, 그럼 지금 당장 가자."

"예? 지금 당장이요? 끝날 때까지 기다리라고 했잖아요. 상품 준다고."

"됐어. 상품이라고 해봤자 별것 아닐 거야. 그리고 정 상품이 탐나면 수호, 네가 혜정 양에게 직접 받으면 될 것 아냐? 어차피 짝이라면서."

음, 그건 그렇네? 나는 쉽게 납득해 버리고는 고개를 끄덕였다.

"자! 가자!"

우리는 밀집되어 있는 관객들 사이를 빠져나가기 시작했다.

나는 슬쩍 고개를 돌려 무대를 바라보았다. 어렸을 적의 일로 다시는 꿈꾸지 않으리라 생각했던 무대였지만, 방금 전의 공연으로 인해 조금씩 흔들리는 것을 느꼈다. 하지만, 이것이 마지막이다. 내게는 동생의 뒷바라지를 해야 할 절대적인 사명감이 있고 그것은 내 삶의 목표이자 삶의 전부니까.

그러고 보니 아버지가 가수 생활을 약간 했었다고 들었는데… 어머니가 그동안 혼자였고, 또한 마지막에 쓸쓸히 죽음을 맞이하셨던 것은 분명 가수라는 직업에 얽매여 가정도 돌볼 틈 없을 만큼 정신없이 살았을 아버지의 탓이 컸을 것이다. 이것은 내가 가수라는 꿈을 버리게 하는 것에 큰 일조를 하기도 했다.

그래, 나는 절대로 내 꿈에 젖어 더욱 소중한 것을 내칠 만큼 비정한 짓은 하지 않을 거다. 그렇게 되었을 때 주위 사람들이 겪어야 할 참담함은 내가 잘 알고 있으니 말이다. 나에게 말은 안 하고 있지만 사춘기인 요즘, 특히 더 많이 외로워하고 있는 내 동생을 위해서라도 나는 이기적인 삶을 절대로 살지 않을 거다.

하지만… 즐길 수 있는 인연은 즐겨야겠지? 어찌 되었든 나도 세상에 존재하고 있는 한 개체의 인격이니 말이야.

쩝, 이거 왠지 모순 같은데?

"수호야! 뭐 해! 안 오면 그냥 간다?!"

어느새 저 멀리까지 가 있는 일행들이 나를 향해 손짓했다. 나는 무대에서 시선을 떼고는 모든 것을 훌훌 털어버리려 일행들을 향해 달렸다.

그날 나는 술에 진탕 취한 채 밤 12시가 넘어서야 겨우 집으로 돌아올 수 있었다. …아니, 내가 집으로 돌아갔었나? 으음… 분명 집 비슷한 곳으로 들어가긴 한 것 같은데… 에이, 몰라!

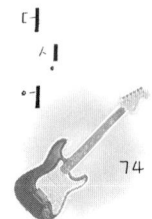

2장 복잡한 인연

"형! 형! 혀어엉!!"

"컥… 커허억!"

정말 죽을 듯이 아프다. 뭔가 엄청나게 뜨거운 기운이 내 몸을 거칠게 휘젓는다. 죽을 듯한 고통이란 게 바로 이런 것일까?

"형! 형!!"

지훈이 녀석이 크게 울부짖는다. 녀석… 저런 모습을 본 것도 정말 오래간만이네? 그런데… 내가 왜 이러고 있는 거지? 이거 어디선가 많이 본 장면인데…….

"형, 정신 차려! 도대체 어떻게 된 거야! 형! 혀엉!!"

"커허… 커허……."

숨을 쉬기가 무척 힘들다. 너무도 힘들다. 내가 좋아하던 것? 내가
미치도록 좋아했던 것?

"커어어……."

마치 마른 장작이 타오를 때 나는 소리처럼… 나의 음성은 그렇게
갈라져 있었다.

이제 더 이상 예전의 목소리는 없다… 나 홀로 자랑스러워하며 아
끼던 이제까지의 목소리는 없다… 그리고 더불어… 내가 깊이 각인
하고 있었던 그 꿈도 이제는 없다…….

심장을 도려내듯, 내 꿈 또한 일말의 인정을 두지 않고 잔인하게
도려내 버렸다. 이제 내게 남은 것은 없다… 미련도 없다…….

"형! 정신 차려! 형!!"

나는 힘겹게 고개를 돌려 단 하나 남은 나의 마지막 혈육을 바라보
았다. 너무도 귀엽고… 사랑스런 내 동생…….

"지, 지훈아……."

"형! 형!"

엄마도 없고… 아빠도 없고… 이제 이 세상에 남은 것은 나와 내
동생뿐.

"그래……."

너무도 메마른 음성이 탁한 바람 소리와 함께 흘러나온다. 아마 차
와 부딪치면서 목에 큰 이상이 생겨 버린 모양이었다.

…뭐라고!? 내 목에 이상이 생겨?! 그렇다면 꿈은? 세계 최고의 가
수가 되겠다는 나의 꿈은?! 내 꿈은 어찌 되는 거야!!

"형! 혀엉!"

"......"

그래, 이것으로 됐다. 분명 나중에 후회할지도 모르겠지만… 이것으로 됐다.

"걱정… 하지 마… 형은… 괜찮아……."

"형……."

동생이 울고 있다. 내 동생 지훈이가 울고 있다.

"우리 형 살려내! 살려내란 말이야!! 아아앙!!"

하지만 역시 아직은 애다. 녀석은 눈을 부릅뜨며 멋진 자동차로 날 친 운전사 아저씨에게 달려들었다. 쿨럭! 아직 죽지는 않았는데…….

"제길! 시간도 없는데… 구급차는 어떻게 된 겐가? 애 부모는 어떻게 됐고?"

"아… 저… 그, 그게……."

"어서 말해 보게!"

"구급차는 지금 오고 있는 중이라고 하고… 글쎄, 아이의 부모는 잘 모르겠습니다."

"모르다니? 어디 여행이라도 간 겐가?"

"약간 비슷합니다. 전화 받은 아주머니의 말로는 아이의 어머니가 1년 전에 죽었다고 하더군요. 아버지는 행방불명이라고 합니다."

"그럼 고아란 말인가? 후우~ 그나마 다행이군. 덜 귀찮게 됐어.

사실 이 상황이라면 애 부모들은 눈깔을 뒤집으며 날뛸 것이 뻔하지 않은가? 그거 드라마에서 봤었는데 상당히 귀찮을 것 같더군. 뭐, 아무래도 좋겠지. 부모도 없다니 가엾기는 하지만 내 알 바 아니니깐 말이야. 난 먼저 가볼 테니 알아서 해결하고 오거나. 액수는 알아서 지불하고.”

“예? 예……..”

“그럼.”

그렇게 말하고 차의 주인인 듯한 사내는 훌쩍 가버렸다.

그 광경을 목격한 주위 사람들은 저마다 어이없다는 듯 소곤거리며 나를 동정하는 눈길을 보냈으나 단지 그뿐이었다.

사람들은 무슨 재미있는 구경거리라도 생겼다는 듯 흥미 가득한 눈빛으로 우리를 쳐다보며 속닥이고 있었고 지훈이는 기사인 듯한 사내의 다리에 매달려 조그마한 주먹으로 툭탁이며 연신 울음을 터뜨리고 있었다.

“미안하구나… 정말 미안하구나.”

중년의 기사아저씨는 나에게 다가오더니 나지막한 목소리로 소곤거렸다.

“나도 어쩔 수가 없었단다. 권력과 돈이라는 것은 세상의 그 어떤 힘이라도 무너뜨릴 수 있으니 말이다. 나도… 그리고 너도… 권력이라는 괴물의 가엾은 희생양일 뿐이지. 이런 말은 좀 무책임한 것 같다만 지금부터 기억해 두어라. 오늘의 이날을 잊지 말거라. 거대한 권력에 복수하려면… 그보다 더 큰 권력을 손에 넣어야 한다는 것을 말이다. 권력… 그리고 돈… 그래, 그것은 가장 아름다운 이름이자 또 추악한 이름이지. 어쩔 수… 없는 거구나."

"권력… 돈… 그래, 잊지 않을 거야. 절대로 잊지 않을 거야! 그래서… 그래서 우리 형을 이렇게 만든 당신네들에게 반드시 되갚아주고 말겠어! 형이 용서한다고 해도 내가 용서 안 해! 형은 너무나 바보같이 착해서 얼마간의 시간이 지나면 분명히 당신네들을 용서할 거야. 하지만… 난 절대로 용서 안 해! 절대로 용서 못 해!!

지훈이는 독기가 가득한 눈빛으로 기사아저씨에게 그렇게 소리쳤다.

"쯧쯧! 애가 못하는 소리가 없어. 쪼그만 게……."

"멀쩡한 애 하나 버렸네. 불쌍하다."

주위 사람들은 그렇게 혀를 차며 말했지만 지훈이는 신경도 쓰지 않았다. 예전 같으면 눈을 부릅뜨며 대들었을 것이 분명한 지훈이가 그들에게 전혀 신경을 쓰지 않고 있었다. 오히려… 너무 차가운 눈빛으로 냉소를 머금고 있을 뿐이다.

그래, 바로 이때부터다. 다급하고 자신의 감정에 솔직해서… 그래서 너무도 인간적이었던 지훈이의 성격이 차갑고 묵묵하게 변한 때가…….

너무도 맑았고 또 예뻤던 그 웃음은 지독히도 차갑고 독기 가득한 냉소로 변질되어 버렸다. 너무도 인간적이고 아이 같았던 가슴은, 가슴에 커다란 야망을 품고 있는 삼국 시대의 패왕들에게서나 볼 수 있을 것 같은 냉정한 의지력으로 가득하게 되었다.

"그래, 그 눈빛이다. 그 눈빛을 잊지 말거라. 가슴은 뜨겁게… 머리는 차갑게… 너희같이 어린 두 형제가 이 험난한 세상을 살아가려면 누군가의 알량한 동정심에 기대서는 안 된다. 물론 도움을 받는 것이 나쁘다는 것은 아니다. 동정심은 때론 적잖은 도움을 주니깐 말이다. 하지만 결국 모든 것은 너희 둘의 힘에 달렸다. 너희 둘의 정신상태에 달렸다는 말이다. 항상 기억하거라. 가슴은 뜨겁게… 그리고 머리는 차갑게."

기사아저씨는 고개를 끄덕이며 지훈이의 작은 어깨에 손을 올렸다. 아무런 반응을 하지 않고 있지만 지훈이 녀석은 이 말에 상당히 공감하고 있는 듯 보였다.

"아, 구급차와 경찰이 왔나 보구나. 나는 저들에게 가서 일단 상황진술을 하고 합의를 봐야겠다. 원래대로라면 너희들과 합의를 봐야겠지만 너희들은 아직 어려서… 그러니 내가 대신해 주마. 좀 웃기게 들리겠지만 내 삶에 맹세코! 너희들에게 불리하게만 하지 않으마. 오늘부터 너희들이 자립할 수 있을 때까지 내가 너희들의 뒤를 봐주마. 하지만 동정이라고 생각하지는 말거라. 단지… 지금의 이 무책임한 사고에 대한 나의 속죄라고 생각해 주면 고맙겠다. 너희로서는 정말 가당치 않겠지만 말이다."

기사아저씨는 그렇게 말하며 나와 지훈이의 손을 꼭 붙잡았다. 그러니까 의붓아버지가 되어주겠다는 말인데… 솔직히 말해서 우습다. 이런 사고를 저질러놓은 장본인이 우리들을 대신해 합의를 봐주고, 또 의붓아버지까지 되어주겠다는 것이.

이건 나뿐만이 아니라 이 상황에 처하면 세상 모든 사람들이 그렇게 생각할 것이다. …생각을 못하고 말할 줄 모르는 '병신'이 아니고서는 말이다.

하지만 나는… 아니, 우리는 병신이 한번 되어보기로 했다.

그렇게 말하는 기사아저씨의 눈빛에는 한평생 정직하고 자신의 신념을 고수하며 살아왔었던, 마치 부모님한테나 볼 수 있었던 그러한 종류의 것이 강하게 느껴졌기 때문이다. 단지 확실하지도 않은 그 이유만으로 저 기사아저씨를 믿는다는 것이 좀 우습긴 하지만, 어쨌든 우리에게 있어서는 오히려 득이 되는 일이었기에 아무런 말을 하지 않는 것으로 암묵적인 동의를 했다.

"…기업 이름이 뭐죠?"

"……?"

"…나중에 반드시 복수할 거예요."

"허허. 그래, 꼭 복수하거라. 기업 이름은 이지스. 그리고 방금 앞서 간 저 남자는 그 기업의 총무님이시지. 이름은 '하승업'이라고 한단다.

"하승업… 이지스……."

혹여라도 잊어버릴까, 지훈이 녀석은 계속해서 그 두 단어를 되뇌였다.

난 그때 처음 보았다. 어린아이라고는 도저히 믿기지 않을 만큼의 싸늘함과… 만화나 무협지에서 보았던 '살기'라는 이름을 가진 무형의 힘을…….

"반드시… 잊지 않아요. 기필코 복수할 거예요. 이지스에… 하승업이라는 사람에게… 그리고… 그것을 멍하니 앉아서 묵과해 준 이 빌어먹을 세상에게 말이에요. 반드시… 반드시 복수할 거예요. 반드시!"

"으음……."

눈부신 햇살이 나의 얼굴을 뒤덮고 상쾌한 공기 속에서 새들은 바쁘게 지저귄다. 푹신한 침대를 느끼며 나의 얼굴을 뒤덮고 있는 짙은 검은색의 아름다운 생머리를 치우고, 아직도 뒤숭숭한 머리 속에 남아 있는 동화 속의 공주와 왕자의 아침을 떠올리며 그녀에게 입을 맞추려 얼굴을 가까이 가져다 댔… 우아악~!

"뭐, 뭐야, 이건!!"

나는 그제야 주변의 환경이 어색해도 너무나 어색해져 있다는 것을 눈치 채고는 황급히 주위를 둘러봤다.

여기는…….

"완전 별 천지로구나. 그나저나 여긴 어디야?"

절대 우리 집이 아니다. 아니, 우리 집이 될 수 없다. 절대로!

"어, 어제 도대체 무슨 일이 있었던 거지? 도대체 여긴 어디야?!"

분명 어제 집에 들어갔다고 생각했는데… 도대체 여긴 어디란 말인가!

"크윽! 돌아가시겠군. 이것을 가리켜 숙취라고 말하나 보지?"

정신이 번쩍 듦과 동시에 머리가 지끈거려 옴을 느꼈다. 천천히 머리를 이리저리 흔들어봤으나 무슨 거대한 돌덩이가 요동 치는 듯 내게 색다른 데미지를 안겨주었다.

"응? 이건 뭐지?"

몸을 일으키려 했으나 내 움직임을 제한하는 그 무언가가 있었다. 내가 덮고 있는 이불 속에 있는 뭔가가 바로 그 '무언가' 인 것 같았다.

"아~!"

"엥? 뭐, 뭐야?"

너무도 낯선 신음 소리. 왠지 여자 목소리 같았는데? 음…하하하! 잘못 들었겠지. 분명 잘못 들었을 거야. 암~ 내가 생각하는 그런 일이 절대! 저얼~대! 일어날 리 없어. 이건 만화가 아니고 현실이니깐. 하하하!

나는 애써 떠오르는 생각들을 무시하며 그 무엇을 서서히 어루만지기 시작했다. 너무도 보드랍고 물컹한 봉우리가 만져진다. 왠지 촉감이 너무도 좋다. 나는 이불 속에 나머지 왼손도 넣어 두 봉우리를 잡은 다음 정성을 다해 주무르기 시작했다.

헤헤~ 뭔지는 모르지만 왠지 묘한 기분이네?

"아아아~! 아아… 꺄, 꺄아악! 어떤 놈이야?!"

쫘아아악!

"커헉!"

그때 째지는 비명 소리가 내 고막을 당장이라도 찢어버릴 듯 울려 퍼짐과 동시에 나는 거대한 충격이 내 뺨을 강타하고 지나감을 느껴야만 했다. 진한 타격음은 넓은 방 안을 경쾌하게 울렸고, 그야말로 엄청난 속도로 내 얼굴은 침대에 패대기쳐져 버렸다.

아익! 내 볼따구! 뭐야! 누군지는 몰라도 내 절대로 가만히 안 놔둔다!

"에잇! 누구……!"

길래 감히 내 귀한 뺨을 그렇게 사정없이 갈길 수가 있는 거냐! 가만 안 놔 둔닷! 이라고 말하려던 나였지만… 젠장, 사실 난 그렇게 매정하고 폭력적인 인간이 아니다. 너무도 마음 약하고 바보 같을 정도로 착해서 몇몇 친구들에게도 왕따당할 정도란 말이다. 흑흑.

그런데…

"…세요?"

내 눈에 보이는 것이 진정 현실이란 말인가! 나는 눈앞에 펼쳐져 있는 상황에 너무도 황당한 기분이었다.

"너, 너어어……."

무척이나 예쁘면서도 날카롭게 느껴지는 두 눈에는 한 방울의 자그마한 이슬이 맺혀 있었다. 왠지 내 또래로 보이는 저 얼굴은 유명 모델 저리 가라 할 정도로 무척이나 개성적이고 또 아름다움마저 받쳐 주고 있었다.

그녀는 가슴께까지 추켜올린 이불을 꼭 쥐고 부들부들 떨고 있었다. 나를 매섭게 노려보면서 말이다.

"누, 누구세요?"

나도 모르게 튀어나온 말이다.

"이이이……!"

왠지… 그녀의 주위에 붉은색의 오로라가 감도는 것 같다. 여기서 한마디 더 실언을 내뱉어서 그녀의 성질을 긁게 된다면… 왠지 엄청나게 골치 아픈 일이 벌어질 것 같았다. 하지만 꼭 알아야 할 일 있다. 도대체 여기가 어디란 말인가?

"저……."

"이이잇! 치한! 죽어버려!"

애써 마음을 굳게 다지고 내가 입을 열기도 전에 그녀가 입술을 꽉 깨물고는 오른쪽 손을 들어 뒤로 힘껏 당기기 시작했다. 아무래도 나를 또 한 번 후려칠 기세다. 하지만 나는 이유도 모르고 맞을 수는 없었다.

"자, 잠깐! 잠깐만……!"

"꺄, 꺄아악!"

출렁!

황급히 그녀의 행동을 저지하려 뒤로 당겨진 그녀의 손목을 재빨리 잡아챘다. 하지만 침대가 워낙에 푹신했던 탓에 난 그만 균형을 잃고 그녀에게로 넘어져 버렸다.

"하, 하하하……."

"……!"

정말 할 말이 없다. 어젯밤에 무슨 일이 있었던 것이 확실하다. 내가 그렇게 확신하게 된 데에는 지금 내 밑에 깔린 그녀 차림새의 영향이 컸다. 더 이상 대화의 여지는 없다. 난 이제 맞아죽는 일만이 남앉다.

음… 그나저나 저렇게도 쭉 뻗고 매끄러운 나이스 바디라니… 이래서는 안 되는 것은 알지만 무의식적으로 군침 도는데?

"죄, 죄송합……."

"……!"

그래도 사과는 해야겠기에 황급히 입을 열었지만 그녀의 두 눈에서 흘러넘치기 시작하는 맑은 눈물에 난 할 말을 잃었다.

어렸을 적, 어머니의 말에 세상에서 가장 비열하고 멍청하며 만사에 쓸모 하나도 없는 인간 쓰레기 같은 놈은 첫 번째가 부모에게 효도 안 하는 놈이고, 두 번째가 여자의 눈에서 눈물 흘리게 하는 놈이랬는데… 이것으로 나는 세상에서 두 번째로 쓸모없는 멍청한 쓰레기와도 같은 짓을 해버렸다. 난 정말 죽일 놈이다.

확!

"여어~! 수호야, 잘 잤어? 정말 좋은 아침……."

그때 방문이 열리며 낯선 인영이 모습을 드러냈다. 블루 블랙의 미청년, 바로 수한이 형이었다.

"너, 너희들 지금 뭐 하는… 서, 설마!"

형은 얼굴을 굳히며 도저히 믿을 수 없다는 표정으로 우리 둘을 바라보았다.

"뭐야? 왜 그러는 거야?"

"무슨 일이야?"

수한이 형의 뒤로 두 명의 낯선 인영이 또 모습을 드러냈다. 그들

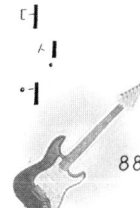

은 바로 어제 헤어진 줄 알았던 성진이와 상찬이 형이었다.

둘은 의아한 표정으로 빼꼼히 고개를 내밀다가 우리 둘의 모습을 보고는 수한이 형과 똑같은 표정을 지으며 입을 쩍 벌렸다.

"아, 아니! 이, 이것은 뭔가 굉장한 오해가……!"

이대로 가다가는 엄청 큰일 나겠다는 생각에 나는 황급히 변명을 하기 시작했다. 하지만 나는 이미 알고 있었다. 여기서 아무리 뭐라고 해봤자 저들에게 씨알도 안 먹힌다는 사실을…….

젠장, 꼬여도 어떻게 이렇게 꼬이냐?

휘이잉~

엄청나게 살벌한 침묵이 방 안을 맴돌았다.

상찬이 형과 수한이 형, 그리고 성진이 녀석은 경악을 담은 표정으로 입을 쩍 벌리며 우리 둘을 쳐다보았다. 나의 이성은 점차 깊고도 어두운 구렁텅이 속으로 빠져드는 것 같았다. 그러나 그것은 곧 산산이 부셔지며 그녀의 비명 소리로 인해 나는 깊고 깊은 암흑의 구렁텅이에서 빠져나올 수 있었다.

"꺄― 꺄아아아아악~!! 뭐 하고 있어, 이 변태들아!! 나가! 어서 나갓~!"

퍽퍽!

"아, 아악! 아아악!"

"나가아아앗~!!"

휘익… 퍼억!

"꾸에엑~!"

그녀는 날 밀치고 베개를 들어 힘차게 후려치기 시작하더니 아직도 멍하게 서 있는 수한이 형들에게 힘껏 베개를 내던졌다. 참고로 베개라고 무조건 푹신푹신한 것들만이 있는 것은 아니라서 부드럽게 느껴지는 베개 카바 속의 묵직한 느낌은 농담하지 않고 정말 허벌나게 아팠다. 숨도 못 쉴 정도로 말이다.

"나가! 나가! 나가아아아~!! 꺄아아아아악~!"

"변태들! 정말 최악이야! 최악!"

"……."

"네가 뭘 잘했다고 그런 눈으로 날 쳐다봐!"

퍼억!

"으윽!"

"하여간! 남자들은 전부 늑대라니깐! 엄마 말이 하나도 틀리지 않았어. 정말 생긴 것은 그렇게 안 생겨가지고… 이제 어쩔 거야! 나 책임질 거야!? 응!?"

"아, 그, 그게 말이지……."

"시끄러!"

찔끔!

거, 성격 한번 정말… 상황이 웬만큼 정리되고 난 후 알게 된 사실인데 저 망할 계집은 수한이 형의 여동생이란다. 즉, 내가 어제 집인 줄 알고 들어갔던 곳은 바로 내가 지금 있는 곳, 수한이 형의 자택이라는 소리가 성립되지.

일이 어떻게 되고 하니, 술집에서 1차를 가진 우리들은 모두가 마음이 맞아 2차를 가기로 하고, 그 장소로 수한이 형네 집으로 가기로 했단다. 그래서 맥주와 소주, 그리고 이런저런 잡다한 안주들을 잔뜩 싸 짊어지고 형의 집에 도착했는데, 마침 부모님은 모두 외국으로 출장 중이셨고 동생만이 집에 있었던 터인데다, 술에 취한 상태라 약간 제정신이 아니었던 수한이 형은 동생도 끌어들여 함께 술을 마시기 시작했다고 한다. 물론 나는 그 모든 상황들을 기억할 수 있을 리 없다. 이미 우리 집이라고 생각했던 대문 앞에서 내 기억 속의 모든 필름들은 끊겨 있던 상태였으니 말이다.

그래, 거기까지는 좋다 이거야. 뭐, 아무리 미성년자라고는 하지만 요즘 고등학생들치고 술집 안 가본 학생들은 거의 없으니 말이야. 그런데, 그런데 왜! 우리 둘 다 벌거벗은 채로 한 방에서, 그리고 한 침대와 한 이불에서 같이 잠을 자고 있었느냔 말이다!

"…큭큭큭!"

"…끅, 끄윽!"

"시끄러워!"

뚝!

무엇을 참지 못한 듯 둘은 키득대며 웃음을 터뜨렸다. 성진이 녀석은 웃음을 참으려고 했던지 양손으로 자신의 입을 꽉 틀어막았으나 이미 바람 빠진 소리가 터져 나온 후였다. 분명 저 둘은 뭔가를 알고 있는 눈치였다.

이쯤 되니 대충 하나의 시나리오가 머리 속에 그려졌지만 그래도 우리 둘이 옷을 벗고 누워 있었다는 것은 절대로 납득되지 않는다. 아무리 저 셋이… 아니, 상찬이 형은 그럴 성격은 절대로 아닌 것 같으니 자연히 성진이와 수한이 형으로 범위가 좁혀지는군.

하여튼 저 둘이 우리를 물 먹이려 한 방 안에 데려다 놓았다고 해도 설마 숙녀의 옷을 함부로, 그것도 단 한 장의 걸칠 것도 남겨놓지 않고 모조리 벗겨 버릴 만큼(아, 생각하니 또 피 쏠리는군) 그렇게 무자비한 인간은 아닐 테니 말이다. 음, 도대체 무슨 일이 있었던 거지? 저 둘이 꾸민 짓은 분명한 것 같은데…….

"설마……."

문득 하나의 생각이 내 머리를 스치고 지나갔다. 그래, 들은 적이 있다. 세상에는 기상천외한 방법으로 잠을 청하는 사람들이 있고, 그 중 대표적인 예로 자기 전에 몸에 걸친 모든 의복들을 홀딱 벗어버린 채 잠을 드는 이들이 부지기수라는 것을……. 그것은 우리나라의 몇몇 연예인들이 그러하고 또 이름만 들어도 누구나 알 법한 초 유명한 스타들이 그러하다고 하는데… 설마 저 애도?!

나는 혹시나 하는 생각에 저 망할 계집에게 질문을 던졌다.

"너, 말이야… 너 혼자 멋대로 오해하고 난리 치기 전에… 이런 생각해 본 적은 없어?"

"뭐!?"

"예를 들어 네 자신의 잠자기 전의 습관에 대해서 말이지."

"하! 이게 아주 죽으려고 단단히 작정한 모양이네?! 내 습관이 뭐 어쨌다는 거야! 나는 그저 자기 전에 무의식적으로… 아!"

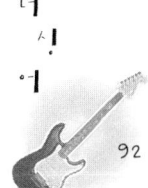

흥분하며 말을 잇던 그녀는 그제야 무언가가 생각난 것이 있는듯 얼굴을 새파랗게 물들이며 쩍 벌린 입을 두 손으로 가렸다.

"확실하군. 나 참, 어이가 없어서……."

콱, 한 대 갈겨 버릴 수도 없고… 나는 그제야 조금은 아~주 조금은 미안한 눈빛으로 나를 슬쩍 바라보는 망할 계집을 제쳐 두고 수한 이 형과 성진이에게 시선을 옮겼다. 내 나름대로는 눈을 날카롭게 변형시켜서 말이다.

"하하하! 너, 의외로 머리가 좋구나?"

"대, 대단하네. 하하하! 천재야, 천재! 그렇지, 형?!"

"그, 그럼! 그럼~! 하하하!"

아주 오버 액션을 하는구만. 옛날 옛적, 어느 분께서 말씀하셨던 가? 웃는 낯짝에 침 못 뱉는다고…….

"됐어. 그렇게 비굴해질 필요까지는 없고… 그나저나 지금 몇 시 야?"

일단은 넘어가 주자. 사실 지금 심정으로는 저렇게 웃는 얼굴이라 면 침뿐이 아니라 가래침이라도 뱉어줄 수 있겠지만… 흠흠! 어쨌든 나도 남자기에 그냥 봐준다. 엇험험!

내 물음에 형은 고개를 한쪽으로 돌려 부엌의 벽 편에 마련되어 있 는 동그란 시계를 흘끔 보더니 말했다.

"음, 대충 6시 반이네? 천천히 학교에 가면 되겠다. 너 해광고등학 교에 다닌다고 했지?"

"응."

"마침 민예도 그 근처의 정신여자고등학교에 다니니깐 내 차로 같이 데려다 주면 되겠구나."

흠? 정신여고? 박민예? 아하~ 저 애가 바로 그 유명한 박민예였구나. 정신여고 얼짱(얼굴 짱)이라는… 음, 어쩐지 고등학생치고는 범상치 않은 외모라고 생각했지. 그런데 형 차도 있었나? 이거 대단한 걸?

"나도! 나도!"

녀석은 눈을 반짝반짝 빛내며 형에게 마인드 어택을 시전하였다. 그러나 역시 수한이 형은 정신적 방어 능력이 상당했던 탓인지 느끼하고 재수없었을(나라면) 녀석의 모습에도 태연히 말을 이었다.

"음, 서울예고는 좀 멀 텐데… 뭐, 좋아. 데려다 주지. 이리로 끌고 온 것은 나니깐. 자, 어서 밥 먹자."

"크으~! 역시 수한이 형! 본래 얼굴 고급스럽게 생긴 사람치고 성격까지 고급스러운 사람은 별로 없던데 그게 아니었구나. 좋아~ 좋아~"

와구와구, 쩝쩝!

그렇게 말하고서는 뭐가 그리 만족스러운지 녀석은 얼굴에 웃음을 한가득 실으며 밥을 먹기 시작했다. 음, 그나저나 이거 누가 차린 거지? 계란말이에 김치, 그리고 뚝배기에 된장찌개라… 부잣집에서 먹는 음식치고는 정말 수수한걸?

"음… 맛있다."

"그렇지? 하하, 내가 요리는 좀 하지."

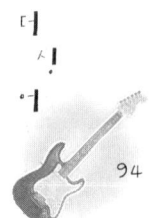

형은 나에게 싱긋 웃어 보였다. 음… 형이 한 거였나? 나도 요리는 좀 한다고 생각했지만 형도 꽤 잘하는데? 뭐, 여기서 또 괜히 경쟁 의식을 가질 필요는 없겠지.

그 후로도 몇몇 소재들이 이야기로써 오고 갔지만 전체적인 분위기는 꽤나 조용했다.

밥을 다 먹고 학교로 출발하기 전 '아차! 교복!' 이라는 생각이 문득 내 머리를 급히 스치고 지나갔으나, 곧 아르바이트하기 전에 반드시 교복을 잘 접어서 가방 속에 넣어놓는다는 것과 다행히도 그 가방이 지금 이곳에 무사히 안착해 있다는 것, 이 둘 때문에 조용히 한숨을 내쉴 수 있었다. 잘못했으면 다시 집에까지 가야 했다고 생각하니 왠지 끔찍했다. 학교에서 집이 좀 멀리 떨어져 있어야 말이지.

어쨌든 교복을 갈아입은 나는 마음 편하게 차에 탈 수 있었고 교복을 안 가져온 성진이 녀석은 조금 당황하는 기색을 보이기는 했으나 학교 사물함에 교복을 두고 왔다며 크게 웃어 보였다. 녀석, 도착할 시간쯤이면 선도부에서 엄중히 감시하고 있을 텐데… 괜찮으려나?

그런 나의 물음에 녀석은 손을 절레절레 흔들어 보이고는 전~혀 걱정없다는 듯 여유있는 웃음을 지어 보이기까지 했다. 태평한 녀석. 뭐, 자기가 괜찮다고 하니 더 이상 신경 쓸 필요는 없겠지.

어쨌든 우리는 정확히 7시 20분, 모든 준비를 끝내고 형의 차를 타 학교에 갔다.

"…그렇게 되어 그 녀석이 다른 세계로 넘어가서 공주를 구하고 또 사랑한다는 내용이야. 상당히 재미있어."

"에이~ 완전 3류 동화 수준이잖아. 별로 재미없겠다. 그 신 홍길 동전이라는 책 말이야. 무슨 그 따구 소설이 어떻게 출판될 수가 있 는 거냐? 나도 글이나 써서 출판해 봐?"

"하하! 관둬라, 관둬."

황인섭. 임인제. 김회창. 통칭 황인섭 패거리.

유치하기 짝이 없는 명칭이지만 분명한 것은 주위의 동급생들이 그런 명칭을 붙여줬다는 얘기다. 자기들은 잘 모를지도 모르겠지만 그들은 상당히 인기가 없었다. 여학생들에게는 물론, 심지어 같은 남 자들에게까지. 다만 아직까지 그들이 해광고등학교에 다니며 누구에 게도 주눅 들지 않고 자신들의 의견을 피력할 수 있는 것은 모든 이 들에게 '은따'라 기억되는 그들만의 특별한 권리였다.

그렇다. 이들은 자기 자신들을 가리켜 생각할 때 남들보다 조금 더 잘난 평범한 학생이라고 되뇌일 수도 있겠지만, 이미 그들을 아는 모 든 학생들은 그들을 속칭 '양아치' 또는 '교내 깡패' 등의 지저분한 이름으로 생각하고 있었다. 물론! 자신들은 절대로 그렇게 생각하고 있지 않지만 말이다.

그들이 교문 앞까지 왔을 때였다.

끼이익!

BMW라는 닉네임을 가진 고급 승용차의 대명사. 부잣집 도련님들의 전유물이며 황금 만능주의가 낳은 사치스러움의 팽배인 그것은 듣기에 결코 거북스럽지만은 않은 마찰음을 내며 교문 앞에 정지했다.

도대체 누굴까?

해광고등학교의 학생들은 저마다 피어오르는 궁금증을 주체하지 못하며 교문을 통과해야 하는 것도 잊어버린 채 승용차를 쳐다보았다. 하나, 이미 저 차가 누구의 차인지 알고 있는 학생들은 기대감에 눈빛을 빛내며 궁금증을 가진 이들보다 더욱 뚫어져라 차 문을 바라보았다. 잠시 후 문이 열리며 한 낯선 인영이 몸을 드러냈다.

"수고했어요, 오빠. 오늘은 특별한 스케줄도 없으니 학교 끝나고 놀다 와도 되죠?"

"그래, 오늘은 오후까지 푹 쉬어라. 아, 저녁 6시부터 TV 가요 50에 출현해야 되니 잊지 말고. 다른 멤버들에게도 연락해 두었으니 네가 따로 연락 안 해도 돼. 그러니 신경 쓰지 마. 알았지?"

"예, 고마워요."

"그럼 나는 가보마."

"예, 저녁에 만나요."

탁! 부르르릉!

TV 출연 운운하며 많은 남학생들의 가슴을 자극하고 있는 그녀, 그녀는 바로 요즘 강세를 달리고 있는 3인조 미소녀 인기 그룹 '아리나'의 리드 보컬이자, 최근에는 쇼 프로그램, MC, TV 드라마에 출연하는 등, 한창 최고가를 달리고 있는 만능 엔터테이너인 그 이름도 찬란한 슈퍼 아이돌 김혜정, 바로 그녀였다.

자존심 때문에 차마 내색은 안 하고 있었지만 많은 성별을 가리지 않은 학생들이 그녀를 보며 폭발할 듯 뛰는 가슴을 애써 자제시키기 시작했으며 벌써 몇몇 그녀의 팬인 여 학생들은 그녀보다 선배임에도 불구하고 '꺅꺅' 환호성을 지르며 어쩔 줄을 몰라 하고 있었다.

그러나 그런 주변의 반응들에도 불구하고 그녀는 스타로서 팬에게 보여줘야 할 그 흔한 반응조차 보여주지 않았다. 오히려 장난기 반, 싸늘함 반이 적절하게 섞인 미소를 지으며 학교 건물의 어느 한곳을 올려다볼 뿐이었다.

'강수호. 어제 그토록 기다려 달라고 부탁했는데… 감히 도망을 쳐? 후훗, 두고 보시지. 오늘은 절~대로 그냥 못 보내니. 기대해도 좋아. 정말 재미있는 하루가 될 거야. 후후후……'

그렇게 다른 남성 팬들이 들었으면 미치고 팔짝 뛰며 상상도 못할 부러움에 거품을 흘리고 기절했을 만한 엄청난 발언을 마음속으로 하며 그녀는 걸음을 옮겼다. 교문을 지나치는 그녀의 걸음은 점점 더 빨라지기 시작했다.

드르륵!

"어? 김혜정이다!"

"혜정이네? 웬일이야?"

"이야~! 정말 오래간만이다!"

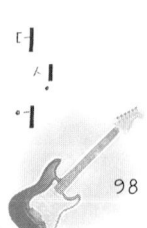

혜정이 교실로 들어서자 같은 반의 동급생들이 눈을 휘둥그레 떴다. 혜정이 학교에 온 것은 정말 오래간만이었던 탓이다. 역시 인기 스타이기에 학교에 있는 시간보다 촬영장이나 다른 이곳저곳에 있는 시간이 더 많았기에 반 동급생들조차도 혜정의 얼굴을 보기가 무척이나 어려웠다.

혜정이 자신의 자리로 가는 동안 남학생들은 혜정의 얼굴을 헤벌쭉한 표정으로 쳐다보았고 여학생들은 그런 남학생들에게 질투가 가득한 눈으로, 또는 혜정에게 동경이 가득한 눈빛을 보내며 그녀의 모습을 바라보았다.

'아직 안 왔네……'

옆자리에 가방이 놓여져 있지 않자 혜정은 아쉽다는 표정을 지었으나 어차피 조금 후에는 지겹게 볼 수가 있을 것이기에 곧 아쉬움을 접고 제자리에 앉았다. 그러자 평소 그녀와 조금이라도 안면을 트고 지내던 이들이 벌 떼처럼 그녀에게 몰려왔다.

조금 짜증이 어긋나고 학교에 온 진정한 목적이 어긋났다는 억울함이 들기도 했지만, 이미지 관리상 꾹 참고 그들의 말을 들어주고 또 웃으며 대구해 주어야 했다. 안 그러면 온갖 욕설과 험담이 인터넷에 난무하게 될 테니깐 말이다.

'으~ 지겨워! 도대체 수업 종은 언제 치는 거야! 그리고 강수호는 왜 안 와! 오면 죽었어!'

그녀의 소리없는 비명이 교실에 널리널리 울려 퍼지고 있었다. 물론 아무도 그 비명 소리를 들은 사람은 없지만 말이다.

복잡한 인연

99

끼이익!

순 검은색의 메르세데스 벤츠가 해광고등학교의 정문 앞에 정지한 것은 김혜정의 BMW가 자리를 떠난 지 얼마 되지 않아서였다. 지금 이맘때가 학생들이 제일 많이 등교하고 있을 때라 수많은 학생들의 눈이 정체불명의 벤츠로 향했으며, 자동차 광이 아닌 이들이라도 자신의 눈앞에 선보여지고 있는 차의 매끄러운 모습에 눈을 크게 뜨며 감탄사를 흘렸다.

덜컹.

이윽고 차 문이 열리며 낯선 얼굴들이 하나둘씩 모습을 드러내기 시작했다. 학생들은 차에서 내린 그들 한 사람 한 사람들을 바라보며 나지막하게 탄성을 흘렸다. 그들의 얼굴이 자신들과 같이 결코 평범하게 생기지 않았던 탓이었다. 그리고 마지막으로 한 인영이 모습을 드러내자 그 인영의 얼굴을 알아본 몇몇 이들의 표정이 조금씩 경악으로 물들기 시작했다. 마지막으로 나온 이는 전교적으로 꽤나 유명한, 자신들이 익히 아는 얼굴이었던 것이다.

"여기가 네 학교냐? 음, 괜찮구나. 그런데 도로 주변에 위치해 있어서 공기는 별로 좋지 않겠는걸?"

"그렇지, 형? 흠… 우리 학교보다는 별로다."

그들은 학교 건물들과 주변의 경관을 둘러보며 한마디씩 내뱉었다. 그렇게 많은 이들의 시선 집중에도 불구하고 태연히 학교의 경관에 대한 감상을 하던 그들에게 해광고등학교의 학생들에게 친숙한 인영인 수호가 입을 열었다.

"형, 고마워요. 형 덕분에 안 늦었어요."

"음? 아~하하하! 아무것도 아니야. 뭐, 덕분에 학교 구경도 오고… 오랜만에 싱싱한 모습들도 보고 나야 좋~지 뭐. 안 그래?"

"아… 뭐, 아하하하! 우리 학교에는 철의 여인들밖에 없어서 그런지 너희 학교의 여학생들을 보니깐 너무 기분이 남다르다. 크으! 정말 부러워!"

"흠……"

반응은 각각 제각각이었지만 한 사람만 빼놓고는 그들의 진실함을 알 수가 있었다. 물론 알 수 없는 이는 상찬 형이었다.

"뭘 그렇게 멍하니 있어! 우리 학교는 언제 갈 거야!"

그때 한 사람의 인영이 좌석에서 고개를 내밀더니 수한이 형을 향해 크게 소리쳤다.

"음? 아~ 미안미안! 그리고 보니 민예, 너를 깜빡 잊어버리고 있었구나! 하하하!"

"하여간 정말……"

어이없다는 듯 다시 고개를 집어넣고 나지막이 한숨을 내쉬던 그녀는 이번에는 아예 차 바깥으로 자신의 모습을 드러냈다.

"앗! 저 애는 분명……."

"박민예다! 정신여고의 얼짱이자 학생회장인 박민예!"

"웅성웅성."

그녀가 모습을 드러내자 또다시 웅성였다. 이번에는 주변의 학생들만이 아닌, 어느새부터인가 학교 건물의 창문을 통해 바깥으로 얼굴을 내밀고 있는 수많은 학생들까지도 그 소란스러움에 동참하고 있었다.

"맞아! 맞아! 어머~ 박민예가 우리 학교에는 웬일이니? 저런 번쩍번쩍한 남자들과 같이 있다니… 아는 사이인가 봐?"

"강수호가 저들과 같이 있다는 게 좀 이상하긴 하지만… 어쨌든 대단하다!"

분명 별 볼일 없는 강수호가 저런 미남 미녀들과 같이 있다는 게 이상하긴 했다. 하지만 모든 이들은 상관하지 않았다. 지금의 그들에게 중요한 것은 단 한 가지 사실, TV에서나 찾아볼 수 있는 그런 꽃미남과, 소문으로만 전해 듣던 정신여고의 얼짱이자 학생회장인 박민예가 지금 자신들의 눈에 들어오고 있다는 사실이었다.

하지만 그렇지 않은 이가 단 한 명 있었으니 그, 아니, 그녀는 바로 어제저녁 자신의 부탁을 무시하고 어디론가 사라져 버린 강수호와 또 강수호와 정답게(?) 이야기를 나누고 있는 박민예를 향해 분노와 질투의 시선을 쏟아내고 있던 해광고등학교 최고의 인기인이자, 한창 주가를 올리고 있는 만능 엔터테이너인 2학년 4반, 1번 2분단 뒤에서 셋째 줄에 앉아 있는 아리따운 여학생 바로 김혜정 그녀였다.

한창 이야기를 나누고 있던 혜정은 복도가 몹시도 소란스러워지는 것을 느꼈다. 의문을 나타낼 틈도 없이 급하게 반으로 난입한 여학생

102

들은 저마다 빼꼼히 고개를 내밀며 '그 무엇'을 서로 자세히 보려 어깨로 밀고 등을 당기고 하며 치열한 경쟁을 벌였다.

"무슨 일이야?"

"응? 아~ 후후후."

"……?"

몹시도 궁금해진 그녀가 창밖에 고개를 내밀고 있던 한 여학생에게 질문을 던졌다. 처음 '이 중요한 때에 누가 감히 이 몸을 방해하는 거냐!' 하고 획! 고개를 돌린 여학생은 그 대상이 자신이 몹시도 동경하는 김혜정이라는 사실에 얼굴을 붉히며 멋쩍은 웃음을 보였다.

"음, 그러니까… 에이… 한번 봐봐!"

"왜 그래? 도대체 무슨 일이기에……."

그녀의 독촉에 혜정은 어리둥절해하면서 창밖으로 고개를 내밀었다.

"어? 저 사람들은……."

"응? 혜정이 너, 혹시 저 사람들이 누군지 아는 거니?"

"응? 으, 응. 잘 아는 건 아니지만 아주 조금은……."

딱 까놓고 이야기해 본 것은 아니지만 인터뷰 형식도 대화는 대화였기에 대충 마음이 가는 대로 대답해 놓고 보는 혜정이었다.

"역시 연예인이구나. 저런 사람들도 알다니……."

"좋겠다. 부러워!"

'칫! 계집애들… 꼭 저런다니깐.'

여학생들의 감탄 어린 소리가 혜정의 심기를 자극했다. 물론 감탄

했다는 그 자체로 그녀를 자극하지는 않는다. 다만 그녀가 자극된 것은 '역시 연예인이라서'라는 말 때문이었다.

무조건 뭘 하면 연예인이라서 할 수 있고, 또 연예인이기 때문에 그렇게 될 수 있는 거다란 말… 뭐, 솔직히 저들을 알게 된 것이 자신이 연예인이기 때문임은 맞지만, 그래도 왠지 거슬려지는 것은 어쩔 수가 없었다. 그녀 자신이 한 모든 일들이 무조건 연예인이라는 번지르르한 명칭 때문이라고 생각하는 것은 그녀가 제일 싫어하는 것 중에 하나였다.

'후, 강수호. 역시 저들과 함께 있었구나. 뭐, 괘씸하긴 하지만 용서해 주지. 보아하니 어젯밤 좀 마시고 떠들고 하며 같이 있었던 것 같은데… 남자들이 그럴 수도 있는 거지, 뭐.'

그녀는 수호가 어제 보았던 왕 킹카들과 정답게 이야기를 나누고 있는 것을 보고 살짝 미소 지었다. 그녀는 수호가 어떤 삶을 살았는지 어떤 이에게 들어 대충은 알고 있기에 수호에게 믿을 만한 친구가 생길 징조가 보인다는 것은 그녀로서도 반가운 일이 되었다. 물론, 이 모든 것은 전적으로 자신이 강수호라는 존재에게 관심을 가지고 있었기에 가능한 마음가짐이었다.

'강수호… 전에는 까맣게 모르고 있었지만 설마 그런 존재였다니… 학교에서 하도 존재감이 없고 너무도 조용하기에 그저 평범한 사람인 줄 알았는데… 후훗, 사람은 역시 겉만 보고는 모르는 건가? 이거 이러다가 마음을 빼앗겨 버리면 어떻게 하지? 뭐, 설마 그럴 리는 없겠지만 말이야. 내 꿈은 저런 평범한 남자와 사귀는 것이 아닌,

정말 대단하고 누구나 인정하는 그런 멋진 남자와 사귀는 거라고. 조금 특이하다지만 한낱 동정심 때문에 내 꿈을 망쳐 버릴 수는 없는 노릇이지. 맞아맞아.'

그녀는 그렇게 생각하며 살짝 고개를 끄덕거렸다. 남들이 들으면 무척이나 괘씸하다고 말할 수 있을 정도의 생각이었지만, 그래도 어쩔 수 없다. 세상에서 가장 멋진 남자와 결혼하여 평생을 불행없이 행복하게 산다는 것은 모든 여성들의 꿈이었고, 또한 그녀의 필사적인 염원이었으니 말이다.

그녀가 그렇게 생각하며 자아도취에 빠져 있을 때 그 뒤를 이어 또 한 차례의 탄성이 터져 나왔다. 특히 이번의 음성은 전교의 남학생들에게서 터져 나온 것이었기에 이전의 탄성 소리와는 비교하기가 너무 송구스러울 정도였다.

그녀는 퍼뜩 정신을 차리고 재빨리 수호들 쪽으로 시선을 돌렸다. 그리고 입을 쩍 벌렸다.

교문 정문까지는 꽤나 먼 거리였지만 그들의 얼굴이 보이지 않을 정도의 먼 거리는 아니었던 터라 눈이 좋은 학생들은 그 얼굴들을 다 알아볼 수가 있었다. 혜정 역시도 눈이 좋다면 꽤나 좋다고 할 수 있었기에 얼굴이 약간 찌푸려지긴 했지만 민예의 얼굴을 알아볼 수 있었다. 혜정은 곧 의문 가득한 어조로 질문을 던졌다.

"아, 아니… 저 여자애는 누구지?!"

"응? 혜정이는 모르는 거야?"

"으, 응. 교복을 보니 우리 학교 학생은 아닌 것 같고 이 근방에서 저렇게 예쁜 여자애가 있다는 소린 한 번도 들은 적이 없는 것 같은데… 너는 저 여자애가 누군지 아니?"

"응, 당연하지. 후후후."

혜정의 물음을 받은 여학생은 빙긋 미소 짓고는 입을 열기 시작했다.

"저 여자애는 강남 지역에서 명문 대학 많이 보내기로 소문난 정신여고의 총학생회장이자, 얼짱으로 유명한 박민예라고. 인터넷에 팬클럽을 가지고 있을 정도로 유명한 애야. 물론 혜정이 너보다는 못하겠지만 말이야. 호호호!"

"정신여고의 총학생회장이자 얼짱인 박민예… 라고?"

그러고 보니 강남 지역 최고의 명문 학교인 정신여고와 그 학생회장에 대해서는 일찍이 학기 초, 귀에 못이 박히도록 들었던 적이 있었다. 당시 정신여고의 학생회장 선거는 그 학교 자체뿐 아니라 다른 모든 고등학교들과 특히 해광고등학교에서 집중을 했었는데, 그것은 그 학교가 다른 주변 학교들에게 주는 몇 가지의 영향력이 큰 힘을 발휘했었다.

한 가지 예를 들자면, 3년마다 한 번씩 있는 정신여고와 타 학교와의 연합 축제를 꼽을 수 있겠다. 부자 학교인 정신여고의 재정 넘치고 인재 넘치는 축제는 그동안 수많은 학교의 부러움과 질시의 대상이 되어왔다.

재정이 많으니 축제가 풍성했고 인재가 넘치니 내용이 알찼다. 그러니 재수없게 거의 같은 시기에 축제 날짜가 잡혀 버리면 그 학교는

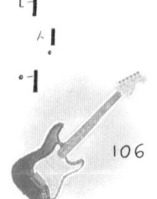

1년에 단 한 번 있는 뜻 깊은 축제를 그야말로 살벌한 썰렁한 얼음판 속에서 저 하늘로 멀리멀리 날려 보내야만 했던 것이다.

그러나 3년에 한 번 있는 타 학교와의 연합 축제 건 때는 사정이 달라진다. 무엇을 팔게 되면 이익금이 엄청 남아돌게 될 것이오, 무엇을 성공적으로 공연하면 그 학교의 명성과 동아리의 명성을 널리 알릴 수 있는지에 중점을 두게 된다. 더욱이 가장 중요한 사실 한 가지, 축제를 계획하고 준비하는 과정에서 운이 좋기라도 한다면 남부럽지 않을 빵빵한 여자 친구를 얻게 될 수도 있으니, 정신여고 와의 연합 축제는 그야말로 보물섬이라고 불리우기에 부족함이 없었다.

그 말고도 정신여고가 끼치는 영향력은 여러 가지가 있었지만 어쨌거나 가장 큰 영향력은 바로 연합 축제 건이었고, 올해가 바로 그 해였다는 점에 대해 학생회장 선거에는 진정으로 엄청난 의미가 내포되어 있었다.

모든 이들의 시선 속에 선거는 진행되었고 세 명의 최종 후보자들 또한 선출되었다. 그런데 여기서 놀라운 사실이 알려지게 되었으니 1학년 입학 초부터 수많은 학생들의 시선을 끌던 얼짱 박민예가 학생회장에 출마했다는 소식이었다. 그녀의 무뚝뚝함과 쌀쌀함에 대해서는 이미 알 만한 사람이 다 알고 있었던 터라, 그 소식을 전해 들은 연합 축제의 성사를 기대하던 모든 간부들은 마음속에 차디찬 눈보라가 휘몰아치는 것을 느껴야만 했다.

사실 연합 축제라는 것이 거의 회장의 결정에 따른 것이었고, 역대의 회장들도 대체적으로 '활짝 열린 회장'들이었기에 연합 축제가 별 무리 없이 성사될 수 있었다. 그러나 박민예가 회장이 된다면 이야기는 달라질 것이다. 기존에 알려진 그녀 특유의 명성 때문이었는지 만약 그녀가 회장이 된다면 이번의 연합 축제 건은 그야말로 허공의 수증기가 되어버린다는 소문이 널리 퍼지게 되었던 것이다.

많은 이들은 빌고 또 빌었다. 제발 그녀가 회장이 되지 않기를… 그래서 반드시 연합 축제가 성사될 수 있게 되기를…….

솔직히 안심이 되기도 했다. 설마 그렇게 깐깐한 성격의 그녀를 누가 회장으로 뽑아주겠느냐는 생각이 타 학교의 모든 이들을 관통했기 때문이다.

하지만 만약이라는 것이 있기에 하늘에 계실 분에게 빌고 또 빈 것이다. 그러나 하늘은 그들을 저버렸다. 거의 100% 찬성이라고 해도 좋을 정도의 투표 수로 박민예, 그녀가 당당하게 총학생회장으로 뽑히게 된 것이다.

그들은 절망했고 자신들의 꿈을 앗아가 버린 하늘을 몹시도 원망했다. 하지만 그런다고 이미 당선된 그녀가 낙선이 되는 일은 없었다. 그들은 생각했다. 이번의 연합 축제는 분명 물 건너갔다고…….

아직 확실시 된 사실은 아니었지만 이미 그들은 전혀 될 리가 없다고 단정을 내리고 있었다. 그 답례로 11월 초가 된 지금까지 정신여고는 축제의 날짜와 그 여부에 대해서 밝히지를 않고 있었다.

'흠… 그렇게 유명한 애가 왜 이곳에 왔지?'

아무리 생각해도 그렇게 대단한 소문을 지닌 애가 자신들의 학교에 왔다는 것에 혜정은 도저히 이해가 가지 않았지만 얼추 짐작할 수 있는 단 한 가지의 사실은 분명히 존재했다. 하지만 설마 하는 마음에 그녀 스스로가 거부를 하고 있었을 뿐이다.

'설마… 어젯밤 같이 있었던 것은 아니겠지?'

왜 아니겠는가, 그 증거로 등교를 같은 차에서 하고 있지 않은가.

'훗, 설마 그럴 리가… 박민예 같은 애가 어떻게 수호 같은 애랑 아는 사이겠어? 그저 지나가다가 우연히… 우연히…….'

그러나 그 순간, 수호가 밝게 미소 짓은 듯한 표정으로 그녀와 악수를 하자 혜정은 심장이 정지하는 듯한 충격을 느껴야만 했다. 거대한 벼락이 혜정의 어두운 마음을 맹렬히 휘졌기 시작했다. 곧 수호를 제외한 다른 이들이 차를 타며 떠났고 수호는 정문으로 발걸음을 옮겼다.

'가, 강수호. 절대 용서 못해! 어젯밤 나를 뿌리친(?) 그 이유가 사실은 저 애 때문이었다니… 교실에 들어오기만 해봐. 절대로 가만 안 놔둘 테다.'

혜정은 수호의 모습을 내려다보며 주먹을 꽉 쥐었다. 방금 전까지의 자상했던 마음은 맹렬히 불타는 그녀의 마음속에서 무참히 타오르고 있었다.

"이제 슬슬 가봐야 될 것 같다."

"응, 어느 정도 시간도 됐고 또 성진이와 민예 학교에 시간 맞춰 가려면 지금 가야 할 것 같네. 이렇게 헤어지게 되다니… 이거 섭섭

해서 어쩌지?"

상찬이 형의 말에 수한이 섭섭하다는 표정으로 말했다. 깊게 말하지는 않았지만 이미 서로에게 깊은 정이 들어버린 우리였기에 쉽사리 그 아쉬움을 감출 수가 없었다. 그리고 그것은 상찬이 형과 성진 녀석도 마찬가지였는지 마음을 잘 표현하지 않는 상찬이 형의 경우에도 약간의 미소를 입에 머금고 있었다. 그것은 분명 아쉬움의 미소였다.

"뭐, 오늘만 일이 있는 것도 아니고… 정말 만남치고는 희한하고 재미있는 만남이었지만 나는 절대로 어젯밤을 잊지 못할 거야. 내가 비록 음악과에 다니고 있고, 또 여러 사람들과 노래를 불러봤지만 그렇게 기분 좋았던 적은 내 삶에 맹세코 처음이었거든. 'Shape of My Heart' 라……."

수한이 형은 어젯밤 불렀던 노래 제목을 되뇌이더니 나의 어깨에 손을 올리며 진중한 목소리로 말했다.

"너에게 무슨 일이 있었는지는 모르겠어. 우리는 점술가나 무당이 아니니깐 말이야. 다만 확실히 알 수 있었던 것은 너는 노래 부르는 것을 무척이나 좋아한다는 사실이었어. 너 싱어라는 게 뭔 줄 알아?"

싱어? 뭐, 락 그룹이나 보이 그룹들에서 노래 부르는 사람을 뜻하는 단어 아니겠어? 그런데 갑자기 그런 이야기는 왜 꺼내지?

"훗, 그런 표정을 지을 것까지는 없잖냐. 널 바보 취급 하는 게 아니니깐 안심하라고. 다만 내가 말하고 싶었던 것은 말이지, 싱어라는 것은 노래를 좋아하는 사람도, 노래를 부르는 사람도, 그렇다고 여느 그룹들의 마이크를 손에 쥐고 있는 사람들을 뜻하는 그런 속칭어가 아니야. 싱어라는 것은 말이야, 자신의 가슴속에 있는 그 무한대의 열정들을 거침없이 쏟아내는 그런 사람들을 뜻하는 거지. 뭐, 그것이 열정(熱情)이든 냉정(冷情)이든 간에 자신이 마음속에 담고 있던 것들을 거침없이 쏟아 부을 수만 있다면 그때야 비로소 '싱어'라는 말을 들을 수가 있는 거야. 무조건 노래만 잘하고 춤 잘 추고 방송에 나와서 인기 좀 얻고 그래서 몸값이 오른다고 다 싱어가 아니라는 소리지. 알겠니, 수호야?"

"으, 응."

"그래."

수한이 형이 왜 저런 말을 하는지는 정확히 모르지만 대충은 알 것 같았다. 형은 싱긋 웃으며 내 머리를 부볐다. 이러니깐 꼭 어린애가 된 기분인데? 이거 좋아해야 하는 거야, 기분 나빠해야 하는 거야?

"아, 전화번호와 집 주소들은 오늘 아침에 서로 나눠 가졌으니 연락에는 문제없겠지? 자주 연락을 나누자, 우리."

"응, 물론. 할 일 없으면 내가 아르바이트하고 있는 곳으로 놀러와. 언제든지 반겨줄 테니까."

"그래, 자주 들를게. 자, 그럼 악수 한번 할까?"

"좋지."

우리는 서로 웃어 보이며 손을 맞잡았다. 음… 귀족적인 외모와는 맞지 않게 손에는 굳은살이 꽤 박혀 있었다. 아마도 여러 악기들을 배우고 있던 탓이리라.

그 뒤를 이어 수한이 형과 성진이와 악수를 했고 마지막으로 오늘 아침 너무도 처절한(?) 기억을 내게 심어주었던 그녀… 박민예의 앞에 섰다.

"후, 너란 남자를 알게 된 것은 정말 최악이지만… 오늘 아침의 내 실수도 있고 하니 내 몸에 함부로 손을 댔던 무례는 용서해 주지. 어때? 감촉은 좋았어?"

윽! 그걸 아직까지 마음에 담아두고 있었나? 그런데… 표정은 영 아닌걸? 이거 화났다고 생각해야 되는 거야, 아니면 나를 약 올리고 있다고 생각해야 하는 거야? 아무래도 후자 쪽이 더 사실에 가까울 것 같은데? 뭐, 아무래도 좋지. 그런 식으로 나온다면 나도 똑같이 되받아쳐 주는 수밖에!

"좋기는. 너 같으면 빨래판에 손을 문대고 기분 좋을 수가 있겠냐?"

"뭐, 뭐야? 빨래판?!"

"솔직히 말해서 그래. 뭐 있지도 않은 것에 손 좀 댔다고 그렇게 세게 맞은 것도 그렇고, 너에게 치한으로 몰려서 그런 곤욕을 치른 것을 생각하면 아직도 이가 갈린다~ 이 말이지. 이렇게. 으드득! 으드득!"

"어, 어떻게 정말……."

그녀는 벙찐 표정으로 나를 바라보았다. 흠… 정말 다시 느끼는 거지만 예쁘게 생겼군. 뭐, 얼짱이니 뭐니 하는 그런 유치한 단어는 내 알 바 아니지만, 그래도 예쁜 건 예쁜 거니 인정해 줘야겠지? 솔직히 이렇게 가까이서 쳐다보는 것도 나쁘지 않고 말이야.

"후후."

나는 그렇게 생각하며 나도 모르게 웃음을 터뜨렸다. 그러나 그녀는 내 웃음을 자신에 대한 비웃음으로 생각했는지 잔뜩 화가 난 얼굴로 나를 노려보았다. 그러나 그것도 잠시, 그녀는 한숨을 푸욱 내쉬었다.

"…후우~ 그래, 그래. 네 말이 다~ 맞아. 뭐, 다 내 착각에서 비롯된 거였으니 할 말은 없지만 그래도……."

퍼어억!

"우욱!"

"여자에게 빨래판이니 뭐니 하는 것은 도저히 용서가 안 되는 단어야. 여자에게 인기를 얻고 싶으면 최소한의 언어 예절 정도는 공부해 두라고. 알았어?"

그녀는 내 복부를 향해 가볍게 주먹을 꽂으며 살짝 미소 지었다.

윽, 당했군.

"하하하! 알았어. 인기라… 음… 그것은 나보다는 내 동생한테 더 가까운 단어인데… 뭐, 공주마마의 명령이 그리하다면 알아 모시는 수밖에."

"흥! 이제야 좀 아는군."

그녀는 그렇게 말하며 내게 손을 내밀었다.

"특별히 내 손을 잡을 수 있는 영광을 선사하지."

"오~ 마드모아젤. 당신의 뜻이 진정 그러하시다면 영광이로소이다."

좀 어처구니없는 대사가 오고 가는 가운데 흡사 그 백옥 같은 투명
함에 금이라도 갈까, 나는 그녀의 가느다란 손을 살짝 움켜잡았다.

"대화가 너무나 길었네. 잘 가셔."

"응. 잘 가. 또 보자."

"또 보자, 수호야."

"한성진. 이 세 글자를 절대 잊어버리지 마라. 응? 잊지 마, 이 녀
석아! 흑흑흑!"

"그럼······."

그렇게 우리는 다시 한 번 짧은 인사말을 나누고서 헤어졌다. 곧
수한이 형의 승용차는 듣기에 고급스러운 소리를 내며 자리를 떠났
고, 우리의 쌩쑈(?)를 감상하던 주변의 남·여학생들은 아쉬운 탄성
소리를 내며 자리를 떠났다.

내가 학교에 들어서고 교실로 가는 동안 나는 많은 이들의 소곤거
림과 눈길을 받아야 했다. 대충······.

"야, 쟤가 그 애지? 아까 교문 앞에서 박민예와 이야기하던······."

"응, 감히 손까지 잡던데? 그동안 수험생이라서 자제하고 있었는
데 저 녀석, 손 좀 볼까? 아악~! 부러운 녀석!"

이런 부류와.

"야, 한번 이야기 좀 해봐. 도대체 그 사람들 누구냐고··· 응?"

"싫어! 니가 해봐!"

이런 부류.

다행인 것은 여자애들에게서는 질시를 받고 있지 않았다는 것이었는데…

"그나저나 쟤 뭐니? 저런 엄청난 꽃미남들과 같이 다니기에는 너무나 모자란 얼굴인 것 같은데… 괜히 재수없다. 그치?"

"응, 맞아. 정말 재수없다."

라고 생각하는 순간, 내 귀에 직빵으로 꽂히는 소곤거림이 있었으니…

'후우~ 세상은 참 무섭구나.'

새삼스레 느끼게 된 사실이었다.

"뭐라고 말 좀 해보시지?"

"으, 응? 하하하! 그러니까 그게 말이야……."

사내대장부는 세 번 운다.

태어났을 때… 부모님이 돌아가셨을 때… 그리고… 포경 수술했을 때.

사내대장부는 세 사람에게 약해진다.

여자친구… 가족… 그리고 의사.

어떠한 일이 닥치더라도 위 세 가지를 벗어나면 그때는 절대로 사나이라는 칭호를 달고 다니지 못하게 된다. 그런데…

지금 이 상황은 뭐냐?! 여자친구도, 그렇다고 가족도 아닌, 전혀 남다른 타인에게 이토록 쩔쩔매고 있는 이 가련한 사나이의 모습은?

"정말! 최악이야, 최악! 어떻게 그럴 수가 있어? 어휴우~!"

거슬러 올라가면 내가 모든 교우들의 이목을 집중받으며 교실로 가는 것부터 시작되었다.

드르륵!
"어? 수호가 왔다!"
"수호다! 수호야!"
"웅성웅성."
웬일인지 여느 때와는 달리 교실은 무척이나 시끄러웠다. 물론 무엇 때문인지는 교실에 오면서 뼈저리게 느꼈기에 알 수 있었지만, 그래도 같은 반의 친구들에게까지 이목을 집중받는다는 것은 정말 새로운 느낌이었다. 그것은 이제까지 거의 존재감없이 지내던 나였기에 더욱 그랬을지 모른다. 왠지 어깨가 으쓱여지는 것을 느끼며 자리로 갔다.

"안녕? 반가워."
"음? 아~ 혜정이 왔구나."
내 옆자리에 앉아 있던 혜정이가 방긋거리며 내게 인사했다. 그 모습에 반이 다시 한 번 술렁였지만… 이번에는 왠지 기분이 달랐다.
말하자면… 해맑은 미소 뒤에 감춰진 싸늘한 분노의 감정을 느꼈다고 할까? 하하하, 착각이겠지?
"응, 나왔어. 어젯밤의 네가 좋아하는 가수라고 했었던 최고의 인기 그룹, 아리나의 리드 보컬인 김혜정 양이 말이야. 그나저나 얼굴이 무척 좋아 보인다? 어제 끝나고 어디 좋은 곳에 갔었나 봐?"

116

"응? 아아~! 그거? 하하하. 어젯밤 공연 끝나고 수한이 형이 이렇게 만난 것도 인연인데 이대로 헤어지기는 섭섭하지 않냐고 해서… 갔지, 뭐. 지금 형 집에서 자고 나오는 길이야."

내 말에 이상하게도 혜정이는 씨익 미소 지었다. 그리고는 너무나, 흠 잡을 곳 없이 너무나 밝고 명랑한 목소리로 내게 말을 했다.

"그으~래? 그랬구나아~ 이야~ 공연이 끝.나.자.마.자. 좋은 곳을 갔다고? 이야~ 그렇게도 기분이 좋았나 보지? 고등학생이 감히 가.서.는. 안. 될. 곳.을 다 가고 말이야. 이거 선도부 고문이 알면 어떻게 될까? 우리의 모범생 강수호 군이 술을~ 읍읍……!"

"하, 하하하!"

더 이상 금어가 터져 나오기 전에 나는 황급히 그녀의 입을 틀어막았다. 물론 입으로 했으면 좋았겠지만 장소가 장소인지라 정말 아쉽게도 손을 사용할 수밖에 없었다.

크으윽! 한이로고!

"도대체 왜 그래?! 뭘 원하는 거야!?"

나는 최대한 목소리를 줄여서 혜정이에게 소리쳤다. 그러나 그녀는 싱긋 웃어 보이고는 손가락을 들어 나의 뒤쪽을 가리켰다.

"응? 뭘 보라는 거……."

당신은 보이는가, 게임에서만 볼 수 있었던 거대한 땀방울이 나의 뒷통수에 작렬하는 것을!

"저, 저 녀석이 이제는 혜정이한테까지……!"

"요, 용서할 수 없는 녀석이야! 저 녀석, 말이야!"

"강수호오오~!!"

고질라들의 괴성. 그것은 분노에서 우러나오는 것임에 틀림없었다. 반 남자 녀석들은 눈깔을 부라리며 자신들이 느끼기에 최대한 험악하다고 생각되는 표정을 지으면서 서서히 내게 다가오고 있었다.

저, 저러니깐 마치 좀비 같은데?

"하하… 하하하하."

난 혜정이의 입에서 살짝 손을 내렸다. 그리고 마치 왕따 학생의 그것처럼 고개를 약간 숙이며 다소곳이 책상에 앉았다.

"크으! 강수호! 절대 용서 못한다!"

"이 건방진 녀석이 어디서 감히……!"

"으으윽!"

위기다! 대위기다!

침이 꼴딱 넘어오고 마음은 무척 불안해지기 시작했다. 설마 진짜 죽이기야 하겠어? 라는 생각은 계속해서 내 뇌리에 떠돌고 있었으나 그래도 결코 무사하지 않으리라는 것은 내 머리 속에 확신으로서 천천히 다가오고 있었다.

띵~동~댕~동~

그러나 그때, 때마침 울리는 수업 종은 마치 성직자의 거룩한 빛처럼 흉악한 좀비들을 소멸시키는 데에 큰 일조를 했다. 이럴 때 꼭 해야 하는 말이 있지.

'Oh~! My God!'

"후후훗, 그러게 이 귀하신 몸에 함부로 손을 대면 안 돼지."

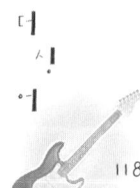

"으윽! 너 정말······."

"어? 때리려고? 꺄아아악~! 강수호가 날 폭··· 우웁···!"

"아, 알았어! 알았다니까! 원하는 거 다 들어줄 테니깐··· 제발! 제발!"

"원하는 건 뭐든지 다? 내가 잘못 들은 건 아니겠지?"

"무, 물론이야! 하하하! 딱 한 가지··· 이지만 말이야."

혜정이 이 지지배··· 활달하다는 성격 빼고는 영악한 게 어쩜 그렇게 박민예, 그 지지배와 쏙 빼닮았냐!? 예쁜 여자는 무조건 여우라고 하던 옛말은 결코 허언이 아니었어! 제길!

혜정이는 싱글벙글 웃으며 나를 쳐다보았다. 그리고는 고개를 돌려 칠판 쪽으로 시선을 옮겼다. 제길! 오늘 도대체 왜 그래!?

그렇게 1교시, 2교시 그리고 3교시와 4교시가 지나고 드디어 점심 시간. 종이 울리자마자 나의 손은 혜정이의 가녀린 손에 붙잡힌 채로 지금 우리가 앉아 있는 이곳, 바로 별관 앞의 등나무에 있는 의자에 오게 되었다.

젠장! 도대체 뭐를 말하라는 건지······.

"그래서 이렇게 사과하잖아. 어젯밤 그렇게 간 것은 고의가 아니었어. 잠깐 깜빡했을 뿐이라고!"

"오~ 그래서? 잘나셨어. 그런데 내가 말하라는 것은 그게 아닌데 어떻게 하지?"

"그러니까 그게 뭐냐고! 내가 아까부터 물어봤잖아!"

"어? 너 지금 나한테 화내는 거야?"

"아, 아니… 그게 아니고… 하하하……."

후우, 정말 사람 피곤하게 만드는 여자로군.

지금 이 상황이 5분째 반복되고 있었다. 말싸움에서 여자이길 남자는 없다고, 아무래도 이쯤에서 두 손 들고 항복해야 할 것 같았다. 그래서 나는 한숨을 내쉰 다음 두 손을 번쩍 들었다. 하늘 높이 번쩍!

"자~자. 그래, 졌다. 원하는 게 뭔지나 말해 봐."

"후후, 진작에 그렇게 나올 것이지."

도대체 무엇 때문에 화났는지는 모르겠지만 내가 잘한 게 없는 것은 사실이니 순순히 패배를 인정할 수밖에 없었다. 그녀는 싱긋 미소 지으며 내게 말했다.

"학교 끝나고 시간 좀 내줄 수 있어? 응? 아니지. 내 부탁을 꼭! 들어준다고 했으니 없더라도 내주는 것이 옳겠지? 시간 낼 수 있지? 그렇지?"

시간이라… 뭐 아르바이트를 해야 하긴 하지만 이전 일도 있고… 괜찮겠지?

"으, 응. 마침 오늘은 아르바이트도 쉬는 날이고, 음… 할 일은 없네. 그런데 왜?"

"아이~참. 이쯤 되면 보통 눈치는 채던데 말이야."

"눈치? 뭔 눈치?"

무슨 말인지 모른다는 뜻으로 내가 두 눈을 끔뻑이자 혜정이가 살짝 미간을 찌푸렸다.

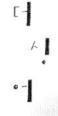

"데이트 말이야, 데이트 신청."

"데, 데이트 신청?"

"그래. 꼭 이런 것까지 내 입으로 말해야 되겠니?"

어조는 무척 쑥스러운 어조였지만 표정은 전혀 아니었다. 그녀는 할 말 있으면 해보라는 듯, 내게 얼굴을 가까이 가져다 대며 싱긋 웃어 보였다.

"오늘 오후 6시에 'TV 가요 50'이라는 프로그램에 출현해야 하거든. 원래 매니저 오빠가 데리러 온다고 했는데 사정이 생겨서 데리러 못 오겠다고 아까 전화 왔었어. 그래서 보디가드 겸, 너한테 방송국 구경시켜 주고 싶어서 말이야. 후후, 물론 갈 거지?"

"바, 방송국?! 내, 내가?!"

"응."

방송국이라니… 내가 방송국에 간다니…….

어렸을 적부터 쭉 꾸어오던 큰 꿈이 있었다. 그리고 그 큰 꿈 안에 포함되어 있던 여러 작은 꿈들 중 하나는 내가 바로 방송국에 가서 TV 프로그램에 출연하는 것이었다. 물론 그 녀석들이 다 외국으로 떠난 뒤 그 꿈도 물거품이 되어버렸지만 말이다.

뭐, 지금에야 그때의 꿈들에 일말의 미련도 없거니와 솔직히 말해서 지금 내가 이렇게 학교에 다니고 있는 시간도 아까울 뿐이다. 나는 하루빨리 돈을 벌어서 훌륭하게 클 내 동생의 뒷바라지를 해야 할 사명이 있기 때문이다.

"으음……."

물론 조금은 흥미가 간다. 방송국이라는 곳, 내가 어렸을 적부터 그토록 꿈에도 그렸던 곳이니만큼 말이다. 에이! 어차피 내 입으로 한 말도 있고 방송국쯤이야 같이 가주기로 할까?

"뭐, 좋아. 같이 가지."

"야호! 좋았어. 그러면 학교 끝나자마자 바로 가는 거다? 물론 좀 변장을 했야겠지. 가는 도중에 사람들이 알아보면 곤란할 테니깐 말이야. 아~ 기대된다."

혜정이는 그렇게 말하며 싱긋 미소 지었다.

띵~동~댕~동~

마침 수업을 알리는 5분 대기종이 울렸다. 우리는 자리에서 일어나 나란히 교실로 갔다.

음… 이러니깐 꼭 커플 같은 느낌이다. 나쁘지만은 않아. 헤헤.

"어머! 얘, 혹시 저기 금색 테 안경 끼고 모자 쓴 저 애… 어디서 많이 본 것 같지 않니?"

"응, 그러게. 왠지 어디서 본 것 같은데…….."

"어쨌든 정말 예쁘다. 스타일 죽이는데?"

혜정이는 변장을 한답시고 학교 화장실에 들어가더니 곧 밝은 색채 계통의 힙합 패션을 하고 머리에는 흰색 실로 뜬 것 같은 두건을 쓴 다음, 금색의 얇은 테 안경을 낀 채로 모습을 드러냈다. 나는 저게 정말 혜정이가 맞나 싶은 생각에 입이 절로 벌어지는 것을 막을 수가 없었다.

세상에! 여자의 변신은 무죄라고 하지만 이건 강도가 너무 지나치잖아!

"너, 변장 컨셉 좀 다시 바꾸는 게 어때? 너무 눈에 띄잖아."

"어머! 내가 몇 번이나 말했니? 등잔 밑이 어두운 법이라고. 오히려 이 정도는 하고 다녀야 다른 사람들이 알아보지 못하는 법이야."

"으휴~ 그 말 앞으로 한 번만 더 들으면 5번이야."

"후훗."

꼭 내가 무슨 말을 할 때마다 똑같은 말로 받아치니… 이래서야 더이상 말할 기운도 나지 않는다. 아니, 그건 그렇고 6시에 방송 있다는 애가 이렇게 여유 부려도 괜찮은 거야? 지금 4시 30분이라고!

"너 진짜 괜찮아? 방송국에 간다는 애가 계속 이곳에서 시간을 때우면……."

"어허! 괜찮다니까 그러네? 꼭 네게 보여주고 싶은 사람들이 있어서 너를 이곳까지 데려온 거라고. 그러니 얌전히 날 따라오기만 해."

"알았어. 으이구!"

지금 우리가 걷고 있는 곳은 여의도 공원이다. 주말의 영향이었는지 막 입구를 지나쳐 왔을 뿐이었는데도 무척이나 사람들이 많았다. 특히 눈에 띄는 것은 쌀쌀한 날씨임에도 불구하고 열심히 땀을 흘리며 농구를 즐기는 사람들과, 행복한 듯 얼굴 가득 미소 띠며 데이트를 즐기고 있는 수많은 커플들이었다.

"이곳은 평일 때에는 정말 조용한 곳이야. 하지만 오늘처럼 주말이 다가오면 이렇게 생동감 넘치는 곳으로 변모해 버리지. 저기 농구하는 사람들도 그렇고… 가족끼리 놀러 나온 사람들도 그렇고. 숨 막히는 도시의 유일한 오아시스라고나 할까? 그런 이곳이 좋아서 난 가끔 이렇게 변장을 하고 홀로 이곳에 오거나 아니면 우리 팀원들과 같이 오기도 하지. 그 외에 다른 사람들과… 특히 남자와 같이 온 것은 네가 처음이야. 영광으로 알아야 된다고."

혜정이는 그렇게 말하며 멋쩍은 듯 웃어 보였다. 아직 차갑기는 하지만 그래도 선선하다고 말할 수 있을 정도의 자그마한 실바람이 그녀의 허리까지 내려오는 탐스럽고 길다란 머리카락을 살며시 유린하며 지나갔다.

연예인이라서 그런가? 확실히 다른 여자들과는 남다른 구석이 있다. 흠, 그리고 보면 그것은 오늘 아침의 그 정신없는 지지배도 마찬가지였지. 이름이 박민예라고 했던가?

쿵쿵~ 쿵! 쿵~ 쿵쿵…….

"엇! 들어봐! 음악 소리야. 시작했나 보다. 어서 가보자!"

"응? 뭐, 뭐를… 으앗!"

그때 내 귀를 자극하는 강렬한 비트 댄스 음악이 있었다. 혜정이는 환하게 갠 얼굴로 내 손목을 잡더니 음악이 들리는 곳으로 다급히 뛰기 시작했다.

"헉! 헉! 벌써 사람들이 이렇게 모이다니… 역시 대단해!"

"헉, 헉……."

잠시 후, 우리가 도착한 곳은 사람들이 개미 떼처럼 모여 있는 어느 곳이었다. 인파에 가려져 있어 무슨 일이 일어나고 있는지는 몰랐지만… 이런 음악이 나오고 구경꾼들의 함성 소리가 있다면 어렵잖게 그 이유를 예측할 수 있었다.

무슨 공연이라도 하고 있는 모양이지?

"저기 들어가자. 내가 조금 알고 있는 사람들인데 정말 대단한 사람들이야. 자, 어서!"

"으, 응! 알았어!"

우리는 힙겹게 밀집되어 있는 인파들을 가르며 앞으로 헤쳐 나갔다. 혹여 잊어버릴까, 나는 혜정이의 손을 꽉 잡고 그녀를 에스코트하기 시작했다. 아무래도 사람들이 너무 꽉꽉 매여 있다 보니 연약한 여자의 몸인 그녀로서는 많이 힘들겠다 라고 생각했던 탓이다.

잠시 후, 우리는 제일 앞줄로 들어설 수가 있었다. 그러나 한숨을 돌릴 틈도 없이 지금 내 눈앞에 펼쳐지고 있는 광경은 아주 찰나의 순간이었지만 내 생체의 모든 기능을 정지시킬 정도의 충격을 안겨 주었다.

역동적인 움직임이 내 눈을 밝게 비췄다. 나조차도 잘 아는 이 오래된 음악은 단순히 음악을 듣는 것뿐 아니라 저 움직임들로 보는 이로 하여금 절로 어깨를 들썩이게 할 정도로 강렬한 마력을 뿜어내기에 정말 그립기도 하고 우울해지기도 한다.

곡 이름… 지금은 해체된 그룹 REF의 『하늘을 걸고』.

쿠구궁!

앰프는 노래의 초반 전주 부분을 울리고 있었다.

나는 조용히 눈을 감았다. 그러고 보니 이 춤… 진정한 가수는 무엇이든 할 줄 알아야 한다며 우리 그룹의 싱어이자 리더를 맡았었던 음인이는 우리에게 여러 가지 것들을 가르쳐 주었다.

지금 생각하면 정말 신기하기만 하다, 초등학생밖에 안 된 어린 꼬마녀석이 무얼 그리 할 줄 아는 것이 많았던지……. 각종 악기 다루는 것부터 시작해 녀석은 당시 유행하던 것이라면 무엇이든지 제일 먼저 나서서 연구를 했고, 또 그것들을 우리에게 가르쳐 주었다. 대표적인 예로 춤이었다.

음인이는 춤을 잘 춰서 줄곧 브레이크 댄스나 여러 가지 춤들을 추곤 했는데, 특히 녀석이 자신있어 하던 것은 마이클 잭슨의 노래들을 부르며 그에 맞는 춤을 추는 일이었다. 음인이가 우리들의 앞에서 새로이 배웠다고 하며 춤을 춰 보일 때는 나의 최고의 우상이었고 또한 영웅이었다. 저런 녀석을 친구로 뒀다는 것 자체가 자랑스러워질 정도로 말이다.

지금 나오는 곡 또한 그때에 우리 셋이 같이 배웠었던 추억의 곡 중의 하나였다. 보아하니 안무는 그대로 따온 것 같고… 어디 느긋하게 감상이나 해볼까?

어느새 노래는 후렴 부분으로 치닫고 있었다.

잊지 마. 지금 넌 내게 그냥 온 게 아니야.
수많은 날 흘린 나의 눈물과
끝없는 내 그리움이 널 데려온 거야.

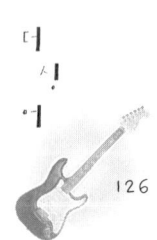

이제 하늘을 걸고 우리 약속해.
다시는 슬픈 이별이란 없는 거라고.
삶이 다해 떠나기 전엔 언제까지나.

그런데 그때, 나는 저들 중 한 명의 동작이 내 기억과는 다르다는 것을 눈치 채고는 나도 모르게 내 속에서 올라왔던 말을 내뱉고 말았다.

"틀렸다."

"뭐? 방금 뭐라고 했어?"

"아, 아니야! 춤 정말 잘 춘다고 했을 뿐이야! 그냥 봐!"

음악 소리가 무척이나 컸기 때문에 혜정이는 미처 내 중얼거림을 못 들은 것 같았다. 그런데 가만히 생각해 보니 저 사람들도 '삶이 다해 떠나기 전엔' 부분에서 약간씩 틀렸다. 저기 가운데에 있는 레게머리 형만 빼놓고 말이다.

그러고 보니 저 레게머리 형 동작이 아까부터 계속 눈에 띄었는데 아마도 저 팀의 리더인 것 같았다.

아무리 시간이 흘렀다지만 내 눈을 속일 순 없지.

내가 이렇게 생각하고 있는 그때, 한창 춤을 추던 레게머리 형이 나를 곁눈질로 흘끔 쳐다본 것 같았는데… 착각이겠지?

노래는 느린 후반부 부분을 달리고 있었다.

복잡한 인연

내 곁엔 너의 자리가 항상 준비돼 있어.
지금처럼 너는 그냥 오면 돼.
언제라도 너만을 위해 비워둘 거야.

이제 하늘을 걸고 우리 약속해.
다시는 슬픈 이별이란 없는 거라고.
삶이 다해 떠나기 전엔 언제까지나.

이 후렴 부분부터는 노래 주인공의 간절함을 잘 표현해야 한다. 음… 가사를 보면 누구나 알겠지만 이것도 이별에 대한 노래다. 하늘에 걸고 다시는 슬픈 이별을 하지 말자고… 네가 돌아올 자리가 얼마든지 있다고 하는, 그런 일편단심을 표현한 글 같은데… 참, 이런 것들을 보면 확실히 시대가 바뀌었다는 생각을 또 한 번 하게 된다.

일편단심이라는 것, 조선 시대까지만 해도 여자들에게나 해당되는 말 같았는데, 지금은 오히려 남자들이 더 극성이라니… 확실히 사랑이라는 것은 알 수 없다는 생각이 든다.

"와아아아아!"

"감사합니다!"

마침내 노래가 끝나고 댄서들은 자신들에게 박수와 환호를 보내주는 관객들을 향해 모두가 손 잡고 머리 숙여 인사했다. 나와 혜정이 또한 박수를 쳤고, 오랫만에 떠오르는 옛 기억을 곱씹으며 씁쓸한 표정을 지었다.

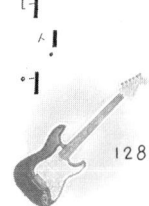

"어때? 이런 것 처음 봤지? 굉장하지?"

자기가 공연한 것도 아니면서 혜정이는 붉어진 얼굴로 무척이나 흥분하고 있었다. 이럴 때 맞장구를 안 치면 괜히 좋은 분위기 깰 것 같아 나는 어색하게 웃으며 고개를 끄덕여 주었다.

"감사합니다! 매 주말마다 우리를 찾아주신 여러분들께 정말 감사드릴 뿐입니다. 오늘 날씨 정~말 좋죠?"

"예!"

"겨울인데도 불구하고 별로 춥지 않아서 우리도 정말 좋아요. 추우면 춤을 추는 데 무척이나 지장이 생기거든요. 그럴 때는 정말 집에서 조용히 쉬고 싶은데 그럼에도 불구하고 저희를 응원하기 위해 찾아주신 팬 여러분들께 진심으로 감사드립니다. 아, 그리고 보니 오늘은 정말 굉장한 게스트 한 분… 아니, 두 분이 오셨군요. 한 분은 여러분들도 익히 잘 아시는 분입니다."

"웅성웅성."

'여러분들도 익히 잘 아시는 분' 이라는 말에 주변은 무척이나 술렁였다. 잠시 입을 다물고 있던 레게머리 형은 살며시 미소 짓더니 우리 쪽을 쳐다보고 손으로 가리키며 말했다.

"요즘 엄청난 인기를 얻고 있는 그룹 아리나 아시죠? 그곳 리드 보컬의 김혜정 양이 이 자리에 오셨습니다. 옆의 분은 남자친구인 것 같은데… 어쨌든! 두 분을 이 자리에 모셔보도록 하겠습니다! 뜨거운 박수와 함성으로 환호해 주세요!"

"와아아!! 김혜정! 김혜정이다!!"

"이곳에는 웬일이지? 어쨌든 굉장하다!"

"와아아아아!!"

주변은 엄청난 함성으로 들끓었다. 이전과는 비교도 안 될 정도의 함성이 여의도 공원을 휘감았다. 새삼 혜정이의 인기를 실감하게 되는 순간이었다.

"후, 오빠는 정말… 뭐, 불렀으니깐 가야겠지. 자, 수호야, 같이 가자."

"으, 응? 나도? 내가 왜?!"

"아~ 잔소리도 많아요. 빨리 와!"

정말 당황스럽다. 그냥 자기만 가면 될 것을 왜 애꿎은 나까지 끌어들인단 말인가. 나는 당황스러운 마음에 다급히 주위를 두리번거렸으나 사람들은 우리 '둘'을 쳐다보며 계속해서 환호성을 터뜨리고 있었다.

내가 다시 고개를 돌려 댄서들 중 레게머리 형을 쳐다보자 같은 팀원인 듯한 한 사람이 약간 재미있는 듯한 미소를 지으며 레게머리 형의 귀에 무언가를 속삭이고 있었다.

말을 마쳤는지 말을 다 듣고 난 레게머리 형은 흥미롭다는 표정을 지으며 나를 쳐다보았다. 다시 말하지만 분명히 혜정이가 아닌 '나' 강수호를 쳐다보고 있었던 것이다.

이거 어째 엄청 불안하다?

"자! 그럼 두 분은 이 가운데로 나와주세요. 다시 한 번 뜨거운 박수 부탁드립니다!"

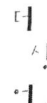

"와아아아아!"

"왜 그래? 어젯밤에는 이보다 더 많은 사람들 앞에서도 그렇게 당당해 놓고는… '두 분' 을 이 가운데로 모신다잖아. 후후, 더 빼지 말고 어서 와. 그렇지 않아도 이곳에 널 데려온 이유가 바로 너한테 저 팀을 소개시켜 주기 위해서였어. 사실 저 팀은… 에잇! 시끄러워! 나중에 다 말해 줄 테니깐 일단 와! 빨리!"

"어어어!"

그녀는 거기까지 말하고는 내 손을 잡아끌며 레게머리 형에게로 다가갔다. 그녀가 가운데로 들어서자 함성은 더욱 커졌다. 인기 아이돌 그룹 아리나의 김혜정이 왔다는 소식은 여의도 공원의 곳곳에 퍼져 나간 모양이다. 사람들은 점점 불어나는 것 같았고, 그에 따라 내 마음속에 있는 중압감 또한 점점 더 늘어났다.

"용케 알아봤네, 오빠?"

"당연하지. 동생 못 알아보면 그게 오빠겠냐?"

혜정이의 말에 레게머리 형이 그렇게 말하며 웃었다. 동생? 음… 설마 친동생인가?

"그나저나 네가 웬일로 이곳에 오면서 남자를 다 데려왔냐? 설마 남자친구? 일단 소개시켜 줘야 되지 않겠어?"

"음? 아~ 후훗, 남자친구? 글쎄, 남자친구라기보다는 내 보디가드라고 불러줘. 이쪽은 같은 반의 강수호라고 내 짝이야."

"아~ 네가 어젯밤에 이야기했던 그 사람?"

"응."

어젯밤? 이야기? 역시 내 예상대로 둘은 친남매임에 틀림없는 것 같았다.

그 뒤로도 잠시 이야기를 나누던 그들… 레게머리 형은 자신의 팀 원들을 돌아보며 무언가 의견을 나누는 듯 고개를 끄덕이더니 다시 관중들을 향해 큰 목소리로 말했다.

"모두 아시다시피 주말의 6시마다 TV 가요 50이라는 프로그램을 생방송으로 방송합니다. 오늘 혜정 양이 속해 있는 그룹도 그곳에 나 가야 하기 때문에 차마 공연 요청은 하지 못하겠군요. 정말 아쉬운 일입니다. 혜정 양이 얼마나 노래를 잘하는데……."

"우우우!"

형의 아쉬운 표정과 억양에 관중들이 야유 소리를 보냈다. 하지만 어쩔 수 없지… 중요한 공연이 약 1시간 후에 있다는데 누가 뭐라고 하겠어?

"하지만! 오늘은 좀 특별한 이벤트를 열어볼까 합니다."

응? 특별한 이벤트? 그게 뭐지?

이렇게 생각하는 것은 나뿐이 아니었는지 관중들은 그게 뭐냐며 빨리 말하라고 형을 재촉하기 시작했다. 하지만 나는 팀원들의 나를 향한 눈빛과 레게머리 형의 짓궂은 웃음을 보며 왠지 모를 불안감을 느껴야 했다.

"여기 특별 게스트로 초대한 혜정 양의 친구 분인 강수호 군께서 듣자 하니 춤과 노래에 대단한 소질이 있다고 들었습니다. 정말 굉장 하다고 하더군요. 아, 혹시 어젯밤에 강남의 큰 거리에서 혜정 양이

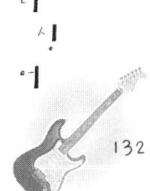

MC로 진행했었던 무대를 보신 분 계신가요?"

엥? 뭐, 뭐야?! 이거 설마……!

"아, 그거라면 나 봤었어. 그때 정말 대단한 사람들이 나왔었는데……."

"아, 기억난다. 그러고 보니 나도 갔었다."

"나도."

여의도와 강남이라… 거리상으로 꽤 떨어진 곳임이 분명했음에도 많은 이들이 나도 그 무대를 봤었다며 저마다 소곤거리기 시작했다. 그러면서 간간이 들리는 이야기가 그때 특별 게스트로 정말 대단한 사람들이 나왔었다는 말이었다.

레게머리 형은 그들의 반응을 재미있다는 듯 쳐다보다가 다시금 입을 열어 크게 말했다.

"역시 많은 분들이 아시는군요. 그럼 그 무대를 보신 분들은 아실 겁니다. 거의 행사 마지막에 특별 게스트로 나와서 아카펠라로 'BackStreet boys'의 『Shape of My Heart』를 부른 네 명의 남자들을 기억하시죠? 여기 있는 강수호 군이 그 네 명 중 한 명입니다."

"오오오오!"

"역시 어디선가 봤다 했어!"

주위는 순식간에 소란스러워졌다. 나는 당황스러운 마음에 고개를 돌려 혜정이와 레게머리 형을 번갈아가며 쳐다보았다. 그러나 둘은 뭐가 그리 좋은지 정말 음흉하게만 비춰지는 미소를 짓고 있을 뿐, 아무런 반응을 보이지 않았다.

조금 후에 끓어오르던 분위기가 좀 진정되었다 싶을 때 다시금 레게머리 형이 입을 열었다.

"예, 벌써 몇몇 유명한 인터넷 사이트에는 그때의 공연이 캠 동영상으로 올려져 있더군요."

엥? 캠 동영상으로? 벌써?

"저도 봤는데 정말 대단했습니다. 뭐니 뭐니 해도 여기 있는 혜정양을 진심으로 감탄하게 만들었으니 더 이상 말이 필요하지 않겠지요? 혜정 양이 누구입니까? 바로 우리나라에서 제일 가는 아이돌 그룹인 '아리나의 리드 보컬'이 아니겠습니까? 그런 혜정 양에게서 인정받았다는 것은 정말 대단한 일이 아닐 수 없습니다. 그런 의미로…지금 바로 이 자리에서 그 대단한 수호 군의 실력을 보고 싶은데…어떠십니까, 여러분?!"

"뭐, 뭐야?!"

"와아아아!!"

레게머리 형의 말에 동조하듯 우리를 둘러싸고 있는 수많은 관객들이 엄청난 환호성을 터뜨렸다. 제길! 아무래도 불안하다 했더니…젠장! 뭐야~ 이거언!

멤버 중 금발로 염색한 가운데 가르마에 더블 커트로 처리한, 요즘 TV에서나 길거리에서 흔히 볼 수 있는 그런 평범한 머리를 한 짬뽕머리 녀석은 자신만만한 미소를 지으며 내게 다가와 말했다.

"자, 관객들이 이렇게까지 바라는데 설마 도망치지는 않겠지?"

"윽……!"

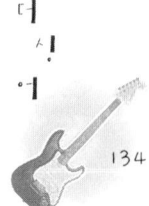

'뭐야, 이 녀석은?'

어떻게 해야 할까? 생각해 보면 혜정이는 이런 상황을 예측하고, 또 이 상황을 바라고 나를 억지로 이곳으로 데려온 것 같았다. 도대체 무슨 속셈으로 저러는지는 잘 모른다. 어젯밤의 사건도 그렇고, 갑작스레 기타 이야기나 악기, 노래 이야기를 꺼낸 것도 그렇고…….

혜정이는 분명 뭔가 나에 대해 알고 있는 눈치였다. 나를 무대에 올라서게 한 것과 노래를 시킨 것, 그리고 꼭 내가 악기 다룰 줄 안다는 것을 예전부터 알고 있었다는 듯한 표정과 말투는, 나를 깊은 의문에 빠지게 하였고 지금도 나는 그 고민의 바다 속에서 허우적대고 있는 중이다.

그건 그렇고 지금은 눈앞에 닥친 일부터 신경 써야겠지? 에구, 어떻게 한다?

"…뭐, 좋습니다."

결국 이런 선택을 할 수밖에 없었다. 그래도 명색이 사나이인데 공개적인 도전을 피하는 것도 그렇고, 지금의 도전을 피할 수가 없게 만드는 관중적 분위기들도 그렇고… 오늘은 꽤나 피곤한 하루가 될 것 같은 느낌이 든다.

"역시 거절하지 않을 줄 알았다. 또 하나 궁금한 점이 있는데… 너 혜정이 하고 어떤 관계냐?"

"예?"

'훗훗훗!' 하고 전형적인 악당의 웃음을 짓던 짬뽕머리 녀석은 표정을 진지하게 바꾸며 너무도 갑작스런 질문을 던졌다. 덕분에 나는

복잡한 인연

조금이나마 멍한 기분을 느낄 수 있었다.

"바보 녀석, 뭘 그렇게 멍청한 표정을 짓는 거냐? 나는 다만 또래 친구라고는 한 명도 우리에게 데려오지 않았던 혜정이가 오늘처럼 바쁜 날에 이곳에 친구를, 그것도 남자를 데리고 온 것이 신기해서 물어보는 것뿐이다. 혜정이 녀석은 진영이의 동생이지만 우리 팀원들에게 있어서도 진영이만큼이나 친 여동생으로 생각하고 있었거든. 진영이가 우리와 춤출 그때부터 혜정이는 우리와 함께 있어왔지. 같이 놀고 같이 먹고, 그리고 같이 연습하면서 말이야. 덕분에 혜정이는 또래 아이들과는 친해질 기회를 같이 못했어. 그래서 우리나라에 널리 알려진 지금에도 정작, 어딜 같이 놀러 다닐 수 있을 만한 친구를 만들지 못했던 혜정이었는데… 갑자기 친구를, 그것도 얼빵하게 생긴 너 같은 녀석을 데려왔는데 당연히 궁금하지 않을 수 있겠냐? 자, 무슨 관계인지 어서 말해 봐."

"에……."

정말 할 말 없게 만드는 녀석이군. 완전히 따고 배짱식이네? 감히 어디다 이래라저래라야? 이건 완전히 안하무인, 안면철판이잖아? 뭐, 그래도 잠깐이었지만 말을 들어보니 나쁜 녀석은 아닌 것 같군.

"저기… 저희는 아무 관계가 아닙니다. 친구라고 하기엔 바로 어젯밤에 처음 이야기해 본 사이이고, 그래서 애인이라고 하기엔 더 더욱 무리이고, 음… 아, 아무런 사이도 아니라고 하면 딱 대답이 되겠군요."

나는 그렇게 말하며 살~짝, 아주 사알~짝! 웃어 보였다. 녀석은 내 말을 잠시 곱씹어보다가 피식 미소 지으며 말했다.

"어젯밤에 처음 만난 사이라… 이거, 믿으라고 하는 이야기가 분명하겠지?"

"네, 제가 거짓말할 이유는 없지요."

"흐으음……."

뭔가 생각하는 듯 녀석은 심각한 표정을 지었다. 나는 그 막간의 틈을 이용해 잠시 혜정이를 바라보았다. 혜정이는 뭔가 굉장히 즐거운 얼굴로 레게머리 형과 이야기를 나누고 있었다. 음, 친구라… 뭐, 연예인 친구 하나 정도는, 그것도 상당히 예쁜 동급생의 여자라면 내가 거부할 이유는 없다. 오히려 일생 일대 최고의 행운이라 하기에도 부족함이 없는 것이다.

그러나 아쉽게도 나는 '여자'라는 존재에 대해서 동생만큼이나 꽤 무감각한 편이라 자부하고 있고, 더욱이 저 계집애처럼 명랑하긴 하지만 제멋대로인 성격은 별로 좋아하지 않는다. 흠, 애써 친구가 돼야 할 운명이라면 그저 '가벼운 대화 상대' 정도면 적당하겠지? 더 깊게 파고들게 되면 엄청 피곤해질 것이 분명하니깐 말이야.

"아, 이야기 끝났어?"

"응? 아~ 대충 끝난 것 같기는 해. 그나저나 정말 훌륭한 일을 계획하셨더군?"

"후후, 미안해. 본의 아니게 됐……."

"됐어!"

관중들 때문에 일부로 크게 소리치지는 않았지만 그래도 혜정이와 레게머리 형, 또 웃기는 짬뽕머리 녀석에게만큼은 확실히 들릴 만한 크기의 목소리였다. 나는 지금 이 순간, 내가 정말로 화났다는 것을 보여주기 위해 목소리에 노기를 실었고, 얼굴 또한 굳은 표정을 만들며 혜정이를 쳐다보았다. 레게머리 형과 혜정이는 무척이나 놀란 듯 눈을 동그랗게 떴다.

만약 혜정이가 내 말에 아주 조금이라도 미안한 표정을 지었다면 나는 그 사과로 지금의 이 상황에 대한 부연설명과 책임을 더 이상 묻지 않았을 것이다. 그러나 혜정이는 전~혀 미안한 것이 없다는 표정으로 오히려 얄밉게 웃어 보이며 어깨를 살짝 으쓱이는 모습은 나로 하여금 이유 모를 분노감을 피어오르게 만들었다.

"도대체 이유가 뭐야? 이전까지는 아예 없는 사람인 듯 신경 하나 쓰지 않더니… 어젯밤 일도 그렇고 오늘 일도 그렇고, 도대체 영문을 모르겠어! 혹시 괜한 순진하고 평범한 남학생을 예쁘시고 아름다우시며 인기까지 있으신 우리 아리나의 리더 혜정 양께서 데리고 놀고 싶어진 거라면 정중히 사양하겠어!"

얼굴에 피가 쏠리는 느낌이다. 난 누구에게 끌려 다니고 또 내 의사와 관계없이 누구의 생각대로 움직이게 되는 것을 정말 싫어한다. 누구에게 이용당하는 것 또한 싫어하며, 자신의 신념을 억지로 강요하는 짓 또한 정말 싫어한다.

어찌 보면 조금 삐뚤어진 성격일지도 모르겠지만, 어렸을 적부터 같은 학년, 반의 동급생들이 뻔히 들여다보이는 꾀로 나를 이용해 먹으려고 한다거나 부려먹으려고 한다면, 나는 두들겨 맞고 기절하는

한이 있더라도 절대로 내 뜻을 굽히지 않았었다.

비록 내세울 것 없는 나였지만, 언젠가는 그 누구보다 훌륭한 사람이 될 수 있을 거라는 희망은 그 어떤 위험에서도 나를 꺾이지 않게 만들었고, 어머니가 돌아가신 그날부터 동생을 나 혼자 키우기 시작한 그날까지, 비록 나의 꿈은 사라졌지만 그래도 내게는 나보다 몇백 몇천 배는 더 훌륭한 동생이 있었기에 나는 지금까지 자존심이라는 것을 잃지 않고 살아왔다. 그런데 저 망할 계집애는 그런 나의 속내를 꿰뚫고 마치 비웃기라도 하듯 조금씩 나를 지배하려 들고 있었다.

그래, 어젯밤의 일은 그냥 넘어갈 수 있었다. 덕분에 좋은 사람들도 만날 수 있었고 너무도 오랜만이었지만 노래 부르는 것으로 인한 행복 또한 만끽할 수 있었으니까. 그렇기에 나를 무대에 세우고 노래를 시킨 의도가 무엇이었든 간에 그것은 기분 좋게 넘어갈 수 있었던 것이다.

하지만!

우연이라고는 결코 말할 수 없는 지금의 이 상황은 미리 계획된 것임에 틀림없었다. 이루어 말할 수 없는 분노가 나의 이성을 조금씩 갉아먹기 시작했지만, 가만히 생각해 보니 이런 것가지고 화내는 것 또한 너무 쪼잔해 보이는 것 같아 조용히 화를 가라앉혔다. 화내봤자 좋을 것 하나도 없다는 생각이 불현듯 밀려왔기 때문이다.

나는 아직도 나를 놀란 눈으로 쳐다보고 있는 혜정이를 향해 조심스레 한숨을 내쉰 다음 말했다.

"아, 미안해. 오늘 아침에 숙취 때문에 상쾌한 아침을 맞이하지 못

해서 약간 피곤했나 봐. 아무래도 오늘은 여기서 그냥 헤어지는 것이 나을 것 같다."

나는 정말로 피곤하게 보이려고 살짝 얼굴을 찡그리며 설레설레 고개를 내저었다. 내 말에 혜정이는 무척이나 아쉬운 표정으로… 마치 재미있는 구경거리를 놓쳤거나 맛있는 음식을 못 먹게 되었을 때의 표정을 지으며 입을 열었다.

"그래? 그럼 어쩔 수 없지만… 너 혹시 이 상황을 모면하려고 거짓말하는 건 아니겠지?"

"……."

정말 할 말 없게 만드는 계집애다. 이 상황에서까지 자신의 즐거움을 놓치는 것에 대해 아쉬움을 직접적으로 표하는 것은 상대방에 대한 예의범절에 너무도 어긋나 있는 것이 아닌가? 아니, 그건 둘째 치고라도 괜히 기분 나쁘다. 이 정도까지 내가 반응을 보였으면 대강 맞장구라도 쳐줘야 정상이 아닌가?

그런데 자신은 전혀 영문을 모르겠다는 듯한, 거기에 한술 더 떠서 내 말이 농담 아니냐고 의심하는 저 발언과 표정은 나로서는 도저히 감당하기가 힘들 정도이다.

김혜정… 이렇게 보지 않았었는데 정말 실망이군!

"앞으로는 꼭 필요한 용건 외에 웬만하면 이야기를 걸지 말아줬으면 좋겠네. 오늘 즐거웠다. 물론 예의상으로 하는 인사지만 말이야. 잘 있어라. 아, 안녕히들 계시죠. 그럼 이만."

나는 지금 상황에서 할 수 있는 최대한의 예의를 표하려 대충 레게

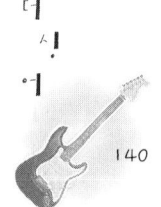

머리 형에게 고개를 끄덕여 보이고는 뒤도 돌아보지 않고 걷기 시작했다. 도대체 무슨 일이 일어난 거냐고 관객들은 웅성였지만 그건 내가 알 바 아니었다. 그냥 나는 가는 길만 가면 되는 거다. 그런데 바로 그때였다.

퍽!

"으윽! 뭐, 뭐야!"

적지 않은 충격이 나의 등에 전해졌다. 무엇으로 맞았는지는 모르겠지만 그 위력이 워낙 대단했기에 나는 앞으로 걸어가려던 그 자세에서 앞으로 엎어질 수밖에 없었다.

뭐야, 도대체!?

"싸가지없는 녀석… 지금 관중들을 앞에 두고 이게 무슨 짓이냐?!"

나를 걷어찬 사람은 바로 웃기는 짬뽕머리의 기분 나쁜 미소를 지닌 그 녀석이었다. 녀석은 몹시도 기분 나쁘다는 표정을 지으며 나를 내려다보고 있었다. 잔뜩 화가 치솟아오른 나는 얼른 몸을 일으키며 눈을 부라렸다. 조금만, 조금만 더 녀석이 나를 건드려 준다면 나는 아마도 이성을 잃어버릴 것이다. 그리고 내 소원대로 녀석은 나의 턱을 걷어찼다.

퍽!

"크윽!"

골이 울리며 강한 충격이 나의 턱에서 뇌를 통해 얼굴 전체에 퍼져 갔다.

"꺄아악!"

"뭐, 뭐야!"

"싸움이다!"

젠장, 오늘 여러 번 스타일 구기는군. 나는 조심스레 고개를 흔들며 몸을 일으켰다. 저 빌어먹을 짬뽕머리 녀석은 뭔가 무술이라도 배운 것이 틀림없다. 그것이 아니라면 어쩌면 그렇게 턱만을 절묘하게 걷어찰 수 있단 말인가? 그것도 아주 효과적으로.

"뭡니까!?"

큰 고함이 터져 나왔다. 그러나 녀석은 눈도 꿈쩍 안 한 채 예의 그 밥맛없는 미소를 지어 보이며 일부러 큰 목소리를 내서 말도 안 되는 헛소리를 외치기 시작했다.

"뭐!? 네놈의 노래는 아무에게나 들려주는 것이 아니라고? 이곳 무대는 수준이 낮아서 도저히 공연 못하겠다니! 그게 도대체 무슨 버릇없는 헛소리냐! 네가 무슨 가수라도 된단 말이야! 정말 예의범절이라고는 눈 씻고 찾아봐도 티끌만큼도 안 보이는 녀석이잖아, 이거?!"

"뭐, 뭐야? 정말 그랬단 말이야?"

"뭐, 저런 녀석이 다 있지? 이거 도저히 믿지 못하겠는걸?"

"그 무대에서 조금 유명해졌다고 자기가 가수인 줄 아나 봐? 정말 밥맛이다."

"재수없어."

주변은 순식간에 소란스러워졌다. 나는 어이없는 심정에 멍~해져 버렸고 녀석은 심술과 경멸이 가득한 표정으로 나를 내려다보았다.

나는 고개를 돌려 혜정이를 바라보았다. 혜정이는 이런 상황이 될 줄 몰랐다는 듯 나와 자신의 오빠, 그리고 이 밥맛없는 녀석의 얼굴을 번갈아 쳐다보며 무척이나 당황해하고 있었다.

"후, 하하······."

허탈한 웃음이 터져 나왔다. 도대체 뭐냐? 내가 무엇을 잘못했기에 이런 상황까지 처해야 하는 거지? 도대체 이유가 뭐지? 그저 죄라면··· 제멋대로인 여자애의 등쌀에 못 이겨 이리저리 끌려 다녀준 죄밖에 없는데······.

퍽!

빈 캔과 자잘한 오물들이 내게로 날아왔다. 허허, 확실히 요즘 세대의 관객 매너는 상당히 무섭다. 내가 그랬는지 안 그랬는지 확실히 밝혀진 것도 아니었건만 벌써 확정되었다는 듯, 사람들은 저마다 분을 내며 나에게 안 좋은 소리들을 퍼붓기 시작했다.

나는 황당함 반, 허탈함 반에 일어나야 한다는 것도 잊어버린 채 그대로 앉아 있었다. 이 모든 사건의 원흉인 재수없는 계집애는 나를 향해 무척이나 미안하다는 표정을 지었고, 레게머리 형과 내 눈앞의 밥맛없는 녀석도 아주~ 조금이지만 이렇게까지 심해질 줄은 몰랐다는 듯 내 이마에 흐르는 붉은 액체에 시선을 맞추며 너무나도 당황스러운 표정을 지었다.

망할! 보면 볼수록 속에서 열불이 오르는 것 같다.

스윽!

나는 천천히 몸을 일으켰다. 그런 내 행동에 맞추어 관객들은 침묵을 머금기 시작했다. 나는 순간 독한 마음이 일었다.

그래, 너희들이 그렇게 나온다면 원하는 데로 해주마.

"그래, 내가 죄인이군. 내가 죽일 놈이야. 당신들이 도대체 내게 무슨 원한이 있어서 이러는 건지는 모르겠지만… 당신들에게서 내가 상대할 가치를 더 이상은 찾지 못하겠어. 웃겨, 정말 웃겨. 그래, 당신들이 왜 그러는지 이제 조금은 알 것 같아. 혹시 당신들이 춤을 추는 도중 내가 중얼거린 소리를 들었나 본데… 그래, 까놓고 말해 당신들, 틀렸어. 그때의 안무는 그게 아니란 말이지. 솔직히 밝히자면 나도 아주 어렸을 적에 지금의 당신들 만큼이나 춤을 무척 좋아해서 조금이나마 춤 연습을 했던 적이 있었지. 아까 당신들이 공연했던 노래, 그거 내가 초등학교 유년기 때 마스터했던 안무들이었어. 아, 지금부터 당신이 말했던 태도로 나가볼까? 커흠흠!"

나는 크게 헛기침을 뱉은 다음 교복 바지 주머니에 손을 찔러 넣고 상당히 거만한 자세를 취하며 최대한 오만한 표정과 어투를 만들어 말하기 시작했다.

"당신들, 상당히 웃기더군. 그 어설프게 힘이 들어간 동작하며… 아마 나와 춤을 같이 쳤었던 내 친구들이 봤다면 배를 잡고 웃어댔을 거야. 정말 최고의 코미디를 봤다면서 말이야. 요즘은 개나 소나 다 춤을 춘다더니… 병신들, 그것도 춤이냐? 나 같으면 쪽팔려서라도 몇 년 더 죽어라 연습한 다음에 공연하겠다."

"뭐, 뭐야!?"

"저, 저 빌어먹을 녀석이……!"

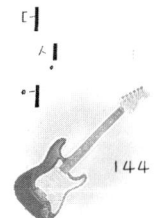

"저놈, 저거 진짜 재수없네?"

"저 말하는 싸가지하고는……."

내 말이 확실한 흥분제가 됐는지 정체를 알지 못할 이 여의도의 춤꾼들과 관객들은 저마다 발끈한 표정을 지으며 한소리씩 해댔다. 나는 그들에게 코웃음을 한번 쳐준 뒤, 엠프 쪽 음악을 틀어주는 찐빵 모자의 형에게로 다가갔다.

"죄송하지만 그 노래, 마지막 후렴 부분 좀 다시 틀어주시겠어요?"

"에? 아! 예! 예!"

얼빵한 표정을 짓고 있던 선한 인상의 그 형은 황급히 대답을 하며 시디플레이어를 조작하기 시작했다. 나는 음악이 준비될 동안 다시 시선을 혜정이와 밥맛 녀석에게 돌린 뒤 분노 가득한 표정을 지으며 말했다.

"김혜정, 좋겠구나. 상황이 네가 원하는 대로 돌아가서. 쳇! 세상에 연예인들만큼 천상천하 유아독존인 족속들은 없다고 하더니만… 그리고 잘 보시죠, 내가 왜 그런 말을 했는지. 음악 준비 됐습니까?"

"아, 예. 지금 틀어드릴까요?"

"아! 잠시만요."

아무런 준비도 되지 않은 상태에서 춤을 춘다는 것은 댄서의 말을 빌리자면 문자 그대로 자.살. 행.위.였다. 이것은 몸도 풀리지 않은 상태에서 춤을 추는 것만큼 댄서의 생명을 단축시키는 것도 없다라는 뜻을 담고 있었다.

나는 어렸을 적부터 학교 체육 시간에 배웠었던 몸 풀기들을 다양하게 시도하며 천천히 몸을 풀었다. 몸의 이곳저곳에서 우두둑거리는 소리가 나며 몸의 상태가 최적화되기 시작하자, 널찍한 스피커 위에 교복 마의와 조끼를 벗어 곱게 접어놓은 나는 흰 와이셔츠의 소매를 걷으며 가운데로 나섰다.

　나는 고개를 돌려 관객들을 쳐다보았다.

　방금 전까지만 해도 내게 경멸의 눈초리를 보내며 야유를 퍼붓던 그들은 어느샌가 호기심 가득한 표정들로 내게 시선을 모았다. 다시 고개를 돌려 혜정이와 밥맛들을 쳐다보았다. 그들의 표정 또한 관객들과 별다를 바 없었지만, 나의 지금까지의 발언으로 인한 분노가 깊게 배여 있다는 점에서는 확실한 차이가 있었다.

　'그나저나 정말 오래간만에 추는 건데… 어디 이미지 트레이닝이라도 해볼까?'

　나는 편안한 자세를 취하고 조용히 눈을 감았다. 그리고 머리 속에 지금부터 내가 추어야 할 안무와 그 속의 비트를 떠올리기 시작했다.

　잠시 후, 상상 속의 내가 생성되었고 내 머리 속에서는 음악이 흘러나오기 시작했다. 상상 속의 나는 격렬한 비트에 맞춰 미친 듯 춤을 추기 시작한다. 한 동작, 한 동작이 마치 광기라도 배인 듯 너무도 거칠게 몸을 움직였다. 그것은 한참이나 계속되었다. 그러다가 어느 순간, 나는 지금까지의 잘못들을 깨닫고 모든 동작을 멈추었다.

　이것은 아니다. 그저 거칠게, 그리고 힘있게 움직이기만 한다고 다 춤을 잘 춰 보이는 것은 아니다. 깊은 어둠 속에 잠겨 있는 기억의 창고에서 음인이가 내게 줄곧 해주었던 말이 떠올랐다.

"수호야, 생각을 하면서 추는 춤은 춤이 아니야. 그것은 그저 음악에 맞춰 움직이는 '몸짓'에 불과할 뿐이지. 한 번 생각해 봐. 내가 만약 일정한 간격으로 부는 깃발을 놓고 그 비트에 걸맞은 음악을 틀어줬다고 해보자. 분명 깃발은 음악에 맞춰 흔들리고 있지? 그것도 아주 격렬하게 말이야. 그럼 그것은 춤이라고 봐도 되겠니? 아니야. 그렇지? 그것은 춤이 아니야. 그것은 그저 '움직임'일 뿐이지 결코 춤이라고 부를 수 없어. 인간도 똑같아. 음악에 맞춰 멋지게 몸을 움직인다고 다 춤이 되는 것은 아니야. 음악과 나, 이 둘이 하나가 되어 '자기 나름대로의 개성과 감성'이라는 결실을 멋지게 탄생시킬 수 있을 때야 비로소 '춤'이라고 불릴 수 있을 만한 굉장한 보물이 만들어지는 거야. 마냥 흘러가는 대로 내버려 두는 것은 불가! 억지로 흘러가게 만드는 것 또한 절대 불가! 라는 것을 머리 속에 꼭! 꼭! 새겨둬. 응? 무슨 소리냐고? 뭐, 쉽게 말해서 이거야. 산은 산이요, 물은 물이고, 음악은 춤이요, 춤은 음악이로다! 라는 말씀이지. 캬아! 이 얼마나 맑고 오묘한 진리의 말씀인가! 으윽! 난 역시 대단해! 아아~ 나의 이 번뜩이는 재능이 몹시도 두렵구나! 하늘이여, 땅이여, 그리고 세상의 모든 민족들이여. 부디 나를 원망 말고 이렇게 태어나게 한 우리 부모님과 하나님을 원망하려무나. 음? 너희들 지금 뭐 하는… 악! 사, 살려줘! 잘못했어! 으아아악~!"

당시에는 무슨 헛소리냐고 다짜고짜 몰매를 놓기는 했지만 지금 다시 생각해 보면 역시 음인이는 '천재(天才)'임에 분명했다. 당시 초등학교 4학년밖에 안 된 녀석이 내뱉은 말이 저 정도라니……

'후우, 그래. 이제는 확실하게 이해할 수 있을 것 같아. 물론 그 말들을 그대로 행하기엔 지금의 나에게는 몹시도 힘겨운 일일 테지만… 어느 정도는 가능하겠지. 그동안 꾸준히 몸을 움직여 왔으니깐 말이야. 자… 어디 한번 해볼까?'

비로소 머리 속과 마음속이 모두 정리되고 나는 조용히 눈을 떴다.

"그냥 처음부터 틀어주세요. 아무래도 확실하게 보여줘야 당신들이 납득할 수 있을 것 같으니까요."

이왕 하기로 했으면 확실하게 해보자는 것이 나의 신념이었다. 그래서 원래 마지막 후렴 부분만 하기로 했었던 나는 생각을 바꿔 아예 곡 전체를 하기로 했고, 그 결심을 시디피를 조작하는 찐빵모자 형에게 말했다.

내 말에 다시 시디플레이어를 조작하던 형은 잠시 후 준비가 되었다는 뜻으로 나를 바라보았고, 나는 고개를 끄덕이며 말했다.

"음악… 틀어주세요."

쾅 쾅!

전주가 울리며 곡이 시작되었다.

첫 부분은 어찌 보면 단조롭다고 할 수 있는 한 가지 전자 음으로 시작된다. 그러나 순간, 마치 비트의 파도가 거칠게 휘몰아치는 듯 본격적인 전주가 시작됨과 동시에 나의 몸 또한 말의 역동적인 움직

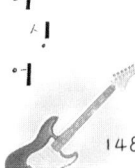

148

임처럼 파워 넘치게 움직여지기 시작했다. 하지만 그것은 분명히 무턱대고 거칠게 움직이는 것이 아닌, 내가 음인이 녀석에게 배운 그대로, 음악과 비트가 하나되어 내 감성의 감동 속에서 저절로 움직여지는 '조화'임에 분명했다.

아주 오래간만에 춤을 추고 있었지만, 마치 이제껏 계속 추어왔던 것처럼 내 온몸의 세포가 음 하나하나에 기쁨의 환희를 터뜨리며 또 반응을 하고 있었다.

그래! 바로 이 기분이다! 아주 오랫동안 잊고 지냈었던 것이… 나는 모든 것을 잊었다.

방금 전까지만 해도 내 안에서 마그마처럼 뜨겁게 달아오르고 있었던 분노의 마음은 어느새 차갑게 굳어 있었다. 다만 음악과 나의 감성이 혼연일체가 되어 손가락 하나, 발가락 하나에 널리 퍼지고 있을 뿐이었다.

처음은 랩 파트이다. 생각 같아서는 친구들과 연습했던 그대로, 노래를 직접 부르며 춤을 추고 싶었지만 지금은 그때처럼 춤과 음악에 빠져 매일매일을 연습으로 지내는 것도 아니었고, 솔직히 그때의 움직임과 감성이 터져 나오질 않고 있었다. 댄스 음악을 라이브로 한다는 것은 고도의 기술을 필요로 한다.

음악에는 반드시 정해진 박자와 호흡이라는 것이 있으며, 처음 곡을 만들고 노래를 배우는 가수들은 작곡가들에게서 노래의 한 소절, 한 소절을 어떻게 불러야 하는지에 대해 집중적으로 배운다. 뭐, 음악에 조예가 있는 가수들은 악보만을 받아 든 상태에서 그 악보를 보

복 잡 한 인 연

고 바로 노래를 불러 버린다고 하는데, 그것을 두고 시창이라 한단
다. 음, 나야 피아노를 칠 줄 모르니 못하는 것이 당연했지만, 내가
마지막으로 봤을 때의 음인이 녀석은 이 어렵다는 시창을 비록 완전
하게까지는 아니었지만 대충 어설프게나마 해냈었던 것을 기억한다.

어쨌든, 그 호흡과 일정한 규칙들을 동작과 호흡에 연결시켜 자신
의 체력에 적절한 비율로 배합했을 때야 비로소 멋진 라이브를 할 수
가 있는 것이다. 물론 음인이가 해주었던 말이다.

여기에서 음의 간주가 끊기고 영어 랩이 나오는 부분이다. 나는 잠
시 모든 동작을 멈췄다.

Please come comeback,
I don't check(yeh) comeback
baby love comeback!

본격적인 시작을 알리는 랩. 나는 랩이 시작되는 동안 두 손을 높
이 들어 박수를 쳐 보이며 관객들의 호응과 참여를 유도했다. 조금
전의 일도 있고 혹시 관객들이 무시하면 어쩌나 하고 걱정했었지만
다행히도 관객들은 내 반응을 알아듣고는 호응해 주었다.

"와아아!"

거대한 함성이 나를 휘감았다. 나는 양팔을 쭉 뻗고 살며시 눈을
감았다. 마치 성자의 위대한 그 모습처럼 나는 엄숙하게 눈을 감으며
앞으로 달려가야 할 비트를 마음에 각인시켰다. 마침내 노래가 흘러

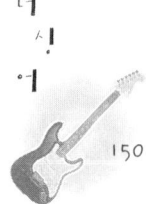

나오기 시작했다.

오~ 아마 영원히 너에게 용서받을 수가 없을 거야.
내가 이제와 너에게 무슨 말을 하겠니 워~

진정 나만을 사랑해 준 건 너라는 걸 깨달았어.
지금 내게 필요한 건 너뿐이야!

랩 파트가 끝나자 난 격렬하게 몸을 움직이기 시작했다. 이 곡의
중요 포인트가 처음부터 격렬하고 힘있는 동작으로 관객들과 곡을
지배하는 거였다. 물론 이것은 음인이의 가르침이 있기도 했지만 내
감각의 외침도 상당수 차지했기에, 나는 고삐 풀린 망아지처럼 그야
말로 미친 듯 몸을 움직일 수 있었다.

널 부서지게 안고서
무릎 꿇어 난 감사하고파!

하늘에 세상에 살아 있는 모두에
그리고 돌아온 너에게.

솔직히 이 노래가 흘러나오기 전까지는 일말의 불안감이 내 속에
서 맴돌고 있었다. 춤을 추기에 앞서 다른 것을 생각하면 안 된다는
것을 머리로는 잘 알고 있었지만, 마음속 깊이까지는 파고들지 못했

었다. 당시에는 가사의 의미를 나에게 적용시키지 못하는 것은 물론
이거니와 음에 젖어드는 것조차 너무도 힘들 것 같기만 했는데 정작
노래가 흘러나오니 그런 불안감들이 조금씩 가시기 시작했다.

이제는 됐다. 본격적인 전투 모드에 돌입할 수가 있어!

> 잊지 마. 지금 넌 내게 그냥 온 게 아니야.
> 수많은 날 흘린 나의 눈물과
> 끝없는 내 그리움이 널 데려온 거야.

허공에 휘둘려지는 내 두 팔과 격렬하고 절도있는 동작을 해 보이
는 내 온몸… 왠지 보금자리에 찾아온 듯한 느낌이 들었다.

춤을 추고 있으니 방금 전의 그 분노가 서서히 사그라들었다. 아무
래도 나는 어쩔 수 없는 음악 광인가 보다.

> 이제 하늘을 걸고 우리 약속해.
> 다시는 슬픈 이별이란 없는 거라고
> 삶이 다해 떠나기 전엔 언제까지나!

점차 빠른 속도로 안정돼 가는 나를 느끼며 나는 이전보다 더욱 춤
과 음악에 빠져서 동작 하나하나에 정성을 기울였다. 또 나의 감각이
하나씩 긴 겨울잠에서 깨어나고 있다. 아직 예전의 느낌만큼은 아니
었지만 그래도 이 정도면 만족스럽다.

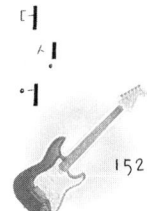

지금 나는 춤과 음악을…

즐.기.고. 있.다.

어느샌가 나는 점차 무아지경으로 빠져들고 있었다.

"후, 정말 대단한걸."

"그렇지?"

진영과 순원은 눈앞에 펼쳐지고 있는 놀라운 광경을 보며 한마디씩 감탄을 내뱉었다. 수호의 표현을 빌리자면 '거리에 나돌아다니면 어디에서나 쉽게 볼 수 있는 머리를 한 밥맛없는 녀석'인 순원은 솔직히 말하자면 방금 전까지 수호를 무시하고 있었다.

아무리 혜정이가 수호에 대해 깊은 진흙 속으로 스스로 파고든 보석덩어리라고 설명해 줬어도 흥! 하고 코웃음 치던 것이 바로 오늘 아침까지의 일이었다. 증세가 심각하지는 않았지만 자기 최고주의에 단단히 빠져들고 있던 순원이었기에 자신이 아닌 다른 어린 고등학생 녀석이 진흙 속의 보석이라는 것을 납득하려고 해도 도저히 납득할 수가 없었다. 왜냐하면 그는 세상에서 자신만이 보석과도 같은 잠재 능력을 지니고 있다고 생각했기 때문이다. 물론 그것을 겉으로 드러내지는 않았지만 말이다.

어쨌든 오늘 아침 진영에게서 수호에 대해 전해 듣고 또 진영의 동생 혜정이 자신들이 매일 공연하는 곳으로 데려온다고 했을 때까지만 해도 아직 얼굴도 보지 않은 수호를 얕보고 있었던 것이다.

사실 상대가 그 누구라고 하든지 자신보다 나이가 어린 녀석이 바로 본인이 똑똑히 듣고 있는 데서 자신보다 더 소질과 실력, 그리고 자질이 뛰어나다는 소리를 들으면 그 누구라도 기분 나쁠 것이고 자존심에 상처를 입을 것이다. 순원의 경우는 그게 더욱 심했기에 수호라는 녀석이 오기만 하면 자신의 실력을 확실하게 보여줄 생각이었다.

그런데 한창 자신이 제일 자신있어 하는 노래가 나오고 막 무아지경에 돌입하여 춤을 추고 있던 참이었는데 미약한 음성이 순원의 귀에 파고들어 왔다. 그것은 바로 '틀렸다' 라는 목소리였다.

그는 고개를 돌려 그 대상을 찾기 시작했고, 곧 어렵지 않게 그를 발견할 수 있었다. 어디에 파묻혀 있던지 혜정과 함께있으면 그 누구라도 눈에 확 들어올 수밖에 없을 것이기 때문이다.

음악이 끝나고 그 대단한 자질을 가진 고등학생을 눈앞에서 보게 되었을 때 '역시나!' 하는 마음이 들었다. 그 어디를 바라봐도 특별히 남다르다고 할 수 있을 만한 것을 찾아볼래야 찾아볼 수 없었던 까닭이었다. 어떤 관점을 가지고 바라봐도 상대는 너무도 평범한 대한민국의 고등학생이었기에 오히려 혜정과 아는 사이라는 것이 이상하게 느껴질 정도였다.

그러나 역시 상대는 남다른 데가 있었다. 싸가지없는 말투도 그러하거니와 마지막에 이르러서는 자신을 무시해 버린 태도에 홧김에 수호의 등을 걷어차고 또 모욕하기 위해 허언을 한 순원이었지만 그도 조금은 양심의 가책을 느끼고 있었다. 하지만 그런 가책도 뒤이어진 수호의 언행과 행동에 완전히 기가 질려 버렸다. 살다 살다 저런 무모한 녀석은 처음 본 것이다.

녀석은 이 바닥에서는 꽤나 알아주는 자신들의 춤을 무시했고 급기야 개나 소나 춤을 춘다라는 비유를 하기에까지 이르렀다. 그러면서 자기가 진짜 춤이 뭔지를 보여주겠단다. 가소로워도 저렇게 가소로운 녀석이 있나 싶었다.

한창 대학 입시와 학업에 짓눌려 가며 박이 터지도록 공부를 하고 있어야 할 고딩 녀석이, 감히 춤을 생활로 삼는 자신들에게 춤으로써 훈계를 하겠단다. 순원은 이를 부득부득 갈며 만약 수호가 자신들을 납득시키기 못할 경우에 대비한 처벌에 대해 나머지 멤버와 이야기를 나누기 시작했다.

모두는 고등학생에게 모욕받았다는 것에 분개하며 다리 하나는 분질러 놓자, 손목으로 봐주자, 그래도 고등학생이니깐 두들겨 패는 것으로 끝내자는 둥 저마다 갖가지의 의견들을 내놓았다. 그러나 단 두 사람만은 그들과는 사뭇 다른 반응을 보이고 있었다. 그중 한 명은 자신들의 리더인 김진영이었고, 또 한 명은 그의 여동생 김혜정이었다.

진영은 오랫동안 같이 지내온 자신들이 아니면 누구도 알아보기 힘든 자그마한 미소를 띠며 수호를 바라보았고, 혜정은 고개를 숙이며 큰 낙담에 빠져 있었다. 아마도 수호가 한 말이 큰 충격으로 다가온 모양이었다.

순원은 자신들이 지금까지 친동생처럼 여겨왔던 혜정의 그런 모습을 바라보며 수호에게 더욱 분노를 느꼈다. 순원은 절대로 무사히 돌려보내지 않으리라 다짐하고 또 다짐했다.

몸을 다 풀고 이제 시작을 하려나 싶던 빌어먹을 고딩 녀석은 한동안 눈을 감고 가만히 있었다. 아마도 떨리는 가슴을 진정시키려 저러는 것이다 라고 생각하니 사뭇 비웃음이 터져 나오려 했다.

저 건방진 녀석은 더 이상 물러설 곳이 없다. 엄청난 실력을 보여주어 이곳에 있는 모두를 만족시키든지, 어설픈 실력으로 이곳에 있는 모두를 웃겨 웃음거리가 되든지… 녀석은 그 둘 중의 하나를 선택하게 된다. 하지만 전자의 선택은 왠지 어림없을 것 같았다. 그렇게 된다면 자신의 실수를 시인하고 사과하는 것인데…….

'어림없지.'

순원은 관중들이 보는 앞에서 자신들에게 머리를 조아리고 무릎 꿇으며 사과하지 않는 한 저 건방진 녀석의 만행을 용서할 생각이 없었다. 그러나 그것은 착각이었는지 어느새 눈을 뜬 '건방진 고딩'의 입가에는 작은 미소가 띠어져 있었다.

첫 간주 부분이 흘러나오고 마침내 건방진 고딩은 춤을 추기 시작했다. 시작은 '그런대로' 봐줄 만했다. 하지만 저 정도가 진짜 실력이라면 우리를 납득시키기에는 많은 무리가 있었다. 그런데 어느덧 눈을 감기 시작한 녀석은 그야말로 신이 들린 듯 춤을 춰대기 시작했다. 혜정이에게 듣기로는 이제까지 엄청나게 평범한 삶을 살아왔던 보통 고등학생이라고 하던데… 지금 저 모습을 보면 그 누구라도 수호가 평범한 고등학생이라는 데에 부정 표를 던질 것이다. 그만큼 '건방진 고딩'의 춤에 자신들에게는 없는 그 '무언가' 가 있었던 것이다.

진영은 혜정의 옆으로 다가가 어깨에 손을 올리며 말했다.

"정말 대단한 친구를 데리고 왔구나."

"응? 으, 응……."

혜정의 목소리에는 힘이 없었다. 사랑하는 동생이 왜 이러는지를 대강 눈치 채고 있었던 진영은 살짝 미소를 머금으며 어깨를 다독였다.

"확실히 애초에 아무런 언질을 받지 못하고 이런 상황에 처하게 된다면 그 누구라도 당황스러울 거야. 어제 일만 해도 그래. 네가 아무리… 후, 그렇게 되었다지만 그래도 그 자리에서 즉석으로 불러 평소에 이야기조차 나누지 않았던 반 친구를 그렇게 한다는 것은 네 잘못이 커. 그나마 수호 군이 마음이 넓어서 어제 일은 그냥 넘어가 주려고 했던 것 같은데… 어쨌든, 우리 쪽도 무례하긴 했으니 끝나고 수호 군에게 사과하자구나. 간신히 너의 마음을 이해해 줄 수 있을 것 같은 첫 친구의 탄생을… 이렇게 놓쳐 버릴 수는 없는 일 아니니. 그렇지?"

"…응, 알았어."

혜정의 목소리에는 울먹임이 가득했다. 진영은 더욱 진하게 미소 지으며 혜정이의 어깨를 꼭 감싸 안아주었다.

그 옆에서는 순원이 둘의 모습을 바라보며 미약한 미소를 머금고 있었다. 하지만 다시 시선을 옮겨 수호를 바라봤었을 때 너무도 억울 했지만 분명히 큰 소리 칠 만한 실력이 된다는 생각에 분함으로 얼굴이 일그러져 있었다.

어느새 음악은 후렴으로 치닫고 있었다. 관중들의 함성과 열기도 점점 마지막 상승 곡선을 타며 힘껏 치솟았다. 복수하겠다는 생각도, 뭔가를 보여주겠다는 우격다짐도… 어느새 지금 나에게서 펼쳐지는 이 자유스러운 몸짓 아래 훨훨 날아가 버리고 있었다.

지금은 전주 중. 원래대로라면 정해진 안무에 맞추어 이 후렴 부분의 전주를 자연스레 타고 지나가는 것이겠지만, 이미 내 내면의 흥분은 도취될 때로 도취되어 버린 탓에 그냥 넘기기에는 너무도 안타깝게 생각되었다. 그래서 이 후렴 전주 부분에서 내 나름대로 멋진 장기를 펼쳐 이 흥분과 열시를 더욱 높여보는 것도 좋겠다는 생각을 했다.

찰나의 순간에 이루어진 생각을 나는 어느새 행동으로 직접 실천하기 시작했다.

빙글.

"음? 뭐지?"

"뭘 하려고 저런 동작을……."

나는 자세를 낮추고 몸을 회전시켜 마치 매끄러운 빙판 위에서 팽이가 돌아가는 듯한 광경을 시도했다. 그것은 물론 내 생각과 의도가 그렇다는 것이지, 실제로 보고 있는 사람들에게는 어떻게 비춰질지 모를 일이다. 하지만 내 귀에 간간이 들려오는 탄성 소리는 내 의도가 어느 정도 적중했다는 것을 말해 주고 있었다.

발끝을 축으로 양발을 번갈아 놓아가며 연속해서 몸을 회전시킨다는 것은 여간 힘든 일이 아니었다. 하긴, 한창 체력을 단련하며 춤을 연습했었던 그 시절 때도 지금의 이 동작은 상당한 고난도의 동작에 속했었으니, 비록 몸도 크고 신체가 그때와는 비교도 할 수 없을 정도로 발달된 지금이라 하더라도 힘든 것은 당연한 일인 것이다.

이 다음에 이어질 동작은 정말 오랜만에 하는 거라서 좀 위험할지도 모르겠는데… 이거, 생각대로 잘되려나?

"흐잡!"

그러나 더 이상 망설임은 용납하지 않겠다는 듯 고조된 내 감각은 어느새 내 몸을 공중으로 힘껏 퉁겨내고 있었다.

"우와아!"

"뭐, 뭐야, 저건!?"

화살이 휘는 것을 머리에 담아두며 나는 온몸을 뒤로 힘껏 잡아당겼다. 그리고 순간! 오른발을 머리 위로 힘차게 차 올린 뒤 그 타이밍에 맞추어 상체와 고개를 뒤로 잡아당겼다.

"어엇!"

"우, 우와아~!"

"멋지다!"

상당히 아찔한 순간이었다. 나는 내가 몸 펴 공중돌기를 시전할 수 있을 만한 충분한 여유 공간에 떠 있다고 생각했었는데, 막상 고개를 뒤로 잡아당기는 순간 나의 시야에 급격히 확대되어 들어온 땅바닥은 나로 하여금 엄청난 공포심에 빠져들게 하였다.

'위험하다!'

위험을 알리는 적색 신호가 내 감각 기관과 뇌리에 번쩍이며 나를 일깨웠다. 이대로라면 땅바닥에 머리를 부딪쳐 큰 부상을 면치 못할 것임에 분명했다.

'으읍!'

나는 순간적으로 복부에 힘을 가득 주어 오른쪽 다리를 있는 힘껏 잡아당겼다. 그리고는 머리를 등 쪽으로 세계 잡아당겨 회전력을 더욱 크게 하고자 했다.

타탁!

"후우우!"

다행히 내 순간적인 판단이 맞아떨어졌는지 나는 아주 조금 비틀거리긴 했지만 그래도 무사히 착지해 위험천만했던 그 찰나의 순간에서 벗어날 수가 있었다. 어느새 내 이마에는 식은땀으로 가득했다.

"대, 대단해! 정말 멋지다!"

"어떻게 인간이 저런 동작을 할 수 있는 거지?! 인간도 아냐!"

"이건 너무 아슬아슬하잖아! 저 녀석은 겁도 없나!? 미친 녀석 같으니라고!"

죽음의 순간을 벗어난 뒤의 대가는 정말 대단했다. 관중들은 저마다 두 주먹을 불끈 쥐고는 나를 향해 문자 그대로 '거침없는 함성'을 '쏟아 부었으며' 마치 파도 소리와도 같은 박수와 천둥과도 같은 환호는 나에게 이전까지는 느끼지 못했던 시원함을 안겨주었다.

영원히 이대로 있고 싶다. 하지만… 아직 음악은 끝나지 않았고 내

160

춤 또한 끝나지 않았다.

앰프 또한 내가 아직 지금 이것에 만족해 가만히 멈춰 있으면 안 된다는 것을 깨우쳐 주기라도 하듯, 다음에 이어질 부분을 힘차게 뿜어내기 시작하였다.

다신 떠나지 말아줘!
이젠 내 곁에 있어줘!
널 위해 살겠어, my love!
이제는 나에게 기대줘!

이 부분은 지금까지의 열기를 잠시 억눌려야 하는 부분이다. 나는 처음의 랩 부분 때처럼 모든 동작을 멈춘 뒤, 두 박자에 맞추어 한 박자는 발을 구르는 것으로 또 한 박자는 손뼉을 치는 것을 해 보이며 관중들의 호응과 참여를 유도했다.

welcome welcome welcome
끝없이 너를 사랑할 거야!
comeback comeback comeback
내 곁의 빈자리로 all right!

역시 요즘 세대의 관객들은 똑똑해도 엄청 똑똑하다. 내 모습을 본 관객들은 저마다 음악의 박자에 맞추어 비트가 상당히 빨랐음에도 불구하고 나의 요구를 본인들이 즐기면서 들어주었다. 일부 박자를 못 맞춘 관객들은 다른 사람들에 맞추어 손뼉을 치는 것으로만 응해 주었지만 그래도 마냥 좋았다. 확실히 나에 대한 호응이 처음과는 달리 무척이나 호의적으로 변해 있었다.

나는 기분이 무척 좋아지는 것을 느끼며 'all right'이 끝나는 순간! 지금까지 억눌려져 있었던 분위기를 다시 한 번 강하게 분출시켜 나아가기 시작했다. 그런데 바로 이때.

"꽤 괜찮은 실력이야! 좋아! 멋져! 어디 후반 부분은 같이 해볼까?!"

관중 틈에서 긴 장발에 수려한 이목구비를 가진 청년이 튀어나와 내 바로 앞에 마주 서며 나와 같은 안무로써 춤을 추기 시작했다. 언뜻 봐도 나보다 나이가 많아 보이는 이 기생오라비 같은 녀석은 얼굴 가득 흥미와 장난기 넘치는 미소를 지으며 내 얼굴을 정면으로 마주 보았다.

"처음부터 쭉 지켜봤었는데 넌 정말 흥미롭더군. 사실 나도 춤 같지도 않은 춤을 추면서 이 여의도 일대를 오염시키고 있는 저 사람들이 별로 마음에 들지 않았었는데 네가 저들에게 한 말을 듣고 난 후 속이 시원해지지 뭐야? 하하하!"

"......?"

도대체 무슨 소리를 하냐는 듯한 내 표정에 녀석의 표정 또한 어리둥절해졌다. 그러더니 곧 얼굴을 환하게 빛내면서 키득키득 웃음을 터뜨리며 말했다.

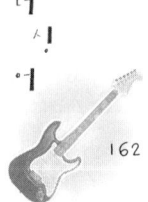

"왜, 있잖아. '요즘은 개나 소나 다 춤을 춘다더니… 병신들, 그것도 춤이냐? 나 같으면 쪽팔려서라도 몇 년 더 죽어라 연습한 다음에 공연하겠다' 이거 말이야. 크으! 정말 마음에 드는 말이었어! 내가 저 사람들에게 하고 싶었던 소리가 딱 이 소리였다니깐! 하하하!"

"……."

정말 할 말 없게 만드는 녀석이었다. 이 녀석이 일부러 그러는 건지 아닌지는 모르겠지만 주위에 있는 사람들 보러 다 들으라는 듯 녀석의 목소리는 상당히 컸다.

염려되는 것이 있어 내가 슬며시 고개를 돌려 레게머리 형과 밥맛 패밀리들을 살펴보니 과연 얼굴이 처참하게 구겨져 있었다. 나는 조금씩 골치가 아파옴을 느끼며 다시 고개를 돌렸다. 아무래도 무사히 넘어갈 기세는 아닌 것 같았다.

녀석은 계속해서 입을 열었다.

"요즘 들어서 따분하고 지루한 일상생활의 연속이었어. 친구라는 녀석들은 내 배경을 보고 그저 아부나 떨며 실실 웃기에 바쁘질 않나, 정도와 자신들만의 교육 신념을 목숨과도 같이 여겨야 할 학교의 선생이라는 작자들 또한 그와 다르지 않아 오직 내 체면과 이름을 높여주기에만 바쁘니 이 얼마나 비분강개(悲憤慷慨)할 만한 일이 아니겠어? 그래서 최근에는 학교고 뭐고 다 때려치워 버릴까 하는 생각으로 가득했었는데, 오늘 이렇게 내 마음에 쏙 드는 친구를 만나니 이 얼마나 행복한 일이냐? 아아~ 난 지금 온몸에 충만해져 있는 기쁨으로 정신을 차릴 수 없을 것 같다고!"

후우… 정말 말 하나는 질리도록 많은 놈이다. 처음에는 나보다 나이가 많으리라고 생각했는데 학교니 친구니 운운하는 것을 보면 아마도 나와 나이가 같거나 한 학년 위인 것 같다. 적어도 저런 얼굴에 나보다 한 살 아래 일리는 없을 테니깐 말이다.

그나저나 이 녀석, 정말 대단한 녀석이다. 이토록 격한 춤을 추면서도 호흡 하나 흐트러지지 않고 계속 말을 해대고 있으니 말이다. 비록 내가 처음부터 춤을 추기 시작했었다고는 하지만 난 지금 힘들어 입도 뻥긋할 수가 없을 지경인데……

성격이나 다른 것들은 다 제쳐 두고서라도 이 녀석의 실력만큼은 정말 인정하지 않을 수 없을 것 같았다.

이제 하늘을 걸고 우리 약속해.
다시는 슬픈 이별이란 없는 거라고
삶이 다해 떠나기 전엔 언제까지나!

이제 슬슬 마무리를 지어야 할 때이다. 마지막이니만큼 결코 평범하게 끝낼 수는 없다.

찡긋.

장발 녀석도 나와 같은 생각인 듯, 나를 보며 살짝 윙크했다.

우웩~ 재수없어! 남자한테 윙크라니… 이 녀석, 혹시 호모 아냐?!

콰과광!

마지막 전주, 우리는 있는 힘을 다해 더욱 힘차게 춤을 추기 시작

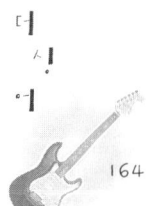

했다. 나도 그리고 눈앞의 재수없는 장발 녀석도… 지금 이 순간, 아주 조금이었지만 마음이 통했던 탓인지, 나는 전혀 바라지 않았었던 방법, 즉 녀석과의 합작 피니쉬로써 끝을 맺기로 빠른 시간에 합의를 보게 되었다. 물론 개인적으로는 정말 원하지 않았지만 내 '작품'의 멋진 마무리를 생각한다면 어쩔 수 없었다. 결국 내 개인적인 감정보다는 '춤에 대한 열의'가 더 앞섰다고 봐야 되겠지?

"웃차!"

전주가 완전히 끝나갈 무렵, 우리 둘은 서로를 마주 보며 동시에 제자리에 멈춰 섰다. 녀석은 재빨리 물구나무서기를 하며 두 다리를 내 양 어깨에 걸쳤으며, 나는 양손에 힘을 주어 두 다리를 꽉 붙잡았다. 녀석은 마치 윗몸 일으키기를 하듯 상체를 일으켜 내 어깨를 이용해 의자에 앉은 형상을 해 보였으며 녀석과의 눈빛 교환을 신호로 나는 마치 통나무처럼 몸을 곧게 편 상태로 뒤로 쓰러졌다.

쿠웅!

쾅앙!

땅바닥에 내 몸이 닿기 전 녀석의 두 다리가 먼저 닿았기에 나는 아무런 충격을 받지 않을 수 있었고, 덕분에 우리 둘의 합동 기술은 성공적으로 끝마쳐 질 수가 있었다. 그리고 그 합동 기술에 맞춰 음악도 장엄하게 끝을 맺었으니 오늘의 이 춤은 그야말로 하나의 '작품'이 되기에 충분했다.

"와아아아아~!!"

짝짝짝짝!

거대한 함성과 박수 소리는 이번에는 나 혼자만이 아닌, 우리 둘을 향해 쏟아져 내렸다.

"Good! 정말 멋졌어, 친구. 어때? 기분 좋지?"

어느새 몸을 일으킨 녀석은 아직 땅바닥에 누워 있는 나를 향해 손을 내밀며 싱긋 웃어 보였다. 솔직히 저 녀석의 상판이 아직도 재수 없게 느껴지기는 마찬가지였지만 그래도 아까보다는 덜 했기에 나는 내 고귀한 손을 내밀어 녀석의 손을 잡아주었다.

"뭐, 그럭저럭."

물론 이 한마디는 빼놓지 않았다.

녀석의 도움으로 몸을 쉽게 일으킨 나는 교복에 묻었을 먼지들을 털어내었다. 녀석은 내 모습을 한참 쳐다보는 듯싶더니 내게 손을 내밀며 악수를 청했다.

"이렇게 만난 것도 인연인데 우리 통성명이나 할까?"

"뭐, 그 인연이 약간 삐뚤어져 있었다는 것이 문제이긴 하지만… 좋아."

"하하, 역시 마음에 드는 성격이야. 그러면 내 소개부터 하지. 에헴!"

녀석은 장난스레 헛기침을 한 뒤 다시 빙긋 웃어 보이며 입을 열었다.

"내 이름은 하진영. 저어~기 강남의 어느 구석에 붙어 있는 강남고등학교의 2학년에 재학 중이고, 아까 말했다시피 배경은 상당히 좋지. 하지만 그 배경에 대해서는 말해 주지 않겠어. 왜냐하면 또 애써 얻은 마음에 드는 친구를 잃고 싶진 않거든. 자, 너는?"

나는 친구 해도 좋다고 말한 적 없는데 녀석은 다 결정됐다는 듯 '친구'라는 단어를 쉽게 입에 담고 있었다. 하지만 이 정도로 쪼잔하게 굴 내가 아니었기에 그냥 넘어가기로 했다.

후우~ 난 왜 이렇게 마음씨가 좋은 거지?

"내 이름은 강수호. 저어~기 고귀하시고 유명하신 김혜정 양과는 영광스럽게도 같은 학교인 해광고등학교에 다니고 있고, 더욱 놀라운 사실은 내가 그녀와 같은 반이며 또한 짝이라는 것이지. 네 배경이 무엇인지는 모르겠지만 설마 나만큼이나 대단하겠어?"

"하하하! 네 말대로야. 너는 정말 대단한 배경을 가졌어! 나는 감히 상대도 안 될 정도로 말이야. 흐음, 그러고 보니 우린 나이가 같네? 거봐! 친구 맞잖아? 하하하! 우린 아무래도 뭔가 상당한 인연으로 이어져 있는 것 같아. 그렇지? 응? 하하하!"

내 말의 가시를 알아챈 듯 녀석은 호탕하게 웃음을 터뜨리며 내 어깨를 힘껏 두들겨 댔다. 음, 다시 생각해 보니 녀석도 그렇게 나쁜 녀석은 아닌 것 같다. 성격도 호탕하고 거침없는 게 왠지 마음에 들기도 했다.

그렇게 호탕하게 웃던 녀석, 진영은 순간 갑자기 웃음을 멈추더니 어느 한쪽을 쳐다보며 입을 열었다.

"흠, 네가 말했었던 그 개와 소들이 이쪽으로 오는군. 분위기를 보니 결코 무사히 넘어가지는 않을 것 같은데… 이거 재미있겠어. 그렇지?"

녀석의 진지한 눈빛은 우리 쪽을 향해 범상치 않은 분위기로 다가오는 이들을 향해 빛나고 있었다. 물론 정확히 말하자면 우리가 아닌, 바로 이 녀석이겠지만.

"이거 어떻게 해야 하나… 나타났을 때처럼 사라질 때도 바람처럼 도망가야 할 것인가, 아니면 당당하게 맞서싸울 것인가! 크! 이거 엄청나게 고민되누나!"

녀석은 전혀 진지하지 못한 어투로 그렇게 중얼거리고 있었다. 어느새 밥맛 패밀리들은 점점 가까이 다가오고 있었다.

이거, 나와는 별로 상관없을 거라는 것을 알고 있지만서도 상당히 무서워지는데 그래? 그냥 가? 말아? 흐음… 이거 어떻게 해야 되지?

"너!"

진영이라는 녀석에게 처음으로 말을 건넨 사람은 역시 밥맛 녀석이었다. 밥맛 녀석은 진영이의 멱살을 잡으며 그렇지 않아도 험상궂은 인상을 더욱 구겼고, 그의 패밀리들은 다른 관중들에게 안 보이도록 주위를 빙 둘러싸 가로막았다.

밥맛 녀석은 멱살을 잡은 손에 더욱 힘을 주며 말했다.

"너! 어디서 뭐 하던 녀석인지는 모르겠지만 예의라고는 눈 씻고 찾아봐도 찾을 수 없는 녀석이구나. 더구나 우리는 네 녀석하고 원한을 가진 일이 없는데 왜 우리를 욕하는 거냐? 응?!"

"아아~ 잠깐. 이 손 좀 놓고 말하시지? 난 여자라면 몰라도 같은 남자끼리 이렇게 얼굴 가까이 두는 것을 싫어하니깐. 혹시 호모가 아니라면 이 얼굴도 좀 치워주시면 감사하겠어. 뭐, 호모라면 내 큰맘 먹고 나를 희생할 수도 있겠지만 말이야. 하하하!"

"이, 이 녀석이 정말!"

밥맛 녀석은 정말로 화가 났는지 이젠 아예 얼굴까지 붉히고 있었다. 정말 이거 이러다가 일나겠는데? 일단 말려놓고 봐야겠어.

"저……."

"자자, 일단 이 손 좀 놓고 대화하지. 응? 순원아."

그런데 나보다 먼저 나선 사람이 있었으니, 바로 레게머리 형이었다. 순원이라 불린 밥맛 녀석도 레게머리 형에게는 꼼짝 못하는지 어깨동무를 하고 사람 좋은 얼굴로 타이르듯 말하는 레게머리 형에게 아무런 대꾸를 하지 않았다. 정말 의외의 일이었다. 밥맛 녀석이 조용해지자 레게머리 형은 그에게 싱긋 웃어 보이고는 녀석에게 다가섰다.

"아까 수호 군과 통성명할 때 언뜻 들은 건데 이름이 하진영이라고?"

"음, 그랬죠. 그런데요?"

"아, 뭐 별건 아니고 내 이름이 김진영인데 나와 이름이 같아서 말이야. 네 식대로 이것도 인연인데 우리 악수나 한번 하지?"

정중함이 배여 있는 레게머리 형의 말에 그 녀석은 잠시 고민하는 듯 팔짱을 끼고 인상을 찌푸렸다. 그러나 곧 탐탁지 않다는 얼굴로 내민 손을 맞잡았다.

"체! 반가워 죽겠소이다. 이렇게 만나니 아주 몸둘 바를 모르겠구려."

"후훗."

맞잡은 손을 아래위로 흔들며 툴툴거리는 말투로 고전적 대사를 내뱉은 진영이는 재빨리 손을 회수하며 등 뒤로 가져갔다. 그런 진영이의 모습을 미소 지으며 바라보던 레게머리 형은 다시금 입을 열어 녀석에게 말했다.

"아까 말을 들어보니 우리에게 상당한 불만이 있는 것 같더군. 그게 무슨 이유 때문인지 괜찮다면 말해 주겠니? 그 이유를 알아야 우리가 고칠 것이 있으면 고치고, 또 변명할 거리가 있으면 약간의 변명을 할 수가 있겠지. 안 그래?"

레게머리 형의 말투는 정중하기 그지없었다. 곁에서 듣고 있는 나조차도 이토록 부담되는데 그 대상인 진영이 녀석은 얼마나 부담될까?

"…쳇! 뭐, 내가 말하고 싶었던 것은 수호가 말했으니 더 이상 길게 말 안 하지. 하지만 내가 더 말하고 싶은 것은 단 하나, 도대체 당신들은 춤을 좋아서 추는 건지, 아니면 관중들의 환호 소리에 보답하기 위해 마치 샐러리맨들처럼 내가 지금 할 수 있는 일은 이것뿐이다라는 생각으로 매일매일 춤을 추는 건지 도대체가 알 수가 없다~ 이런 이야기지. 당신들이 춤추는 것을 나도 몇 번 봤는데 그때마다 '이건 아니다' 라는 생각이 강하게 들더군. 내가 이제껏 보아온 길거리 댄서들만 해도 진정으로 자기가 좋아서, 음악에 젖어 춤을 추는 사람들이 대부분이었는데 그 유명하다는 여의도 공원의 댄서들인 당신들은 실력은 있으나 마치 직장에서 일을 하듯 춤을 추니 내가 얼마

170

나 답답했으면 이렇게 나섰겠어? 엉? 생각있으면 한번 변론해 보라고?"

말을 마친 진영이 녀석은 거친 숨을 씩씩 몰아쉬며 팔짱을 끼고 고개를 휙 돌렸다. 그런 녀석의 모습에 뭔가 느낀 바가 있었는지 레게머리 형을 비롯한 밥맛 녀석과 그의 패밀리들도 고개를 숙이며 고민에 빠져 있었다. 그러고 보니 이 녀석도 어지간히 음악과 춤을 사랑하는 녀석인 것 같다. 그것이 아니라면 방금 녀석의 입에서 나왔던 말들이 이렇게도 멋지게 들릴 리는 없을 테니깐 말이다.

잠시 후, 침묵을 깨고 레게머리 형이 입을 열었다.

"그것이 너를 화나게 했다면 사과하겠어. 생각해 보니 그랬던 것 같아. 아무리 우리들이 평범한 일상에서 탈피를 원했고, 그랬기에 이런 삶을 선택했다고는 하지만, 결국 시간이 흐르다 보니 우리가 원했던 탈피도 반복되는 평범한 일상생활로 변모해 버린 것 같군. 확실히 어느 순간부터 우리는 춤을 추고 또 공연하는 것이 '당연한 일상생활'로 깊이 각인되어 버린 것 같아. 처음 시작할 때의 우리들은 분명 뜨거운 열정과 넘쳐흐르는 창의력으로 가득해 있었을 텐데 말이야. 진영이라고 했지? 우선 고맙다는 말을 해야 되겠군."

"응? 하하, 아… 뭐, 그, 그럴 것까지는……."

진영이 녀석은 어쩔 줄을 몰라 하며 어색한 웃음을 터뜨렸다. 하지만 레게머리 형의 말은 거기서 끝난 것이 아니었다.

"그러나! 우리의 춤이 자네와 수호 군에게 개나 소에 비견될 만큼 우습게 보였다는 것은 도저히 참을 수 없어. 이래 봬도 우리들은 중

부자유한 인연

학교 때부터 모여서 매일같이 춤을 춰왔었던 사람들인데… 아직 고등학생밖에 되지 않은 너희들에게 우리들의 지난날이 깔보였다는 것은 우리 모든 팀원의 자존심과도 비견될 수 있는 문제야. 설령 우습게 보였더라도 예의를 아는 사람으로서 가려야 될 것과 가리지 말아야 할 것이 있는 법인데… 너희들은 오늘 너무도 경솔한 일을 벌이고야 말았어. 세상의 그 어떤 흉기들보다 새 치 혀가 훨씬 무섭다는 것을 망각하고야 만 거야. 다른 일들은 다 넘어가도 우리들의 자존심에 상처를 입힌 것만은 도저히 넘어갈 수 없어. 자, 너희들은 어떻게 할래? 지금 분명히 말해 두지만 이 일은 단순히 사과로써 넘어갈 일이 아니야."

"……."

"……."

거기서 또 왜 나를 끼워 넣는 거지? 물론 입을 제대로 단속하지 못했던 내 책임도 크지만 그 원인의 발단은 저 밥맛 녀석이었다고! 생각해 봐! 이 많은 사람들 앞에서 나를 그렇게 망신 줘놓고는, 뭐? 자기들이 상처 입은 것만을 따져? 이거 말이 되는 소리야? 그럼 내 자존심은 어떻게 하라고!?

"……."

이런 생각이 들자 돌연 내 신경이 날카로워졌다. 여기서 내 신경을 긁는 한마디가 나오면 난 그대로 폭발해 버릴 것 같았다. 물론! 난 싸움을 못하니 내가 자신있는 말빨로써 그 분노를 터뜨려야겠지만 말이다. 정말 이래저래 억울할 뿐이다.

"후후, 좋아~ 좋아."

그러나 내 심정과는 달리 진영이 녀석은 돌연 크게 웃음을 터뜨렸다. 그러더니 레게머리 형에게 말했다.

"우리에게 원하는 것이 있는 모양인데… 그렇게 말을 빙빙 돌리지 말고 어디 한번 말해 보시지? 무슨 동네 곗돈 세는 아줌마도 아니고 말이야. 자자, 어서 말해 봐. 우리는 얼마든지 들어줄 용의가 되어 있으니 말이야."

진영이 녀석, 처음에는 그런 대로 예의를 갖춰 말하더니 지금에 와서는 아예 안하무인이다. 혹여라도 진영의 이와 같은 말에 레게머리 형을 비롯한 밥맛 패밀리들이 화낼까 염려되었으나, 그 걱정이 기우임을 말해 주기라도 하듯 레게머리 형이 피식 미소 지으며 고개를 설레설레 흔들었다.

"후후후, 정말 어쩔 수 없는 성격이군. 좋아, 단도직입적으로 말하지. 우리 팀 '프리덤(Freedom : 자유)'은 너희들에게 1 : 1 : 1의 경기를 신청하는 바이다. 뭐, 경기라고 해봐야 대단할 것은 없고, 음… 아! 그러고 보니 혜정아, 네가 다니는 해광고등학교 이제 슬슬 축제 시기가 다가왔지?"

"응."

"그래, 다른 학교도 그렇겠지만 특히 해광고등학교는 모든 축제의 행사들 중에서 가요제가 정말 대단하다고 하더군. 무대 시설도 그렇고 상금도 그렇고. 그것들 때문에 주변 지역에서 실력있는 많은 참가들이 해광고등학교의 가요제에서 자웅을 겨루기를 원한다던데… 우리들도 그곳에서 실력을 겨뤄보는 것이 어때?"

에? 뭐야?! 1 : 1 : 1로 우리 학교 축제 때 공개적으로 자웅을 겨뤄?! 미쳤냐?! 내가 그걸 승낙하게!!

"좋아!! 아주 마음에 드는 제안이군! 난 찬성이야! 강수호, 넌 어때?!"

"나? 나, 나는……."

"뭐? 한다고?! 좋아! 좋아! 역시 넌 사나이야! 보면 볼수록 마음에 드는 녀석이라니깐?! 하하핫!"

에? 뭐야? 내가 언제 한다고 했어! 진영이라는 녀석은 내 등짝을 세게 내려치며 크게 웃음을 터뜨렸고, 녀석과 같은 이름을 가진 또 다른 진영이라는 사람은 고개를 끄덕이며 만족스런 미소를 지었다.

이거, 정말 참가하게 되기 전에 빨리 손을 써야겠는걸?

"난 안 해! 못해! 내가 왜 해! 난 그때 아르바이트를 해야 한다고! 그리고 그런 의미없고 득이 될 것도 없을 그런 대결에 왜 내가 참석해야 한다는 거야! 따지고 보면 난 피해자야! 괜히 아무것도 모르고 저 계집애에게 이곳까지 끌려와서 저 밥맛 녀석에게 망신당하고, 그래서, 그래서… 젠장! 하여튼! 알겠어!? 엉?!"

"……."

"……."

모두들 그야말로 '벙' 쪄 버렸다. 하긴 나도 내가 무슨 말을 했는지 모르겠는데 다른 사람들이야 오죽할까? 어쨌든 나를 멍하니 쳐다보던 이들 중 제일 먼저 반응을 보인 녀석은 역시 진영이 녀석이었다.

"그, 그러는 게 어디 있어! 참가를 안 한다니! 이건 반칙이야! 사기라고!!"

"마, 맞아, 수호 군! 왜 참가를 안 한다는 건지 말해 줄 수 있어?"

진영이와 진영이 형. 거참… 이름은 같으면서도 성격은 왜 그렇게 비교가 되는지… 어쨌든, 질문을 받았으니 대답해 주는 것이 인지상정이겠지?

"아까 말했잖아요. 그런 득도 없고 의미도 없는 대결에는 끼기 싫다고요. 더구나 전 학교에서는 존재감도 별로 없고 그저 공부만 열심히 하는 평범한 학생으로 지내고 있는데 난데없이 가요제에 나가서 춤추고 노래 부른다고 생각해 봐요. 그 다음부터는 이전과 같은 편안 생활을 하기에는 엄청 무리가 뒤따를 것이고, 심하면 그보다 더한 생활을 하게 되느라 집안일에는 소홀해지겠죠. 저게는 하나의 꿈이 있는데 그게 뭔 줄 아세요?"

"글쎄? 모르겠네……."

"음, 맞아. 뭔데?"

"후, 저는 제 하나밖에 없는 혈육, 제 동생 뒷바라지를 해서 꼭 훌륭한 사람이 될 수 있도록 돕는 게 꿈이에요. 다른 것은 일절 관심도 없다고요. 솔직히 말해서 쉬는 날이라고 하긴 했지만, 사실 오늘 혜정이 때문에 아르바이트도 땡땡이 치고 온 건데… 자꾸 이러면 집안 생활에 큰 영향을 미칩니다. 그렇지 않아도 돈에 쪼들려 힘들어 죽겠는데, 저마저도 이렇게 놀아버리면 대체 누가 제 동생을 먹여살리고 공부시켜 줄 수가 있겠어요? 안 그래요?"

"으음……!"

"……."

솔직히 이런 이야기를 이런 장소에서 내 입으로 꺼내는 것은 영 달 가운 일이 아니었지만 더 크게 벌어질 일들을 막으려면 여기서 이렇 게 선수치는 길밖엔 방법이 없었다. 결국 내 입으로 내 현 환경을 털 어놓은 셈이 되어 일단은 저들의 의도를 막을 수는 있겠지만… 그래 도 무지 찜찜하다.

"…수호 군이 그렇게 어려운 환경에 처해 있었다는 것은 정말 몰 랐군. 혜정이도 수호 군이 무대에 올라섰을 때의 이야기만 했지 더 이상의 이야기는 하지 않았었거든. 어찌 되었든 사정이 그렇다니 더 이상의 권유는 하지 않겠어. 그러나!"

"……?"

"여자에게 그렇게 무례하게 구는 것은 옛날이나 지금이나 용서받 을 수 없는 죄. 이렇게 넘어가기에는 나를 비롯한 주변의 관중들이 용납하지 않을 거야. 상황이 어찌 되었든 수호 군이 내 동생에게 무 례하게 군 것은 사실이니깐 말이야."

"그렇다면 쟤가 저에게 했던 행동들은 다 용서받아도 되는 별.거. 아닌 일이구요? 하아… 뭐, 좋아요. 제가 다 잘못했다고 치죠. 그래 서 어쩌라는 거죠?"

나는 미간을 찌푸리며 물었다. 진영이 형은 담담한 표정을 지으며 계속해서 말했다.

"지금 이 자리에서 사과하라고 해서 수호 군이 사과한다고 해도 그것은 지금 처해진 상황 때문에 어쩔 수 없이 사과하는 것일 뿐, 진심이 담긴 사과라고는 볼 수 없겠지. 자, 수호 군에게는 단 한 가지의 선택권밖에 없어. 내가 제시한 대결에 참가를 해서 승리를 한다면 수호 군이 떳떳한 것으로 인정해서 사과를 안 해도 좋고, 더욱이 수호 군이 원하는 대로 혜정이와는 두 번 다시 얼굴을 마주치지 않아도 좋아. 더불어 여기 있는 우리 모두가 수호 군에게 고개 숙여 사과를 하지 어때?"

"혀, 형!"

"진영아!"

형이 제시한 조건은 상당한 파장을 불러일으켰다. 주변의 밥맛 패밀리들은 그게 무슨 소리냐는 듯 새파랗게 질린 얼굴로 형에게 소리쳤다. 그러나 형은 고개를 저음으로서 그들을 조용히 시켰다. 나를 한동안 쳐다보던 형은 다시금 입을 열어 말했다.

"하지만 수호 군이 만약 우리에게서 승리를 거두지 못하면 우리 모두에게 사과를 해야 함은 물론 내 동생 혜정에게도 고개 숙여 정중히 사과해야 해. 조건이 공평해야 공정한 대결이 되겠지?"

"나는? 왜 나에게는 아무런 조건도 걸지 않는 거지? 날 무시하는 거야?"

"음? 아, 너를 깜빡했군. 너도 똑같아. 만약 네가 우리에게 승리를 거두지 못하면 너는 모든 이들이 보는 데서 우리에게 고개 숙이고 정중히 사과해야 하네. 어때, 이러면 돼지?"

"좋아! 난 찬성!"

역시 진영이 녀석은 당연하다는 듯 찬성을 했다. 나는 어떻게 해야 할까……? 솔직한 내 심정으로는 내가 잘못한 것이 하나도 없다는 것은 변하지 않았는데… 아무리 봐도 이 대결은 내 손해이다. 하지만 또 이 대결을 피한다면 남자도 아니니 뭐니 하는 욕을 잔뜩 얻어먹게 될 것 같고, 또 내가 겁이 나서 도망치는 것으로 오인받을 수도 있으니 그것 역시 마음이 편치 않다.

도대체 나는 어떻게 해야 하는 거지? 대결을 받아들여야만 하나?

"정말 치사하군요. 더 이상 피하지 못하도록 이렇게까지 몰아세워 놓고서는 내 의사에 맡긴다는 그런 말이라니… 조건들이야 아무래도 좋지만, 이렇게 된 이상 당신들에게 사과를 받기 위해서라도 대결에 참가해야겠군요. 이 녀석에게서야 별다른 감정은 없지만 당신들은 다르니 말입니다. 좋습니다, 대결에 참여하도록 하죠."

"좋아, 그럴 줄 알았지."

"Nice! Nice! Ni~ce!! 이거 정말 재미있겠는데 그래? 하하핫!"

표현 방식은 틀렸지만 진영이 형과 진영이는 각자의 방식으로 기쁨을 표시했다. 나는 슬며시 혜정이에게로 시선을 옮겼다. 거의 울 듯한 표정으로 고개를 숙이고 있던 혜정이는 슬며시 고개를 들어 나를 바라보다가 내가 자신을 바라보고 있는 것을 알고는 황급히 고개를 숙여 버렸다. 거참… 이거 지금 끓어오르는 감정은 잠시 밀어두고

서라도 정말 귀여워 미치겠네.

"이 대결에 제안을 하나 하지. 만약 우리 모두가 본선에 오르게 된다면 자신을 도와줄 사람을 인원 수에 관계없이 누구든 초청해도 좋은 것으로 하는 게 어때? 물론 우리는 '본.멤.버. 그.대.로.' 무대에 오르는 것으로 하지. 이래야 너희 두 사람에게도 공평하지 않겠어? 단순히 인원 수가 많아서 졌다는 핑계를 듣게 된다면 꽤나 기분이 더러울 것 같아서 말이야. 어때?"

"좋아! 당연히 그래야지! 안 그러면 재미가 없지!"

"저도 좋습니다."

도와줄 사람이라… 뭐, 지금 당장은 생각나지 않지만 어쨌든 상관없다. 인원 수가 많다고 멋있는 공연을 할 수 있게 되는 것도 아니고… 뭐, 이 문제는 나중에 생각해도 되겠지? 만약 내가 예선을 통과하게 된다면 말이야.

진영이 형은 미소 지으며 고개를 살짝 끄덕이더니 다시 몸을 돌려 관중들에게로 시선을 돌렸다.

"오래 기다리게 해서 죄송합니다! 여러분! 오늘의 이벤트가 어떠셨어요? 마음에 드셨어요?!"

"예에!"

"마음에 들었어요!"

관중들의 대답은 긍정적이었다. 형은 더욱 짙게 미소 짓고는 계속해서 입을 열었다.

"이렇게 저희를 사랑해 주시는 여러분들에게 보답하려 돌아오는

12월, 좀 더 크고 멋진 이벤트를 마련하여 여러분들의 크신 사랑에 보답하고자 합니다."

"더 큰 이벤트라니? 그게 뭐야?"

"그게 뭐지?"

"웅성웅성."

더욱 큰 이벤트라는 말에 관중들은 흥미가 동한 표정으로 웅성였다. 일부는 그게 뭐냐며 진영이 형을 닦달하기도 했다.

"이제 곧 있으면 수호 군이 재학 중인 해광고등학교에서 축제를 연다는 것은 웬만한 분들이시라면 모두 잘 알고 계실 겁니다. 해광고등학교는 학교도 유명하고 다른 것들도 다 유명하지만, 뭐니 뭐니 해도 축제의 하이라이트인 가요제가 더욱 유명하지요. 그래서 잠시 우리 모두가 상의한 결과, 바로 그 가요제에서 우리 세 팀이 대결을 벌이기로 했습니다. 지금까지와는 무언가가 다른 아주 확.실.한! 무대를 여러분께 보여 드리겠습니다. 기대해 주세요!"

"우와! 재미있겠다!"

"그거 정말이에요?!"

주변은 또다시 소란스러워졌다. 그러나 진영이 형은 관중들에게 가슴 설렐 틈도 안 주겠다는 듯 계속해서 입을 열었다.

"여기 수호 군과 또 여기 진영 군, 그리고 저희 팀 프리덤은 1 : 1 : 1의 대결 방식으로 관중 여러분들께 멋진 볼거리를 안겨 드릴 것입니다. 아, 그날 오실 때 우리 셋 중 여러분들이 각자 마음에 들어 하시는 사람의 이름을 넣은 응원 도구를 들고 와서 그 대상을 응원해 주시면 정말 감사하겠습니다. 그냥 멋진 공연에 대한 관람료라고 생각하셔도 좋고요. 축제 날짜는 수시로 해광고등학교 홈페이지에 들러 참조해 주세요."

"와아아아!!"

"저희들의 공연은 이것으로 마치겠습니다. 저희 팀은 그때를 대비해서 연습을 하러 가야겠군요. 그럼 저희는 이것으로 물러가겠습니다. 안녕히 가세요!"

짝짝짝짝짝!

우렁찬 박수 소리가 터졌다. 형을 비롯한 밥맛 패밀리들은 저마다 박수 소리에 화답하듯 고개를 숙여 보였고, 곧 어느 정도의 시간이 흐르자 이곳에 남아 있는 관중들은 하나도 없게 되었다. 그저 몇몇의 여학생 팬들만이 꺅꺅거리며 밥맛 패밀리들과 이야기를 나누고 있을 뿐이었다. 진영이 형이 입을 열어 우리 둘에게 말했다.

"자, 그럼 그때까지 열심히 하자. 서로가 기억에 남을 멋진 공연을 펼쳤으면 좋겠군."

"흥! 지고 나서 울지나 마시지."

"뭐, 그럴 일이야 없을 테지만 어쨌든 염두에 두지. 아, 수호 군은 이제 어떻게 할 거지?"

"예? 어떻게 하다니요?"

어리둥절한 나의 표정이 우스운 듯 진영이 형이 킥 하고 웃은 뒤 말했다.

"원래 수호 군은 혜정이의 보디가드가 되어서 방송국에 같이 가주기로 한 것 아니었어? 이제 시간도 거의 다 됐고 해서 혜정이는 그만 방송국에 가야 할 것 같은데… 연약한 여자의 몸으로서 혼자 방송국까지 가기에는 너무 위험하겠지. 안 그래?"

아차! 그러고 보니 그랬었다. 본래 이곳까지 따라오게 된 이유가 혜정이가 방송국 구경을 시켜준다기에 아르바이트까지 제끼고 따라온 거였지? 하지만 일이 이 지경으로 됐는데 혜정이와 같이 다닌다는 것은 지금으로서는 무리다. 그러므로 거절을 해야……

"에이~ 형이 있잖아요. 설마 동생을 모른 척하려고요?"

"아니, 우리는 이곳을 정리해야 하기 때문에 그때까지 기다리려면 혜정이는 방송을 펑크 내게 될 거야. 그러면 안 되지. 연예인은 시간 엄수가 생명인데… 음… 어떻게 한다……?"

곰곰이 생각하던 형은 손뼉을 치며 말했다.

"아! 그러면 되겠군. 진영 군, 혹시 시간있어?"

"응? 시간? 시간이라면 널널한데… 설마 나보고 데려다 주라는 것은 아니겠지?"

"바로 그 설마지. 후후, 잘 부탁해. 역시… 너밖에는 없는 듯해서 말이야."

"윽! 난 여자라는 동물들은 딱! 따악~! 질색인데… 이, 이봐, 수호야! 그냥 네가 데려다 주는 게 어때? 응? 난 여자는 정말 싫단 말이야! 넌 저 여자하고 잘 아는 사이고 그러니 괜찮잖아. 그렇지? 응?"

어라? 얘가 왜 이래? 여자가 싫다고는 하지만 저렇게까지 거부 반응을 보이다니… 이거 정말 의원데 그래?

녀석은 울상을 지으며 나에게 매달리기 시작했다. 이거 지금 반응을 보아하니 녀석에게 떠넘긴다는 것은 무리일 것 같고… 후유~ 뭐 어쩔 수 없지.

"알았어. 하지만 나도 나 혼자 가기에는 이런저런 상황들 때문에 좀 그렇고… 그럼 같이 가자. 그러면 되겠지?"

"응! 그러면 좋지!"

녀석은 안색을 금세 환하게 바꾸며 고개를 끄덕이기 시작했다. 진영이 녀석, 확실히 생긴 게 무척이나 곱상해서 남들이 잘못 보면 청순한 미녀라고 착각할 수도 있겠다는 생각이 들었다. 그동안 오해 깨나 받았겠는걸?

"자, 그러면 저희는 갈게요. 다음에 만나죠."

"그래, 조심해서 가라."

"예, 그럼……."

"헤헤, 잘들 있으라고!"

우리는 나름대로의 방법으로 그들에게 작별 인사를 한 뒤 자리를 떠났다. 방송국으로 가는 동안 진영이와 나 사이에는 많은 대화가 오고 갔지만 정작 혜정이와는 그 어떠한 말도 오고 가지 않았다.

방송국에 처음 가본 그날, 나와 진영이는 혜정이의 말 없는 안내로 인해 상당히 얼떨떨한 기분으로 무사히 탐방을 마칠 수가 있었다. 화려한 조명 뒤의 엄청난 땀방울들과, 화사한 미소 뒤에 숨겨진 수많은 에피소드들.

오늘은 이래저래 참 많은 것들을 겪고, 체험하고, 또 느낄 수 있었다. 농담이 아니라 내가 평범한 고등학생으로써 느껴야 할 몇 달치 피로들을 오늘 하루 한꺼번에 겪어버린 듯했다. 늦은 밤이 되어서야 나는 진영이와도 헤어지고 비로소 발걸음을 집으로 향할 수 있었다.

옛날 초등학교 때의 일기식으로 오늘 하루를 정리한다면… 참 즐거운 날이었다… 라고 해야 하나? 하지만 그 다음날, 나는 충격적인 소식을 듣게 되었다.

3장 가수왕 선발 대회

다음날 아침, 난 정말 황당한 소리를 들어야만 했다. 내 생애 이것 때문에 이렇게 놀랐던 적이 있었나 할 정도로…….

"뭐!? 올해는 축제를 안 한다고?!"

"응, 올해는 예상치 못했던 행사들을 많이 했었잖아. 그래서 예산 부족도 그렇고 조금 후에 있을 수능에 대비해서 그냥 축제를 안 하기로 결정을 내렸다나 봐. 생각해 봐, 지금은 11월 달이잖아."

"그, 그럴 수가……!"

입이 다물어지지 않았다.

2교시가 끝나고 우리 학교의 부회장이자 나와 조금 안면이 있는 최현우라는 녀석은 무엇이 그리 신나는지 너에게 그런 재주가 있었는지 몰랐다는 둥, 나도 평소부터 춤에 대해 정말 관심이 많았다는 둥 나에게 와서 어제 일을 들었다며 쉬지 않고 입을 놀려대었다. 그러던 중 녀석은 갑작스러운 말을 꺼냈고, 녀석의 수다에 별신경을 쓰지 않던 나조차도 이 말에는 크게 눈을 뜰 수밖에 없었던 것이다.

축제에 언제부터 관심있었다고 내가 이렇게 당황스러워하는 거지? 어차피 그 대결이라는 것도 순 억지성 발언에서 나온 어쩔 수 없는 결과였잖아?

"후."

그렇게 생각하니 또 마음이 편해졌다. 그래, 나는 그런 것을 하고 있을 시간 따위 없다. 일을 하고 돈을 벌어야 한다. 학생의 본분인 즐거운 학창 생활과 공부 같은 거는 그냥 옵션으로 조금씩 해주면 되는 거지.

"뭐, 어쨌든 좋아. 알았어."

나는 녀석의 어깨를 툭툭 쳐주며 살짝 웃어주었다. 내게 이렇게도 좋은 소식을 가지고 와준 녀석에게 이렇게라도 해주지 않으면 안 될 것 같았기 때문이다.

띵~동~댕~동~

어느새 10분이 다 지나 버렸는지 수업을 알리는 종소리가 울려 퍼지자 녀석은 일어서서 자기 반으로 가려다가 깜빡했다는 듯, 고개를 돌려 내게 말했다.

"아, 그러고 보니 너 동대문운동장에 있는 이지스 패션타운 알지?"

"음? 아, 알아. 왜?"

모를 리가 있나. 그렇게 유명한 곳을…….

이지스 패션타운. 우리나라의 3대 대형 그룹 중 하나인 그곳은 이런저런 비리와 염문들로 창립 당시부터 지금까지 숫하게 화제를 뿌리고 다니는 곳이었다. 특이하게도 이 기업은 좋지 않은 소문들은 참 많이 지니고 있지만, 정작 그러한 소문에 연루되어 검찰에 출두하거나 한 적은 단 한 번도 없다. 이게 바로 돈의 힘이라는 건지, 아니면 소문과는 다르게 사실은 깨끗한 기업이라는 건지…….

지금에 와서 헷갈려 하는 사람들이 많았지만 난 안다. 그 기업의 전체 사정만큼은 잘 몰라도, 그 기업의 총무만큼은 더럽고 치사하고 이기적이며 야비하고 배때기에 기름만 가득한 졸부라는 것을…….

어렸을 적, 너무도 자랑스러웠던 내 목소리와 꿈을 빼앗은 그 빌어먹을 자식들… 그리고 내 순수하고 착하던 동생에게 냉정함과 표독스러움을 심어주게 된 계기를 마련해 주었던 정말 재수없는 자식들.

지금도 기억이 난다.

세상에… 막 초등학교 5~6학년밖에 안 되었던 어린아이들을 차로 치어놓고도 자기는 상관할 바 아니라는 듯 끝까지 책임도 지지 않

가수왕 선발대회

고 도망치듯 자리를 벗어났었던 그 인간 말종! 물론 지금에 와서야 이미 기억의 저편으로 잊혀지긴 했지만 그래도 생각해 보면 엄청 열이 오르는 것은 어쩔 수가 없다.

내 얼굴 표정이 점차 구겨지기 시작했지만 그것을 눈치 채지 못한 현우 녀석은 계속해서 입을 열기 시작했다.

"이번 주 토요일에 거기서 무슨 '가수왕 선발 대회'라고 했던가? 하여튼 그것을 한다고 하더라. 상품이 꽤 빵빵한 모양이던데? 더구나 우승한 사람이나 팀에게는 이지스 타워 소속의 가수나 댄서로서 활동할 수 있는 특혜를 준대. 너 한번 참가해 봐. 혹시 모르잖아? 자, 그럼 나는 이만."

말을 마친 녀석은 황급히 교실을 뛰쳐나갔다.

가수왕 선발 대회? 빵빵한 선물? 특혜? 다른 곳이라면 몰라도 이지스라니… 절대 흥미도 안 생길 뿐더러 내가 참가할 이유 또한 없지. 에라이~ 흥이다! 흥!

점심 시간. 나는 지금 정말 오래간만에 느껴보는 것 같은 해방감을 만끽하며 푸른 하늘 아래서 맛있게 점심 식사를 하고 있…

"……."

"……."

…지는 않았고, 난데없이 혜정이에게 불려나온 지 벌써 5분, 인적이 뜸한 창고 쪽에서 우리는 서로 아무 말 없이 가만히 서 있기만 했다.

후, 그렇잖아도 아침도 못 먹고 나와서 배고파 죽겠는데 정말… 젠
장, 밥 먹고 싶다.

"…이봐, 그러니까……."

결국 따분함을 참지 못한 내가 입을 열려는 순간…

"미안해."

"엥? 뭐?"

"미안하다구. 내가 잘못했으니 용서해 줘."

드디어 나온 첫마디. 첫마디치고는 꽤 많은 대화가 오고 간 것 같
았지만 어쨌거나 첫마디는 혜정이의 단호한 사과였다. 단호하다는
표현이 좀 이상하긴 하겠지만 표정과 어투가 담담하다, 또는 단호하
다 라고밖에 표현할 수 없으니 그건 어쩔 수가 없다.

"내가 잘못 들은 것 같은데… 왜 네가 미안해야 하지?"

이건 비꼬려고 하는 게 맹세코 아니었다. 하지만 사과하는 쪽이 담
담하게 나오니 오히려 사과를 받는 내가 '이거 내가 혹시 뭔가 잘못
을 했던 게 아닐까?' 라는 착각이 들 정도다. 그래서 나온 말일 뿐이
다.

어쨌든 내 질문에 혜정이는 순간 얼굴을 붉히더니 고개를 푹 숙이
고 가느다란 목소리로 입을 열기 시작했다.

"그냥 이것저것… 어제 나 때문에 그런 사건에 말려든 것 하고…
또… 고의적으로… 거짓말을 한 것도 그렇고……."

처음과는 달리 상당히 위축된 지금의 모습을 보자니 안쓰러워지기
까지 했다. 하지만 여기서 마음이 약해지면 안 된다. 어제 분명히 오

늘부터는 아는 척도 안 하고 상대도 안 한다고 당당히 선언했었던 나이지 않은가!

툭… 툭.

"미안해. 정말이야……."

"……!"

하지만 여자의 눈물과 그에 옵션으로 따라붙는 가느다란 어깨 떨림에는 설사 관우라고 해도 당해낼 도리가 없을 것이다. 더욱이 그 상대가 미인인 경우에는…….

"이, 이봐……."

벌써 두 번째. 여자의 눈물을 보는 것은 이것으로 두 번째다. 처음 수한이 형네 집에서의 사건이야 순전히 내가 어리버리한 탓에 일어난 대실수였다고는 하지만, 지금 상황은 내가 잘못한 것이 하나도 없는… 그야말로 억울하기 짝이 없는 상황이었다. 사내대장부가 어떤 이유에서든 여자의 눈에서 눈물을 흘리게 한다면 그 다음부터는 사나이의 '사' 자도 꺼낼 수 없고 남자의 '남' 자도 꺼내지 말아야 한다는데… 난 정말 억울하다. 분명 이번에는 잘못한 것이 하나도 없단 말이다!

"어제 너에게 절교 소리 듣고 많이 생각했었는데… 훌쩍! 막 방송에서도 내내 마음이 안 좋고… 괜히 쇠망치로 세게 얻어맞은 것처럼 계속 아프고 그래서… 훌쩍, 그래서……."

"이, 이봐. 아, 알았으니까……."

"훌쩍! 훌쩍! 그래서… 그래서… 그래서어어~! 엉~! 엉엉~!"

이제는 아예 대성통곡을 하기 시작했다. 후관을 지나가던 교우들이 창문으로 내다보며 '나쁜 녀석, 여자를 울리다니!' 등등으로 혀를 차며 지나가다가 그 여자가 자기들의 우상인 아리나의 리드 보컬, 김혜정인 것을 알게 되고는 '어! 저 녀석! 김혜정을 울렸어!' '나쁜 녀석! 저 새끼 이름 뭐야!' '죽여 버려 아주!' 등등의 과격한 대사를 내뱉으며 창문을 열어젖히고 금방이라고 내 멱살을 잡으러 달려올 듯한 기세를 내뿜었다. 이것으로 나는 천하에 둘도 없을 나쁜 녀석이 되어버린 것이다. 흑흑, 나도 울고 싶다.

"야! 너 누구야! 누군데 감히……!"

"엇! 저 녀석, 강수호야! 어제 엄청 요란하게 등교했었던 강수호!"

"뭐? 저 녀석이 바로 2학년 4반 10번 2분단 뒤에서 셋째 줄에 앉는 김혜정 양의 짝이자, 우리들의 적인 그 강수호라고!?"

"내가 그럴 줄 알았어! 저 망할 녀석을 당장……!"

어느새 후관 1층 창문에는 인간들이 떼거지로 몰려와 있었다. 간간이 내 귀를 파고드는 욕설들은 내 등을 식은땀으로 얼룩지게 만들었고 벌써 이마에는 조금씩 땀방울들이 신나게 스키를 타듯 내 얼굴을 발판으로 이리저리 굴러다니고 있었다.

"엉~! 엉~! 엉~! 으아앙~!"

이런 주변의 반응들을 알고 저러는 건지 모르고 저러는 건지 역시 인기 그룹의 리드 보컬이라는 명함에 걸맞게 정말 시원시원한 목청으로 소리 놓여 울음을 터뜨리고 있는 김혜정… 역시 가수구나! 대단

가수의 선발대회

하다! 아, 감탄할 때가 아닌가? 흠흠!

어, 어쨌든! 저 망할 지지배. 방금 전까지는 미안한 마음이 가득했었는데 지금은 아니다. 100% 장담하건데 분명히 내게 복수하려고 일부러 이러는 것 같다.

"너, 거기 그대로 서 있어! 움직이면 죽어!"

"아싸~ 좋구나~ 넌 이미 죽었다! 네 인생에 애로 사항이 꽃힐 것이다! 강.수.호."

"강수호, 울부짖을 준비는 돼 있냐~!!"

보통의 여자애가 울었다면 눈 하나 깜짝 안 했을 녀석들임에 분명했지만 상대가 상대이다 보니 어떻게 해서든 자신의 터프함과 남자다움, 그리고 정의로움을 자신들의 우상인 혜정에게 어필시키고 싶어하는 녀석들은, 혜정이의 울음소리가 커지면 커질수록, 그리고 그녀가 더욱 애처로운 포즈를 지으면 지을수록, 목소리를 더욱 높여가며 어디론가 급히 뛰어가기 시작했다. 나한테 오는 것이 분명하리라.

대부분의 학생들은 어서 사과하라고 서로가 목소리를 맞추었지만 도대체 내가 잘못한 것이 무엇인가!? 내가 뭘 잘못했기에! 으아아악~! 난 억울해! 억울하다고~!

"흑흑! 용서해 줘! 내가 잘못했어! 다시는 안 그럴 테니 제발……!"

그녀는 내 교복 마의를 붙잡으며 눈물로 범벅된 애절한 표정으로 내게 사정하기 시작했다!

으아아! 아주 드라마를 찍는구나! 드라마를 찍어!

"알았어! 알았다고! 내가 잘못했으니 이제 그만 하자! 응?!"

이렇게 된 이상, 일의 이치와 체면 등을 따질 때가 아니다. 사태 수습을 위해서, 그리고 맞아죽지 않기 위해서 고개를 숙이는 것이 지금 상황에서 쓸 수 있는 제일의 상책인 것이다.

"흑흑……."

예상대로 내가 빌면서 나가자 울음소리가 점차 줄어들기 시작했다. 이럴 때는 어깨에 손을 올려주며 상냥하게 씨익 웃어주어야 하겠지.

"이제 그만 울어. 응?"

이러고 또 무슨 욕을 얻어먹을지 심히 궁금하다. 하지만 어쩔 수 없지, 이왕 일이 이렇게 된 것 하게 된 것은 확실하게 해보자라는 내 신조에 따라 확실하게 사과를 받아주는 수밖에 도리가 없겠지?

"훌쩍… 훌쩍… 응. 알았어."

애써 울음을 삼키며 고개를 들고 방긋 웃는 혜정이의 모습에 난 할 말을 잃고 말았다. 겨울이라… 봄이나 여름만큼 햇살이 비추진 않았지만 그래도 푸른 하늘 아래에서 탐스러운 윤기와 빛을 발하는 혜정이의 길고도 검은 머릿결은, 거친 인생의 풍파들을 겪으며 꽤나 단단하게 단련되었다고 생각한 내 마음을 심하게 격동시켰다.

똘망똘망과 초롱초롱이라는 단어가 너무도 어울리는 혜정이의 큰 눈은 마치 신화 속에 나오는 매두사의 눈처럼… 그것을 정면으로 쳐다보는 이를 석상으로 만들어 버릴만치 강렬한 매력을 발산하고 있었다.

젠장, 애는 왜 이렇게 예쁜 거야?

"후우……."

이 얼굴을 보니 더 이상 지금까지의 복잡했던 감정들이 깨끗이 씻겨지는 듯했다. 역시 세상에서 가장 두려운 3대 무기는 미인의 미소와 미인의 눈물, 그리고 미인의 무표정한 얼굴이라고 하더니… 정말 그 말이 딱이다! 딱!

"일단 다른 데 가서 말하자. 더 이상 이곳에 있다가는 눈초리에 찔려 죽을 것 같아."

"응? 으, 응!"

나는 내 말에 어리둥절해하며 주위를 두리번거리는 혜정이의 손을 잡아끌고 황급히 걸음을 옮겼다. 그 뒤로 심한 욕설들이 내 귓가를 울렸지만 난 그것을 애써 무시하며 빠른 걸음으로 자리를 벗어났다.

에구~ 이렇게 어중간하게 넘어가는 것은 정말 질색이지만 남자가 또 쩨쩨하게 구는 것 또한 상당히 멋없는 짓이니 그냥 이것으로 끝내야지, 뭐.

"뭐? 가수왕 선발 대회?"

"응."

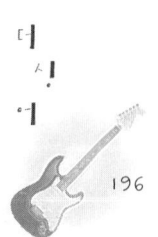

곤란에서 벗어난 줄 알았더니 아직 끝이 아닌 모양이었다. 화해한 기념으로 매점에 가서 음료수 하나를 사와 한 모금씩 나누어 마시던 도중 나는 새로운 난관에 부딪치고야 말았다.

음… 그전에 하나, 음료수를 왜 하나 가지고 나누어 마셨냐는 문제에 대해서는 정말 짧고 간단하게 설명하도록 하겠다. 답은 간단하다. 옛날 영웅 호걸들은 새로운 친구를 만날 때나, 또는 화해할 때 술 한 동이를 가지고 서로 사이좋게 나누어 마셨다고 하며 혜정이가 제안한 방법이었다. 솔직히 나로서는 나쁠 것이 없었다. 세상에, 혈기왕성한 정상적인 남자치고 미인과의 간접 키스를 싫어할 남자가 어디 있을까? 과연 있다면 데려와 보란 말이다.

어쨌든 그렇게 음료수를 마시던 나는 혜정이의 갑작스러운 말에 무척이나 놀라야만 했다. 동대문 이지스 패션타운에서 이번 주 토요일에 열리는 가수왕 선발 대회… 오늘 나랑 거의 같은 시기에 올해에는 우리 학교에서 축제를 하지 않는다는 정보를 접한 혜정이는 정~ 말 야속하게도 오빠에게 전화를 걸어 그 소식을 알렸단다. 그러면서 친구에게 스치듯 들었던 가수왕 선발 대회 이야기를 꺼냈는데, 마침 잘됐다고 하며 오늘 신청을 같이 하러 가자고 나보고 전하라고 말했단다.

혜정은 어제 내가 자신에게 말한 것도 있고, 자신의 마음도 그렇고 하여 아예 이 기회를 틈타 어떻게서든 사과하고 화해를 해야겠다고 마음먹어 약간의 각본을 짜두고 나를 불러내어 방금 전과도 같은 상황을 연출하게 되었다고 한다. 물론 사과를 하고픈 마음은 진심이었

가수왕 선발대회

다며 당부하듯 말하긴 했지만, 속았다는 생각을 하니 섭섭하기도 하고… 또 괜스레 화가 나기도 했다.

하지만 이미 용서해 주겠다고 했고, 또 그 증거로 간접 키스를 해가며 음료수까지 나누어 마셔 버렸으니 더 이상 뭐라고 할 말이 없었기에 이번 일은 그냥 넘어가자고 마음속으로 다짐을 했다. 왠지 찜찜한 것은 어쩔 수가 없었다.

"그래서 방과 후에 우리 학교에 온다고? 같이 가서 접수하기 위해서?"

"응. 어제 만났던 진영이라는 애 있잖아? 그 애가 다니는 학교에 가서 그 애를 데리고 우리 학교에 같이 온다고 하더라."

맙소사! 그렇게까지 치밀하게… 이제는 정말 피할 수가 없게 되어 버렸는데?

'후우… 정말 한숨 나온다.'

어이가 없어도 너무 어이가 없었다. 나와는 상관없을 거라 생각했고, 더욱이 내가 그토록 원수같이 여겼던 이지스 그룹이 주최하는 행사에 이렇게도 어이없게 참가할 수밖에 없게 되다니…….

"무슨 고민거리라도 있어? 표정이 너무 굳어 있어. 이렇게 말이야."

혜정이는 걱정스레 내 얼굴을 쳐다보더니 곧 표정을 굳힌답시고 우스꽝스런 모습을 연출해 냈다.

후후, 내 감정 처리가 그렇게도 허술했던가? 이거 반성해야겠는걸?

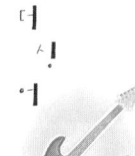

"어? 비웃었어? 뭐야, 난 나름대로 위로해 주려고 한 행동이었는데… 그러면 안 되지! 에잇!"

내 웃음을 비웃음으로 느꼈는지 혜정이는 뾰루퉁한 표정을 지으며 내 양 볼을 힘차게 잡아 늘렸다.

이거 참, 귀염둥이 애인을 둔 기분이란 이런 것일까? 물론 우리가 그런 관계에 있다는 것은 아니지만 그래도 지금 모습은 그 누가 봐도 영락없는 한 쌍의 다정한 바퀴벌레다. 흡싸, 스캔들이라도 일으킬 정도로… 음… 이거 주의해야 되겠는데?

그러고 보니 혜정이는 연예인이잖아. 그것도 엄청나게 인기있는… 지금도 우리를 주목하고 있는 사람이 있을 수도 있는데 각별히 관심을 쏟지 않으면 나야 상관없지만 여자 연예인인 혜정이가 상당히 힘들어질 것은 안 봐도 비디오다.

그래, 지금부터 조심하자, 조심!

"자, 이제 일어서자. 더 이상 이러고 있다가는 이상한 오해받을 수도 있겠어. 넌 특히 연예인이니깐 행동거지 하나하나에 신경을 기울여야 할 거야."

"응? 그건 그렇지만… 난 별로 상관없는데?"

"난 상관있어. 자, 가자."

나는 억지로 혜정이의 손을 잡아 그녀를 일으킨 다음 교실로 향했다. 가는 도중에 뒤에서 그녀가 혼잣말이랍시고 내 귀에 똑똑히 들리게 실세없이 불평을 해댔으나 나는 애써 그 말들을 무시하며 걸음걸이에 그녀와 간격을 두었다.

물론 그녀가 눈치 채지 못하게 말이다.

"가수왕 선발 대회?"

"응. 오늘도 예선전을 한다고 하더라. 너 오늘 시간 많지? 같이 구경 가자. 듣기로는 수준도 꽤 높고 정말 재미있다고 하던데… 어때?"

방과 후, 학생회장이라는 지고한 신분 덕에 곧 있을 축제 준비에 대한 마지막 예산안 검토를 하고 있던 나는 우리 학교에서 나와 그나마 '친하다' 라고 말할 수 있는 소연이와 학생회실에 남아서 단둘이 이야기를 하게 되었다.

이런저런 시시콜콜한 이야기들을 주고받던 나는 막 서류 검토가 다 끝나갈 무렵 약간 내키지 않는 제안을 듣게 되었다. 동대문운동장의 이지스 패션타운이라는 유명한 패션몰에서 열리고 있는 가수왕 선발 대회 예선전을 구경하러 가자는 것이었다.

평소 사람 많고 시끌벅적한 장소를 싫어하는 나로서는 무슨 '공연' 이라던지 하는 것을 정말 싫어했다. 괜스레 쓸데없는 것에 소리 지르면서 열광하며 시간낭비하는 것은 내게 있어서 정말 어리석게 생각되어졌다. 만약, 내게 이런 제안을 한 사람이 보통 '아는 사이' 정도의 친분을 유지하고 있는 사람이었다면 나는 더 이상 생각해 볼 것도 없이 깨끗하게 거절해 버렸을 것이다. 하지만 상대가 우리 학교에서 나랑 친하게 지내는 몇 안 되는 사람이고, 또 이런저런 일들로 인해 신세를 적잖이 졌다 라고 한다면 이야기가 또 달라진다.

나는 성격 탓이었던지 누구와 이야기하든 내 속마음을 드러내며 대화한 적이 거의 없었다. 있다고 해봐야 오빠와 부모님, 그리고 오빠의 제일 친한 친구인 상찬이 오빠가 있었지만 그 외에 쉽게 말을 트고 지내는 사람은 거의 없다고 봐야 하는 것이 바로 내 좋지 않은 인간관계의 실정이었던 것이다.

오빠와 부모님이야 가족이니 거부감 같은 것이 있을 턱 없었고, 상찬이 오빠 또한 아주 어려서부터 우리와 가족같이 지냈던 사이이니 편하게 생각되지 않을 리 없었다. 아, 말이 나오니 또 한 명, 생각나는 사람이 있기는 하다. 이틀 전, 침대에서 악연 아닌 악연을 갖게 되었던 강수호라는 남학생. 그 애와의 만남은 결코 범상치 않았던 탓에 지금도 내 머리 속에 가득했고 상당히 신경 쓰이는 것은 사실이었다.

그 애를 생각하면 왠지 화가 나기도 하고 몹시 미안하기도 했다. 보아하니 무척이나 순진한 것 같았는데 혹여 내 실수로 상처를 줘버린 것은 아닌지, 도대체 내가 뭘 믿고 그 늑대 소굴 속에서 태연히 술을 마실 수가 있었고 또 같이 잠을 자게 될 수 있었는지… 혹, 술김에라도 진짜 무언가 사고를 친 것은 아닌지… 여러 가지 생각들이 그때부터 지금까지 내 마음속을 어지럽게 휘젓고 있었다.

어찌 되었든 이 일만 빼면 지금까지 나의 마음을 상당수 차지하고 있는 그러한 존재가 없었던 것은 믿을 수 없게도 사실이었다. 어려서부터 알고 지내던 사이는 많았지만 소위 '친한 친구'라는 것은 내게 없었다는 것이다. 그러한 것들을 생각하면 고등학교에 올라와서 알게 된 소연이는 정말 특이한 경우였다.

지금까지 나와 친해지려 별의별 수단과 방법들로 내게 접근한 이들은 정말 많았다. 처음에야 그 이유를 모르고 그저 '귀찮고 마음에 안 들어서' 그들을 거부했지만, 철이 들고 어느 정도 깊은 생각을 할 수 있게 돼서야 자꾸 사람들이 내게 접근하려고 용을 쓰려는 이유를 약간이나마 알 수 있게 되었다.

예쁜 얼굴과 누구에게도 뒤지지 않을 집안 환경은 그들에게 있어 군침 도는 특별한 음식이나 입맛 당기기에 충분한 '물건'이었을 것이다. 그런 생각들이 내 마음속에 자리 잡게 되자 나는 점차 사람들과의 교분과 관계 맺음을 가급적 피하는 쪽으로 내 관념으로의 발길을 돌리기 시작했다.

다른 이들과 같이 있는 시간은 많았어도 언제나 나는 혼자였고, 또 혼자라고 내 자신에게 다짐을 걸었다. 지금 생각해 보면 과다한 피해망상이 아니었나 하는 생각에 조금 부끄러워지기는 했지만, 그래도 내가 추구해 온 발길을 쉽게 돌릴 생각은 추호도 없었다. 이미 이것이 지금의 '나'이고 또한 내 '현재의 모습'이니깐 말이다.

물론 미래는 알 수 없고, 인간의 삶이라는 것이 워낙 신묘하기 때문에 어떻게 변하게 될지는 알 수 없는 일이다.

김소연… 원래 이 아이는 성악을 전공하려고 예고에 시험을 봤었다고 한다. 물론 지금 이 학교에 있는 것을 보면 알겠지만 필기, 실기, 생활 기록부 모두 합격했으나 아쉽게도 필기 쪽에서 자신보다 더 우수한 이가 많은 탓에 밀리고 밀려 그만 떨어져 버렸다고 하는데, 난 아직도 이해를 할 수가 없었다. 성악 전공 희망자가 우리나라에 그렇게 많았나 하는 생각과, 그래도 붙었었는데 밀려서 떨어지는 경우가 있을 수가 있나 하는 것이 큰 의문이었다.

소연이가 노래하는 것을 몇 번 들어봤었는데 '어떻게 떨어질 수가 있었지? 이 정도면 합격하고도 남는 것 아냐?' 라는 생각이 강하게 자리 잡을 정도로 소연이의 목소리는 몹시도 맑고 고왔다. '천성적인 미성이란 바로 이런 것이구나' 를 새삼 느끼게 할 정도였으니 할 말은 다한 것일 게다.

맑은 목소리만큼이나 마음도 고왔던 소연이… 우리 둘의 관계는 소연이나 내가 끌렸다고 하는 것보다는 우리 서로가 끌렸다고 하는 편이 더 옳을 것이다. 내가 어떤 행동을 하든, 또 어떤 반응을 보이든 소연이는 이해해 주었고, 더욱이 독실한 기독교 신자였던 그녀는 나를 위해 손잡고 눈물을 뿌리며 기도해 주기까지 했었다.

나는 소연이가 내게 보여주었었던 그 모든 것이 결코 꾸밈이 아님을 알았기에 점차 마음을 열 수가 있었고, 지금은 내가 유일하게 당해내지 못하는 정말 좋은 친구가 되어버렸다. 마음에 끌려 친구가 되어버린다… 왠지 근거없는 낭설(낭만적인 헛소리) 같았지만 그것은 사실이었다. 그 증거는 바로 나 자신이었기에 더 생각할 필요도 없었다.

소연이는 평소 내게 어떠한 '부탁' 같은 것을 하지 않는다. 그리고 무엇으로 인해 나를 조르지도 않는다. 하지만 지금의 소연이는 나를 몹시도 조르고 있었고, 그 모습 또한 너무도 간곡했기에 차마 거절할 수가 없었다.

"후… 알았어. 갈게."

"와아~! 정말? 고마워!"

결국 승낙해 버렸다. 소연이는 정말 마음에 드는 생일 선물을 받은 어린아이처럼 나를 껴안으며 몹시도 좋아했고, 그와 더불어 조금이지만 딱딱했던 내 기분도 풀어지는 것을 느꼈다.

"정리하는 거 도와줄게! 6시 30분부터 예선전 시작이라니깐 지금 빨리 정리하고 가면 앞 자리를 차지할 수 있을 거야. 후후, 자~ 자~ 빨리 서두르자~!"

이윽고 허밍으로 경쾌한 멜로디를 흥얼거리는 소연이의 모습에 결국 나는 잔잔히 배여 나오는 미소를 억제할 수가 없었다.

"후후! 그래서 말이야, 그 세레나 공주라는 여 주인공이 헤르시온 제국에게 끌려가게 되는데……."

전철 안. 막 왕십리 역을 지나는 동안 우리는 주변 사람들의 눈길을 얻어야만 했다. 그 이유야 지겨우니 더 이상 거론하지 않겠다.

《이번 역은 상왕십리, 상왕십리 역입니다. 내리실 문은…….》

이제 한 정거장만 지나면 우리의 목표 지점인 동대문운동장이다. 강남 역에서 지금 도착한 상왕십리 역까지는 꽤나 먼 거리였던 터라 우리는 전철 안에 있는 동안 참 많은 이야기들을 나누었다.

나는 조용히 들었고 소연이가 말했다는 것이 더 정확하겠지만, 어쨌든 간간이 대꾸도 해주었으니 어쨌든 대화는 이루어진 거나 마찬가지이다.

소연이가 말했던 것들은 내게 있어 참으로 낯선 것이었고, 특히 지금 이야기하고 있는 판타지 소설에 대한 이야기에는 왠지 흥미가 동했다. 독서를 좋아하는 나였기에 판타지라는 신종 장르는 내게 많은 흥미를 주었던 것이다.

또 소연이의 이야기를 듣노라면 판타지라는 장르는 왠지 허무하게 느껴지는 지독한 상상력의 세계라는 생각을 피할 수가 없었다. 드래곤이니 정령이니 하는 것들은 내게 그러한 생각을 지니게 하는 데에 있어서 지대한 공헌을 했다.

흠, 언제 시간나면 조금 구독해 볼 필요가 있겠는데?

《이번 역은 동대문운동장, 동대문운동장 역입니다. 내리실 문은…….》

드디어 도착했다. 밀집되어 있던 수많은 인파들이 빠져나갔고, 또 빠져 나간만큼의 인파들이 전철 안으로 들이닥쳤다. 그러고 보니 동대문운동장은 어릴 적에 가족과 함께 몇 번 와보고 정말 오래간만에 오는 것 같다.

출구를 나서고 내 눈에 펼쳐진 광경들은 내 머리 속에 남아 있는 어릴 적의 기억들을 허무하게 만들었고, 마치 새로운 세상에 와 있는 듯한 착각에 나는 제자리에 서서 잠시 멍해져 버렸다.

"민예야, 뭐 해? 어서 가자."

"응? 아, 알았어."

나를 깨우는 듯한 소연이의 목소리에 나는 정신을 차릴 수 있었다.

인파가 무척이나 들끓었던 터라 우리는 서로를 잃어버리지 않기 위해 손을 꽉 잡았고, 그렇게 어느 정도를 가서야 나는 내 귀로 흐릿하게 들려오는 요란한 유행 가요를 들을 수 있었다.

"아, 이제 막 시작했나 보다. 어서 가자! 지금이라면 앞줄로 파고 들 수가 있을 거야."

소연이는 신이 난 듯 얼굴에 즐거운 듯한 미소를 가득 머금으며 내 손을 이끌고 달리기 시작했다. 잠시 후 우리는 화려한 조명과 무대를 목격할 수 있었고, 또한 가득 밀집해 있는 사람들도 보게 되었다.

"히잉~ 기껏 예선전인데 사람들이 왜 이렇게 많지? 휴우~ 앞 자리로 가기는 틀린 것 같네… 어쩔 수 없지. 뒤에서라도 보는 수밖에."

예상보다 무대 주위를 가득 매운 사람들을 보고 소연이가 우는 소리를 냈으나 그것도 잠시, 재미있는 구경거리는 그래도 놓칠 수 없다고 생각했는지 다시금 내 손을 잡으며 그곳으로 걸음을 옮겼다.

"와! 앞 자리에까지 갈 필요 없었네! 여기에서도 정말 잘 보인다! 그치?!"

"응."

음악 소리가 큰 탓에 소연이가 큰 목소리로 내게 외치듯 말했지만 그와 달리 나는 작은 목소리로 간단히 대답해 주었다. 보통 여자애들이라면 지금과도 같은 내 반응에 꽤나 신경질을 부릴 수도 있었겠지만 소연이는 평소의 반응처럼 내게 살짝 웃어주고는 다시 고개를 돌려 무대 위에 시선을 집중시켰다.

"자! 지금부터 이지스 패션타운! 가수~와앙! 선발 대회! 예선전을 시작하겠습니다."

"와아아아!"

마침내 요란하게 울려 퍼지던 음악들이 멈추고 화려한 조명만이 가득했던 텅 빈 무대에 꽤나 단정하게 생긴 진행자가 나타났다.

"오늘의 참가 팀은 총 열한 팀입니다. 이 중에서 본선에 진출할 팀은 단 세 팀! 오늘은 특별히 심사위원에 5인조 남성 댄스 그룹 '드림' 여러분들이 맡아주신다고 합니다."

"꺄아아악!"

"오빠아~!"

진행자의 입에서 '드림'이라는 소리가 나오자마자 여기저기서 환호성이 터졌고, 드림이라는 그룹은 모두 의자에서 일어나 관객들을 향해 손을 몇 번 흔들어 보인 뒤 제자리에 앉았다. 그 모습을 지켜보던 사회자는 예의 그 영업용 미소를 다시 머금으며 입을 열기 시작했다.

"시시콜콜한 이야기들은 하지 않겠습니다. 전국의 각지에서 올라온 열한 명의 실력파들이 이 자리에 모였습니다! 한 명, 한 명이 소개되어 나올 때마다 아낌없는 박수와 환호를 터뜨려 주시는 것, 잊지 않으셨죠?"

"네에!"

"좋습니다. 자아, 첫 팀을 모시겠습니다. 에~ 아, 팀이 아니군요. 첫 참가자는 솔로입니다. 그것도 여자 분입니다!"

"오오오오!"

솔로에 여자라는 소리가 나오자 남성 관객들의 입에서 흥미가 가득한 탄성 소리가 여기저기서 터져 나왔다. 솔로를 한다는 것보다 혼자 노래를 부르는 '여자' 라는 것에 더 관심이 가는 모양이었다.

"여자 솔로라니… 이거 정말 대단하군요! 어서! 첫 참가자 분을 모셔보도록 하죠! 정말 궁금해 죽겠습니다! 자~! 참가번호 1번! 이름은 오유미 씨라고 하구요, 나이는 23살이라고 하네요. 특히 이분은 몇 년 전, 세계의 팝 계를 주름 잡았었던 최고의 디바! 브리트니 스피어스의 'Baby One More Time' 을 그대로 재현해 보이시겠다고 하는군요! 이거! 정~말! 기대됩니다!"

"우오오오오!"

반응은 엄청났다. 일부 학생인 듯한 남자들은 양손을 입에 모으거나 팔을 높이 들어 거칠게 휘두름으로 해서 현재 자신들의 감정을 그대로 표출하였고, 남자들이 아닌 여성들 또한 기대된다는 듯 눈빛을 반짝이며 각자의 동행끼리 재잘거리기 시작했다. 그리고 그것은… 내 동행인 소연이도 마찬가지였다.

"어머머! 브리트니 스피어스! 민예아~ 브리트니 스피어스래! 어쩌면 좋아! 나는 브리트니 팬이란 말이야! 그것도 광 팬! 꺄아악!"

그 여가수라면 나도 노래를 들어본 적이 있어서 조금 알고 있다. 얼굴은 예쁜지 어떤지는 모르겠지만 춤 실력과 무대 매너, 그리고 라이브 실력은 꽤나 괜찮은 편이었던 것 같았다. 뭐, 빌보드 정상에 올라 있는 팝 가수라니 그 정도야 당연하겠지만… 휴우, 솔직히 말하자면 가요나 팝에 대해 관심이 없는 탓인지 나는 잘 모르겠다. 어차피 거의 반 억지로 끌려온 거니깐 그냥 조용히 구경만 하고 가면 되는 거겠지?

들떠 있는 분위기를 타며 진행자가 큰 목소리로 외쳤다.

"자! 참가번호 1번! 오유미 씨! 나와주세요!"

쿠우웅…….

무대에 모든 조명들이 꺼지며 드라이 아이스가 짙게 깔리기 시작했다.

처처척… 덜컥!

무대가 어두워진 틈을 이용하여 스태프들은 어디선가 많이 본… 사회에서만큼은 절대 보고 싶지 않은 물건인 학교 책상을 무대 한 가운데에 들여다 놓고는 또다시 황급히 사라졌다. 그리고 그때, 흰색의 길다란 와이셔츠에 검은색 바탕, 적색 체크 무늬의 두터워 보이는 치마와 흰색 주름 양말을 신은 긴 금발의 여자가 고개를 숙이고 나타나더니 빠른 동작으로 책상에 엎드렸다. 어두운 탓이었던지 어떤지는 모르겠지만 분명히 저 여자 맨 얼굴로 그냥 나타난 것 같지는 않았다. 무슨 가면이라도 쓰고 나온 것 같았는데… 잘못 본 건가?

"……."

고요한 침묵이 무대를 휘감았다. 책상에 엎드린 여자는 조금도 움직이지 않고 마치 정말로 죽은 듯, 그대로 엎드려 있었다.

쾅~쾅쾅~!

마침내 음악이 터져 나오고 무대의 조명은 그녀 한 명을 중심으로 밝게 비춰졌다. 그녀는 음악이 나옴과 동시에 상체를 치켜들었는데, 역시 내가 아까 슬쩍 보았었던 대로 그녀는 황금색 나비 모양의 가면을 착용하고 있었다. 하지만 그 사이로 비친 이목구비는 충분히 그녀가 미인이라는 것을 짐작할 수가 있게 해주었다.

아직 어둡기만 한 무대. 하지만 오직 홀로 빛나는 그 가운데서 그녀는 때로는 역동적으로, 또 때로는 도발적으로 움직이기 시작했다. 그녀는 태생이 상당한 춤꾼이었던 듯, 그야말로 흥겹게 리듬을 타며 '몹시도 즐겁게' 춤을 추자, 그녀의 모습에 많은 관객들이 환호를 보내었다.

첫 전주가 끝나고 마침내 가사 첫 소절 부분이 다가왔다. 그녀는

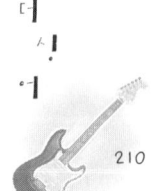

어디서 구했는지 흔히들 댄스 가수들이 립싱크를 할 때 잘 사용하는 헤드 마이크를 착용하고 있었다.

Oh baby, baby
How was I supposed to know
오 그대여~
내가 어떻게 알 수 있었겠어요.

하지만 그것은 틀림없는 라이브였다. 비록 가요에 관심없는 나라고는 하지만 댄스 음악을 라이브로 한다는 것이 얼마나 힘든가는 익히 들어 잘 알고 있었다.

원래 댄스 음악의 특징이 몹시도 격렬하고 흥겨운 것이니만큼 그 음악에 대한 춤 동작을 소화해 내려면 당연히 라이브를 할 수가 없게 되는 것이 대부분 나라들의 현실이었고, 립싱크에 대한 수많은 댄스 가수들의 변명이었다.

그렇게 프로들도 하기 힘들다는 댄스 음악에 라이브를 그녀는 시도하고 있는 것이다. 아직 초반이라 잘 모르겠지만 떨림이 없는 첫 소절의 음색은 몹시도 안정되어 있었다. 그녀는 계속해서 노래를 불렀다.

That something wasn't right here
뭔가가 잘못되었던 걸

가
수
왕

선
발
대
회

211

Oh baby, baby
I shouldn't have let you go
And now you're out of sight, yeah
오 그대여 ~
당신을 보내지 말았어야 하는 건데
이제 당신을 보긴 힘들군요, 그래요.

　그녀의 현란한 몸짓과 섹시한 목소리는 어느새 넓은 무대를 가득
메우고 있었다. 백댄서들은 단 한 명도 없었지만 그녀 혼자만으로도
그녀는 자신의 존재감으로 무대를 가득 채웠다.

Show me how you want it to be
Tell me baby 'cause I need to know now, oh because
알려줘요, 어떻게 하길 원하는지.
말해 줘요, 그대여. 난 지금 알고 싶으니까요, 왜냐면…

　후렴 부분을 듣고 나서야 나는 이 노래를 어디선가 몇 번 들어본
적이 있다는 것을 기억해 냈다. 시내에 돌아다니다가 이곳저곳에서
많이 들을 수 있었던 수많은 노래 중의 하나다. 나는 바로 이때서야
아, 그 여가수 이름이 브리트니 스피어스였구나 라는 것을 생각해 낼
수가 있었다.
　"흠, 꽤나 실력이 좋은걸?"

소연이는 자신이 마치 음악 평론가라도 되는 양 진지한 모습으로 무대에 있는 그녀에 대해 평가를 내리기 시작했다. 이 노래의 테마는 철저한 섹시함인데 그것에 대한 표현은 몇 점이라던지, 목소리와 노래의 조화에 대한 점수를 내린다던지… 내가 가요에 대해 아무것도 모를 것이라 생각했던지 소연이는 세세한 설명까지 곁들여 가며 하나하나 설명해 주었다.

하지만 대부분은 나도 알고 있던 사실이고, 사실 백치라고 할 정도로 가요나 팝에 대해 지식이 없는 것은 아니었기에 소연이의 친절한 설명을 가만히 듣는다는 것은 상당한 곤욕이었다. 하지만 그 모든 것들이 나를 위한 것임을 잘 알고 있었기에 도저히 뭐라고 말을 할 수가 없었다. 그저 조용히 경청하는 것만이 내게 주어진 단 하나의 선택이었다.

Oh baby, baby how was I supposed to know
Oh pretty baby, I shouldn't have let you go
오~ 그대여, 내가 어떻게 알 수 있었겠어요.
오~ 아름다운 그대여, 당신을 보내지 말았어야 하는 건데.

어느새 노래는 후렴 부분으로 치닫고 관객들은 아직 얼굴도 모르는 무대 위의 여자에게 큰 환호를 터뜨리고 있었다. 개인적인 생각이지만 저 여자, 분명히 보통 아마추어는 아닌 듯했다. 아마추어라고 하기에는… 너무 뛰어난 실력이었기 때문이다.

Give me a sign
Hit me baby one more time
내게 손짓이라도 해줘요.
한번만 더 날 만나주세요.

꽈광!

"와아아아!"

"정말 대단하다!"

"멋지다!"

마침내 웅장한 소리와 함께 그녀의 무대가 끝났다. 관객들은 그녀에게 큰 환호를 보내주었고, 그녀 또한 정중하게 고개를 숙여 보임으로써 그 성원에 보답했다.

그러나 그것뿐이었다. 그녀가 조용히 무대에서 사라지자 많은 이들이 아쉬움을 토로했지만 이미 무대에서 사라져 버린 그녀를 다시 불러올 수는 없었다. 잠시 후 사회자가 나오며 흥분한 관객들을 진정시킨 후 다음 순서를 진행하기 시작했다.

"자, 다음 참가자 분을 모시겠습니다. 다음 참가자 분은……."

"에… 이거 참. 첫 타자부터 너무 세게 나오는 거 아냐?"

"그러게. 저 여자… 완전 프로잖아. 혹시 진짜 브리트니가 가면을 쓴 것은 아닐까?"

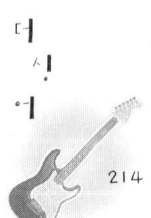

"그럴 수도 있겠네? 음… 근데 그건 아니야. 왜냐면 몸매가 틀리거든. 하하하!"

우리는 오유미라는 가면 쓴 여자의 첫 무대를 보며 연신 감탄사가 터져 나오는 것을 억제할 수가 없었다. 정말 잘해도 너무 잘하는 것 같았다. 아마추어가 무대에 오를 때 자주 나타나는 떨림 증상도 없었거니와 무대와 관객들의 성원을 즐기는 듯한 여유까지 보여주었기 때문이다.

아직 어떻게 생겼는지 얼굴을 못 봐서 모르겠지만… 만약 외모까지 수준급이었다면 장담하건대 저 여자, 본선 때 엄청난 파란을 몰고 올 것이 틀림없다. 잘하면 스카우트들에게 노려져 엄청난 양의 러브콜에 시달리게 될지도 모른다.

"아, 이쪽으로 온다!"

오유미라는 여자는 왠지 차분해 보이는 걸음걸이로 우리 쪽을 향해 걸어오고 있었다. 그에 프리덤 팀의 몇몇 이들이 수선을 떨었으나 진영이와 나, 혜정이와 진영이 형. 그리고 재수없는 밥맛 녀석은 조용히 입을 다물고 우리를 향해 다가오는 그녀의 모습을 바라보았다.

"정말 대단한 무대였습니다. 결코 평범한 실력이 아니더군요."

"훗, 그런가요?"

"아직 다른 사람들의 무대는 못 봐서 알 수 없지만 그래도 당신의 본선 진출은 확정되었다고 생각하는데… 어떻게 생각하시는지요?"

의미심장한 진영이 형의 물음에 그녀는 조용히 미소 지으며 짧게 대답했다.

"여러분들의 멋진 공연을 기대하죠."

"후, 영광이군요."

마치 만찬에서의 귀족처럼 진영이 형은 오른손을 가슴께에 올리며 장난스레 고개를 숙여 보였다. 그리고 이것으로 둘의 대화는 끝을 맺었다.

우리는 시선을 돌려 무대를 바라보았다. 그곳에는 사회자가 막 두 번째 참가자들을 소개하고 있었다.

"다음 참가 팀은… 아! 고등학교 여학생들로 구성되어진 5인조 여성 댄스 팀입니다. 곡명은… 아, 리믹스군요. 아마도 여러 가지 음악들을 리믹스해서 그것을 틀어놓고 춤을 출 모양입니다. 정말 기대됩니다. 자, 두 번째 참가 팀을 모십니다! 오늘을 위해서 성남에서 올라왔다! 영신여자고등학교의 5인조 여성 댄스 팀! 코스모!"

성남? 우와~ 대단한데? 그렇게 먼 곳에서 왔단 말이야? 지금 이곳 대기실에는 없는 듯한데… 저쪽 대기실에 있는 건가?

내 이런 생각이 끝나자마자 이곳과는 반대 편에 있는 대기실에서 교복을 입은 다섯 명의 여학생들이 뛰쳐나왔다. 고등학생이라서 그런지 모두가 짧은 커트 머리를 하고 있었는데 외모는… 흠흠! 더 이상 말하지 않기로 하겠다.

쉬이잉~

다시금 무대가 어두워지며 드라이 아이스가 짙게 깔리기 시작했다. 그녀들은 전통적인 5인조 그룹들의 대열 방식인 2─3 대형에 맞춰서 섰다.

쿠쿵! 쿠쿠쿠쿵!

"합!"

움찔. 에구, 깜짝이야. 그녀들은 큰 기합을 토하며 발을 어깨 넓이로, 그리고 양쪽 팔은 좌우로 힘있게 벌렸다. 그리고 그 모습에서 스톱 모션.

콰왕!! 콰앙!

음, 이 음은 아마도 마이클 잭슨의 beat it의 제일 첫 음 부분이었지?

똑딱. 똑딱. 똑딱. 똑딱.

연이어 들리는 시계 소리. 캬아! 편집 한번 적절하게 했구나. 그녀들은 모두가 손목시계를 보는 자세를 취했고, 연이어 뚜벅뚜벅 하고 들리는 발자국 소리에 그녀들은 고개를 두리번거리며 두려운 모습을 표현했다. 그리고 그중에서 앞줄, 제일 오른쪽에 있던 여학생이 어디에서 났는지 얼굴에 검은색 마스크를 쓰고는 준비해 온 '검' 으로 마치 여검사처럼 그녀들의 사이를 지나며 검을 내리긋는 시늉을 하였다.

그것은 순식간의 동작이라 마치 물이 흐르듯 두려워하는 그녀들의 사이를 지나며 검을 휘두르던 그녀는 어느새 제일 왼편에서 마지막 자세를 취하고 있었다. 그리고 몸을 원상태로 일으키고 검을 검집에

가수왕 선발대회

넣는 그 순간, 마치 약속이라도 한 듯 검에 베여 경직되어 있던 4명의 여학생들이 털썩, 무대 바닥으로 쓰러져 버렸다.

무대와 관객들 사이에 길다란 침묵이 흘렀다. 정말 연습을 많이 했던 모양인지 마치 사극의 액션 배우들처럼 그녀들의 연기에는 조금의 어색함도 보이지 않았다.

홀로 서 있던 여학생은 지니고 있던 검을 다시 뽑아 들어 하늘 높이 들어 보였다. 어두운 밤의 달빛을 받아 반짝이는 검의 맵시가 몹시도 아름답게 느껴졌다. 흠, 그나저나 검은 조금 비싸다고 들었는데… 저거 진 검은 아니겠지?

획~ 획~ 휘익!

정면의 허공에 X 자를 그린 뒤 그녀는 검을 마치 땅에 박아 넣는 듯한 행동을 취하며 또다시 그대로 멈춰 섰다. 그리고…….

콰아앙!

무대에서 커다란 분수 불꽃들이 화려하게 터짐을 시작으로 드디어 그녀들의 본 공연은 시작되었다.

"에… 그게 그러니까…….."

"험험!"

5인조 여고생 댄싱 팀, 코스모. 그녀들의 공연을 본 후 우리는 아무런 말을 할 수가 없었다. 그저 서로 헛기침만 해댔을 뿐이다.

"아, 역시 사람은 외모로 평가해서는 안 된다는 어르신네들의 말씀이 맞았다니까."

"설마 저런 실력을 가지고 있었을 줄이야……."

"이거… 우리 중의 하나는 떨어질 것 같은데… 장난 아니야. 진짜……."

우리는 하나! 이게 아마도 2002년에 열렸던 월드컵의 주제 성구였었나? 비록 시간이 지난 후 그때의 단결은 조금씩 잊혀져만 갔지만, 지금 여기서 우리는 또다시 그때의 감격과 의미를 다시 한 번 되새길 수 있었다. 물론 의미는 조금 달랐지만 말이다.

어쨌든 전혀 엉뚱한… 그야말로 생각지도 못했던 곳에서 우리는 낭패를 당해 버렸다. 이곳, 무슨 어디 기획사에서 주최하는 가수 오디션도 아닌데 도대체 무슨 놈의 수준이 이렇게도 높단 말인가! 이거 너무 불공평하잖아!

"정신 똑바로 차려야 되겠는데? 아닌 게 아니라 이거 조금이라도 방심했다간 예선 탈락이라는 불명예를 뒤집어쓸 수도 있겠어. 이거 자칫 여의도 최고의 팀들 중의 하나인 프리덤이 이런 곳에서 위기를 맞게 될 줄이야……."

"…떨어지면 우린 간판을 내려야 할지도……."

말 그대로다. 그래도 춤에 관해서는 프로라고 정평이 나 있는 진영이 형의 팀이 이런 가수왕 선발 대회의, 그것도 예선에서 떨어졌다는 소문이 나면……

으이구~ 생각만 해도 끔찍하다.

"하암~ 에구! 그나저나 우리 차례는 언제 오는 거야? 따분해 죽겠네~"

가수왕 선발대회

물론 이 분위기에서 전혀 예외적인 사람도 있었다. 그는 바로 또 다른 진영이인 하진영이었다.

녀석은 하품을 하면서 눈물까지 찔끔거렸다. 자신의 지루함이 결코 허풍이 아니라는 것을 증명이라도 하듯, 녀석은 지금도 무대 위에서 춤을 추는 저 여학생들의 춤을 장난스럽게 따라하고 있었다. 얼굴은 지루함이 가득 배어 있는 채로 말이다.

콰앙!

"와아아아아~!"

마침내 코스모의 공연이 끝나고 그녀들은 무대를 내려갔다.

"야, 강수호."

"응?"

무척이나 초조해하고 있는 나에게 진영이가 말을 건넸다. 진영이는 뚱한 표정으로 내게 다가와서 어깨동무를 한 뒤 입을 열었다.

"저 가스나들, 어떤 것 같아?"

"음? 코스모? 글쎄… 정말 대단한 실력인 것 같아. 왠지 자신이 없어지기 시작했어."

"……."

나는 무척이나 풀이 죽어 그렇게 말했고, 진영이는 아무런 대답을 하지 않았다.

나는 차마 진영이와 프리덤 멤버들의 얼굴을 볼 면목이 서지 않았다. 그렇게 큰 소리 뻥뻥 쳐 놓고는 지금에 와서 이렇게 기운 빠진 얼굴이라니…….

"후…….."

아무런 말도 하지 않던 진영이는 그저 한숨을 푹 내뱉고는 내 오른쪽 어깨를 툭툭 두드렸다. 그리고는 아무런 말을 하지 않았다.

"네! 수고하셨습니다! 다음은…….."

많은 참가자들이 무대에 서고, 또 다양한 반응들을 이끌어냈다. 하지만 공통점이라 할 수 있는 것은 그들이 하나같이 관객들에게서 진심 어린 박수를 받았다는 것이다. 시간이 지날수록 내 마음은 점점 더 무거워져만 갔고, 대기실의 분위기도 차츰 가라앉았다. 그것은 우리 일행뿐만이 아닌, 같은 대기실에 있던 참가자들도 그러했을 것이다.

"자! 이제 일곱 번째 순서입니다! 이 팀은 정말 유명한 팀이네요. 춤을 좋아하는 사람들 사이에서 이 팀을 모르면 진정한 마니아가 아니라고 이야기가 오갈 정도죠. 혹시 이곳에 계신 여러분들도 잘하면 알지 모르겠군요. 소개합니다! 여의도 최고의 댄싱 팀! 프리덤!"

"우오오오!! 프리덤이야!"

"화이티이이잉~!"

"꺄아아악~! 진영 오빠, 파이팅~!"

드디어 프리덤의 차례다. 소문을 듣고 왔는지 프리덤을 알고 있는 듯한 관객들은 저마다 함성을 질러댔고, 특히 진영이 형들을 따라왔던 여학생들은 저마다 멤버들의 이름을 소리 높여 외치며 열성적인 응원을 하기 시작했다.

"······."

저들이 어떤 생각을 지니고 있는지는 잘 모르겠다. 별다른 각오가 보이지 않는 얼굴로 대기실을 나서던 정예로 보이는 다섯 명의 멤버들··· 여유가 있는 탓인지 진영이 형과 저 밥맛 녀석은 껴 있지 않았다. 무대로 나가며 그들을 독려하던 진영이 형은 나를 돌아보며 말했다.

"분명히 여기 모인 사람들은 하나같이 대단한 사람들이지. 도저히 아마추어라고 생각할 수 없을 정도로 말이야. 하지만, 하지만 잘 생각해 봐. 우리가 춤에 관해서는 왜 프로라고 스스로 자부하는지를. 프로와 아마추어의 차이··· 그것을 이 무대를 통해 톡톡히 보여주지."

그렇게 말하며 살짝 미소 지는 뒤 진영이 형은 다시금 무대로 고개를 돌렸다.

프로와 아마추어··· 그리고 그 차이라·······.

콰과과과~ 쾅! 쾅!

It's Gonna Be Me
그것은 바로 내가 될 거예요.

쾅~ 쾅! 쾅! 쾅!

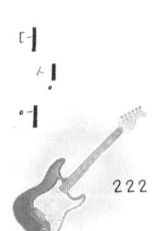

222

Oh yeah~!

　마치 하나의 실로 연결된 마리오네뜨 인형처럼 무대에 오른 다섯 명은 절도있는 동작으로 움직이기 시작했다. 헤드 마이크도 준비 안 한 것으로 봐서는 일단 저 팀도 그냥 음악에 맞추어 춤만 출 생각인가 본데… 아무런 퍼포먼스도 준비되어 있지 않은 저런 평범한 진행 방식으로는 많이 어려울 터였다. 그래도 진영이 형이 말한 것이 있으니 계속 기대는 해봐야 되겠지?

　쾅! 쾅!

You might been hurt babe
That ain't no lie
You've seen them all come and go
Oh, oh
아마도 당신은 상처를 받은 것처럼 보이네요.
그것은 거짓이 아닐 거예요.
그들이 모두 왔다가 다시 떠나는 것을 당신도 보았죠.

　마치 자신들이 실제로 부르는 양, 저들은 표정 연기까지 리얼하게 해가며 곡을 지배하기 시작했다. 그래, 비록 초반부이고 아직 조금밖에 공연을 못 봤지만 프로와 아마추어의 차이라는 것을 조금은 알 것 같았다.

아직 구체적으로 정리하기는 힘들었지만… 조금만 더, 조금만 더
보면……

> *I remember you told me*
> *That it made you believe in*
> *No man, no cry*
> *Maybe that's why*
> 당신이 나에게 했던 말이 생각나네요.
> 그들이 당신에게 믿음을 심어주었다고.
> 남자(애인). 울음도 필요없어요.
> 아마도 그것의 이유가 되겠죠.

비록 직접 노래를 부르고 있지는 않았지만 그들은 충분히 그것을
커버하고 있었다. 제일 첫 부분, 저스틴의 역할을 맡은 듯한 한 명은
노래가 계속 흘러나오는 동안 자신은 춤을 추는 것보다 관객들에게
자신들을 어필시키는 것에 중점을 두었다.

예를 들어 무대의 제일 앞쪽, 관객들이 있는 곳으로 다가가서 한
여자 관객을 찍어놓고는 마치 구애를 하듯 애처로운 표정을 지으며
입을 뻥긋거렸다. 그것은 분명히 실례가 될 수도 있는 행동이었지만
상황에 따라서, 그리고 그 방법을 써먹는 것에 따라 이것은 적지 않
은 효과를 나타나게 된다.

즉, 정해져 있는 안무를 완벽히 해내겠다는 강박관념에 치우쳐져
있는 것이 아닌, 그 이상의 것, 즉 춤과 음악에 대한 '즐거움' 쪽에

더 신경을 씀으로써 자연히 그것을 보고 있는 관객들과도 한마음이 되어 음악과 춤을 즐길 수가 있게 되는 것이다. 이것은 진정으로 춤과 음악을 사랑하는 이들이 아니면 불가능한 것들이었다.

이 공연이 끝나면 아무래도 전의 그 말들은 꼭 사과해야겠는걸? 아무래도 내가 잘못 본 것 같아.

"하하하~! 장난이 아니야. 저 팀, 정말 재미있게 한다. 역시 프로인가 봐!"

"대단해! 단순히 춤만 추었던 다른 팀들과는 뭔가 달라!"

그것에 대한 답은 바로 관객들의 저러한 반응 때문이었다. 그저 춤이 멋있어서 그리고 묘기와도 같은 춤 동작들이 나온 탓에 그것이 신기하여 환호성을 터.뜨.려. 주.는. 것.이. 아.닌. 말 그대로 재미있고 신나서 저도 모르게 함성을 터뜨리는 것이었다.

프로와 아마추어의 중요한 차이 중의 하나, 그것은 바로 의식적인 환호와, 무의식적으로 터져 나오는 관객들의 자기 만족의 환호, 바로 이것이다. 이 차이점은 무척이나 중요한 것이다.

Every little thing I do
Never seems enough for you
You don't want to lose it again
But I'm not like them
내가 하는 모든, 작은 일도
당신에게 충분하지 못할 걸 알아요.

가수왕 선발대회

당신은 그것들을 잃고 싶지 않기를 원하죠.
그러나 난 그들과는 달라요.

Even when you finally
Get to love somebody
Guess what?
당신이 마지막에
누군가에게 사랑을 준다면
생각(추측)해 봐요.

It's gonna be me!
그것은 바로 나일 거예요!

쾅! 쾅!

각기와 파핑을 적절하게 섞어 원래 안무에서 플러스 알파를 생성해 낸 저들의 춤… 그랬다. 저들은 확실히 달랐다.

나는 이 순간 느꼈다. '저게 바로 프로라는 거구나' 하는 것을…….

내가 그들을 보며 많은 것을 느끼고 또 깨닫고 있는 사이, 어느새 음악은 중반으로 치닫고 있었다.

"우와! 진짜 잘한다. 그렇지?"

"음……."

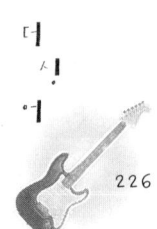

확실히 춤에 관해 거의 문외한인 내가 보기에도 저들의 춤은 정말 대단한 것 같았다. 서로 하나인 듯 척척 들어맞는 몸 동작과 그에 배어 있는 활기 참은 정말 대단했다. 하지만… 주위의 사람들이 말하는 것처럼 '멋있다' 라는 생각은 전혀 들지 않았다. 나는 그저 춤을 잘 추는 사람의 모습을 보고 있다고 생각했을 뿐이다.

소연이는 옆에서 저렇게 춤을 잘 추는 아마추어 팀은 정말 처음 본다며 감탄을 계속해서 입에 담았지만… 아무리 좋게 봐주려고 해도 '별로' 라는 느낌밖에 딱히 드는 것이 없었다.

There comes a day when I'll be the one you'll see
It's gonna (gonna, gonna, gonna)
It's gonna be me!
그날이 오면 내가 하나가 되면 당신은 알겠죠.
그것은 바로 (바로, 바로, 바로)
그것은 바로 나인 것을!

왠지 느낌이 좋은 노래였다. 지금 나오는 이 노래도 어디선가 많이 들어본 노래이긴 했지만… 역시 내 취향은 아니었다. 뭐랄까? 필이 꽂히지 않는다라고나 할까?

"와아아아!"

많은 함성들이 이곳의 차가운 공기를 뒤흔들어 놓는 느낌이다. 후우~ 점점 지루해진다. 물론 이전 팀들보다는 훨씬 나은 팀임에 분명했지만 그래도 역시 내 마음에 들지 않는다. 내 자신이 원래부터 이런 시끌벅적한 곳은 무척 싫어했었던 탓에 처음의 그 호기심은 내 마음속에서 점점 사라지고 있었다. 이제는 '지루함'과 '따분함'이라는 감정들이 서서히 나의 마음속을 지배하려 들고 있었다.

It's gonna be me!
그것은 바로 나인 것을!

꽈앙!

"와아아아~!"

드디어 저들의 공연이 끝났다. 많은 이들이 박수와 함성을 보내주었고 저들은 자신들에게 이렇게도 큰 관심을 보여준 관객들에게 답례하는 모양인 듯, 허리를 굽신 굽히며 입을 모아 '감사합니다!'를 크게 외치고는 무대를 내려갔다.

"역시! 이곳에 오길 정말 잘한 것 같아! 본선을 이번 주 토요일 저녁 7시 30분에 한다고 했었나? 민예야, 우리 꼭 오자! 그때는 지금보다 훨씬 대단한 팀들이 나올 거야. 아무래도 본선이라니깐 말이야."

"그, 글쎄……."

나와는 달리 각종 감정이 풍부하게 열려 있는 소연이는 지금까지의 공연에 많은 감명을 받은 듯 보였다. 소연이의 말에 어떻게 대답

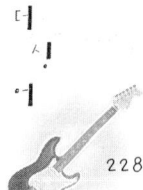

해야 할지 몰라 일단은 그렇게 얼버무리기는 했지만… 두 번 다시 이런 곳에서 시간 낭비하고 싶지 않다는 것이 나의 솔직한 심정이었다.

"감사합니다! 역시 대단한 팀이었습니다. 과연 프로들은 다르다라는 것을 지금 공연에서 확실하게 느낄 수 있었던 것 같군요! 이거, 다음 참가자 분들이 걱정되는데요? 자! 그럼 8번째 참가자 분을 모셔보겠습니다!"

내가 그렇게 느끼는 사이 어느새 사회자는 다음 참가자를 소개하고 있었다.

"후우, 정말 오래간만에 느껴보는 긴장감이었던 것 같아."

"기분 좋은데? 크으~! 무대를 올려보는 참참한 여학생들의 그 반짝이는 눈빛! 으아아! 죽는다, 죽어! 나 정말 죽는 줄 알았어!"

"하하하하!"

땀으로 흠뻑 젖은 그들은 마치 전쟁에서 승리를 하고 돌아온 개선장군인 양, 서로 농담을 주고받으며 유쾌한 모습으로 대기실에 돌아왔다.

"정말 잘했어! 수고했다, 애들아!"

"암요~! 수고했지요!"

진영이 형은 그들을 웃으며 맞아주었고, 그런 진영이 형의 환대는 그들의 가슴을 더욱 넓어지게 했다.

방금 공연을 했던 사람들은 분명 프리덤에서 제일 실력있는 사람들은 아닐 터였다. 스포츠의 표현을 빌리자면 그들은 프리덤이라는 팀의 2군 선수들이라고 생각할 수 있겠다.

여의도 최고의 댄싱 팀들 중의 하나로 꼽히는 프리덤.

요즘 최고의 주가를 달리고 있는 인기 그룹 아리나의 리드 보컬 김혜정의 오빠인 진영이 형이 이끄는 저 팀은, 이제껏 쌓아왔던 명성에 걸맞게 멤버들 개인의 실력 하나하나가 정말 일류급들이었다. 하지만 지금 무대에 나와서 이렇게도 큰 환호를 받았었던 팀은 바로 2군이라고 부를 수 있는 사람들이었다.

…정말이지 내가 그때, 무슨 배짱으로 그런 험한 소리를 지껄여서 이런 상황을 만들어 버렸는지 도대체가 이해가 되질 않는다. 마음 같아서는 바지를 붙잡고 늘어져서라도 내가 잘못했다고 사과하고 이 상황을 끝내 버리고 싶지만, 이미 그때의 상황으로 인한 대결 분위기는 저~쪽의 머나먼 바다 저편으로 건너가 버렸다. 쉽게 말해 사과를 한다고 끝날 상황은 예전에 지나가 버렸다는 뜻이다.

쿠우웅!

"감사합니다!"

드디어 아홉 번째 순서다. 이번 순서는 진영이의 차례다.

"예! 여덟 번째 참가 팀이었던 '이글스' 여러분들! 정말 수고하셨습니다! 자! 이제 아홉 번째 참가자 분입니다. 음? 아~! 이번 참가자 분도 솔로이시군요! 역시 처음 참가자 분과 마찬가지로 댄스와 라이브를 같이 보여주시겠다고 합니다. 제가 이 참가자 분을 아

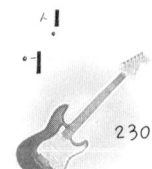

까 봤는데… 여성 분들, 목청 터질 각오를 단단히 하시는 게 좋을 것 같습니다. 이분, 굉~장한 외모를 지니셨거든요. 어떻게 굉장한 지는 말씀드리지 않겠습니다. 다만 분명한 것은 여러분들이 절대로 실망하지 않을 거라는 것이지요. 자! 아홉 번째 참가자 분을 모시겠습니다. 이분은 사정상 지금 이름을 밝히지 말아달라고 부탁했기에 이름을 말씀드리지 못하겠군요! 자! 아홉 번째 참가자 분! 나와주세요!"

사회자는 현란한 멘트로써 그렇게 관객들을 잔뜩 기대시킨 다음 무대에서 사라졌다. 사회자의 그러한 의도가 확실하게 적중한 듯, 관객들 중에서도 특히 여자 관객들은 비명을 질러가며 자신들이 몹시도 흥분하고 있다는 것을 직·간접적으로 표출했다.

나는 고개를 돌려 진영이를 바라봤다. 진영이는 대기실 한편에 마련된 탈의실을 목적으로 쓰는 방에 들어가 있었다. 그리고 잠시 후,

덜컹!

"으힉!"

"저, 저럴 수가!"

"마, 말도 안 돼……."

"어떻게 저런……!"

진영이가, 아니, 정확히 말하자면 '진영이로 보이는 이'가 나오자 같은 대기실에서 탈의실의 문만을 쳐다보고 있었던 우리는 전신 전력을 다해 깜짝 놀라고 말았다.

그도 그럴 것이 지금 진영이의 모습은 영락없는 '여인의 모습'이었던 것이다. 그것도 무척이나 아름다운…….

"자, 장난이 아닌데?"

"저 녀석… 원래 여자였었어? 농담이 아니야! 진짜 예쁘다!"

"와아…….."

프리덤의 몇몇 이들이 탄성을 터뜨린 그 말 그대로 진영이의 모습은 무척이나 아름다웠다.

예전에는 조금이나마 남자라는 느낌이 묻어 있었던 진영이의 얼굴은 덧씌워진 엷은 화장으로 인하여 완전히 지워져 버렸다.

하나로 묶었었던 머리를 풀어헤쳐 지금은 그 길이가 허리까지 닿는 탐스러운 금발은 대기실을 찬란하게 매우는 듯했고, 입은 옷 위로 드러나는 몸매와 무엇보다도 봉긋하게 솟아 있는 가슴의 모양! 그것은 나로 하여금 저 녀석, 원래 여자였었어? 라는 것에 대한 의구심으로 가득 차게 만들었다.

지금 진영이는 일본의 전통 의상인 기모노와 비슷한 것을 입고 있었다. 나는 기모노에 대해서 잘 모르니 지금 진영이가 입고 있는 저 옷은 기모노와 비슷한 일본의 전통 의상일 것이다 라는 추측까지는 대충 짐작으로 가능할지는 몰라도, 그 이상 알아보며 설명하는 것은 절대로 불가능한 일이다. 다만, 일정 간격으로 주름이 잡혀 있는 파란색의 치마 저고리와 허리 부분의 옷을 여며주는 진분홍색의 꽃과 초록 줄기가 인상적인 금색의 굵은 띠, 그리고 짧은 흰색 저고리와 팔꿈치부터 손목까지를 풍성하게 감싸고 있는 옅은 순백색의 소매가 그렇잖아도 분장으로 인해 여성스러워진 진영이를 이제는 더 이상 구제의 여지가 없어진 너무도 아름다운 일본 여성의 자태로 변모시켜 버렸다는 것만은 설명할 수가 있었다.

더구나나 흰색의 저고리 사이로 엿보이는 노출 부위는 섹시함까지 부과하고 있었으니, 더 이상 외모에 대한 거론은 필요없을 듯하다.

"......."

"......."

진영이가 걸음을 옮기는 동안 대기실 내의 사람들은 아무도 입을 열지 않았다. 아니, 입을 열 생각을 못했다는 것이 정답일 것이다. 그만큼 진영이의 모습은 우리 모두에게 충격적이었으니 말이다.

진영이는 내 앞까지 다가와서야 걸음을 멈췄다. 그리고 귓속말로 조용히 말했다.

"저들이 자신들을 가리켜 진정한 프로라고 했지만 내가 보기에는 아직도 아마추어 수준이야. 아마추어들 중에서 조금 더 실력이 뛰어났을 뿐이지. 나는 프로가 아니기 때문에 너에게 그 어떤 장담을 할 수는 없겠지만… 잘 지켜봐. 머릿수가 많다는 것이 다가 아니라는 것을 보여줄 테니까."

진영이는 그렇게 말한 뒤, 대기실을 나섰다.

음, 제멋대로의 사고방식을 지니고 있는, 이른바 천덕쟁이의 이미지가 강하게 박혀 있던 진영이의 이런 모습을 대하니 너무 이질적이게만 느껴졌다. 뭐랄까, 마치 전혀 다른 사람을 대하고 있는 기분이랄까?

대기실에서의 정적은 진영이가 대기실을 벗어나면서 이번에는 무대와 관객석 쪽으로 이어졌다. 방금 전까지만 해도 무척이나 소란스러웠던 관객들이 진영이 모습을 드러냄으로 인해 모두가 하나같이 입을 다물었던 것이다.

조명 하나 없이 짙은 드라이 아이스만이 깔린 무대는 지금까지의 그 역동적이었던 분위기들을 단 한 방에 날려 버리고 있었다. 물론 그 근본적인 원인은 진영이에게 있었지만 말이다.

여하튼 그러한 정적 속에서 진영이는 조심스레 오른손을 들어 엄지와 중지손가락을 세게 퉁겼다. 그러자 '따악' 소리가 울려 퍼짐과 동시에 마치 하늘에서 축복의 빛이 쏟아지듯 진영이를 향해 단 하나의 조명이 그의 온몸을 뒤덮었다.

"이야아……!"

"예쁘다……."

그러자 탄식인지 탄성인지 도저히 분간할 수 없을 듯한 소리가 관객들에게서 터져 나왔다. 그것은 우리 대기실에서도 마찬가지였다. 진영이가 나간 뒤로도 우리는 아무런 말을 할 수가 없었던 것이다.

어느새 올라갔었는지 내 또래로 보이는 세 명의 남학생들이 각자, 바이올린, 신디사이저, 그리고 옛날 궁중 같은 곳에서나 볼 수 있었

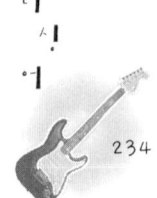

234

던 대형 하프를 가지고 무대 곳곳에 자리를 잡고 있었다. 바이올린은 진영이에게서 조금 떨어진 오른쪽에, 맑은 소리를 울렸던 대형 하프는 그 왼쪽에, 그리고 신디사이저는 무대 뒤편에 그렇게 각자 자리를 잡고 있었다.

신기한 것은 그들의 복장 또한 진영이가 입고 있는 복장과 상당히 유사했다는 점인데 이 공연을 위한 그들의 노력이 눈에 선명하게 보이는 것 같았다. 물론 그들조차도 여장을 했다는 것은 아니다.

띵… 띵… 띠리리링~!

맑은 하프 소리가 무대 위에서 현란하게 춤을 추기 시작했다. 그리고 그 리듬에 맞추어 진영이가 춤을 추었다. 긴 순백색의 팔 소매를 휘저으며 몸을 회전시키는 그 춤은, 마치 어떤 의식을 거행하는 무녀의 춤사위 같았다.

"아아……."

나는 그 춤에 눈을 뗄 수가 없었다. 허공에 나풀거리는 옷깃과 조명을 받아 더욱 아름답게 빛나는 금발, 그리고 얼굴에 살짝 배여 있는 미소는 어느 광고의 카피대로, 악마의 유혹 그 자체였다.

지금 들어보니 하프의 음률 소리는 마치 색깔있는 탄력적인 물방울과도 같다는 생각이 든다. 지금 내 머리 속에 이런저런 색의 수많은 물방울들이 토토통 하고 튀며 서로 어지러이 노는 듯한 모습이 그려지는 것은, 결코 내 착각 때문만은 아닐 것이다.

이 순간, 나는 자그마한 물방울 요정들과 그들의 친구인 무녀가 어울려서 춤을 추며 노는 모습을 그려보았다. 무녀의 춤이라……

그 순간 내 머리 속을 스쳐 지나가는 단 하나의 노래가 있었다.

맞아! 내 예상이 틀리지 않는다면 분명히 그 장면이야!

파이널 판타지 10에서 나오는 여자 주인공 유나의 이계 소환 의식 장면!

띠리링~

마침내 소환의 춤이 끝나고 그 뒤를 이어 신디사이저를 통해 내게 너무도 익숙한 음이 들려오기 시작했다. 그것은 바로 파이널 판타지 10의 주제가인 스테키다네[素敵だね featured in FINAL FANTASY]! 찢어지는 가난함에도 불구하고 가끔 친구네 집에서 비디오 게임을 즐겼던 내게 가장 큰 감동을 선사해 주었던 내 기억 속 최고의 RPG 고전 명작 게임인 파이널 판타지 10!

크윽! 그 엔딩을 보면서 얼마나 눈물을 흘렸던가!

그때의 흥분이 되살아나며 내 가슴이 흥분과 기대로 벅차오르기 시작했다. 관객들 중에도 나와 같은 심정을 지닌 이가 있었던지 그들 또한 흥분으로 가득 찬 얼굴을 하며 일행끼리 서로 기대감으로 가득한 이야기들을 소곤거리고 있었다.

찌이이잉~

마침내 맑고 깨끗한 바이올린의 선율이 울려 퍼지며 스테키다네의 서막이 올려졌다.

화려하지만 왠지 은은하게 느껴지는 다색의 조명들이 진영이를 감

싸기 시작했다. 왠지 서글프게 들려지는 옅은 바이올린의 선율 속에서 정말 우아하고 여성스러운 동작으로 진영이는 살짝살짝 몸을 움직이며 춤을 추었다.

지금까지의 춤이 무녀의 격렬한 춤이었다면, 지금은 너무도 가벼운, 하지만 은은한 기품이 느껴지는 그러한 춤이다.

지금 이 순간.

난 더 이상 진영이를 내가 알고 있는 '머스마 하진영'이 아닌 그동안 남자로 변장했었던 '가스나 하진영'이라고 생각하기로 했다.

그럼, 진짜 이름은 과연 어떻게 될까? 끝나고 물어봐야겠군.

마침내 구슬픈 바이올린의 음이 잦아들고 진영이가 입을 열어 노래를 부르기 시작했다.

風が寄せた言葉に泳いだ心
(카제가 요세타 꼬또바니 오요이다 꼬꼬로)
바람이 부른 말에 헤엄친 마음.

雲が運ぶ明日に彈んだ聲
(꾸모가 하꼬부 아시타니 하즌—다 코에)
구름이 나르는 내일에 들뜬 목소리……

목소리가 몹시도 맑고 고왔다. 원곡을 너무도 잘 소화해 내고 있는

가수왕 선발대회

237

진영이의 모습에 난 입이 절로 벌어지는 것을 금할 수 없었다. 그것은 다른 모든 이들도 마찬가지였던지 진영이의 입에서 나오는 잘 단련된 여성의 그것과도 같은 목소리에 모두가 '아~' 하며 무의식적으로 탄성을 발했다.

방금 전까지만 해도 밝고 명랑했던 분위기는 이미 신디사이저와 하프, 그리고 바이올린에게서 결합되어져 나오는 선율에 모두가 잠식되어 버렸다.

반주가 시디에서 들어왔었던 음과는 너무도 틀렸지만 라이브라는 이점 때문인지 아니면 싱어와 반주 팀들의 절묘한 결합 탓이었는지 분명한 것은 원곡과 지금의 무대를 하나하나 비교해 가며 '원곡보다 못하네' '원곡에서는 이랬는데…' 라는 등의 쓸데없는 잡생각들을 하지 않을 수가 있었다는 것에 나는 이미 엄청난 점수를 주고 있었다.

노래는 계속되었다.

月が搖れる鏡に震えた心
(츠키가 유레루 까가미니 후루에타 꼬꼬로)
달이 너울거리는 거울에 떨린 마음.

星が流れ溢れた柔らかい涙
(호시가 나가레 꼬보레타 야와라카이 나미다)
별이 흘러 넘친 부드러운 눈물.

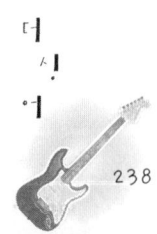

238

진영이는 뒷 음을 자연스럽게 흐리며 조용히 눈을 감았다. 다시금 바이올린의 활대가 힘차게 허공을 내리그으며 드럼 소리를 시작으로 모든 악기의 음들이 힘차게 연주되어지기 시작했다.

素敵だね 二人手を取り歩けたなら
(스테키다네 후따리 테오토리 아루케타나라)
멋지지요. 두 사람이 손을 잡고 걸었더라면…….

行きたいよ 君の町家腕の中
(이끼타이요 키미노 마찌 이에 우데노 나까)
가고 싶어요. 당신의 마을. 집. 품 안에…….

その胸體預け酔いに紛れ夢見る
(소노 무네… 까라다 아즈케… 요이니 마기레 유메미루)
그 가슴. 몸을 맡기고 취한 틈에 꿈을 꾸죠.

너무도 애절하게만 보여지는 표정과 몸짓.
다시 바이올린의 선율이 너무도 슬픈 이 밤 공기를 유린하기 시작했다.
여리게.
아름답게.

가수왕 선발대회

그리고 점점 격렬하게…….

지금 이 순간, 이것이 바로 예술이다라고 나는 은연중에 느끼고 있었다. 절묘하게 화합되어 나오는 가을과도 같은 선율 속에서 나는 내 정신이 잠식되어지는 것을 느낄 수 있었다. 하지만 그것이 거부감으로 다가오지는 않는다. 오히려 기분이 너무도 좋다.

선율에서 오는 내 감정과 내 머리 속에서 나는 노래의 주인공이 되어 주인공의 마음을 공유해 본다.

아픔과 슬픔. 그리고 회환…….

새찬 바람이 불어오는 겨울의 마지막 초록 잎새 마냥 너무도 아슬아슬하며 연약하게만 느껴지는 아름다운 여인의 간절한 눈물과도 같은 바이올린의 선율에 저절로 안타까운 마음마저 들었다.

첫 번째 끝맺음.

마치 마음껏 슬퍼하며 안타까운 이별의 순간을 잠시나마 느껴보라는 듯한 배려가 왠지 고맙게만 느껴졌다. 묘한 기분이다.

風は止まり言葉は優しい幻
(가제와 토마리 꼬또바와 야사시이 마보로시)
바람은 멈추고 말은 상냥한 환상.

雲は破れ明日は遠くの聲
(꾸모와 야부레 아시타와 토오쿠노 코에)
구름은 걷히고 내일은 멀리서 들려오는 목소리…….

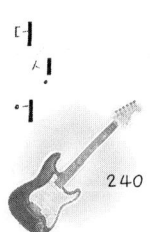

다
시
어

240

月が滲む鏡を流れた心
(츠키가 니지무 까가미오 나가레타 꼬꼬로)
달이 번지는 거울을 흘렀던 마음.

星が搖れて溢れた隱せない淚
(호시가 유레떼 꼬보레타 까꾸세나이 나미다)
별이 흔들려 넘친 숨길 수 없는 눈물…….

마치 날카로운 비수가 박힌 듯, 내 가슴이 아려왔다. 무대 뒤쪽에 마련되어진 커다란 모니터에서는 어느새부턴지 파이널 판타지 10의 뮤직 비디오가 나오고 있었고, 텀으로 가사와 해석이 자막으로 뜨고 있었다.

밤이라 꽤나 어둡겠다, 지금까지의 노래로 인해 감정도 몹시 고조된 상태이니 영화 한편 감상하기에는 이 이상 좋을 수가 없을 것이다. 물론 그것이 영화가 아니라 게임의 뮤직 비디오라는 것이 조금 틀리긴 하지만. 뭐, 지금 상황에서는 오히려 뮤직 비디오가 더 큰 효과를 발휘할 수도 있겠지.

素敵だね 二人 手を取り歩けたなら
(스테키다네 후따리 테오토리 아루케타나라)
멋지지요. 두 사람이 손을 잡고 걸었더라면.

行きたいよ　君の町家腕の中
(이끼타이요 키미노 마치 이에 우데노 나까)
가고 싶어요. 당신의 마을. 집. 품 안에……

その顔そっと搖れて朝に溶ける夢見る
(소노까오…솟─또 유레떼… 아사니 토케루…. 유메 미루…….)
그 얼굴이 살짝 흔들려 아침에 부서지는 꿈을 꾸죠.

　화려하게 무대를 장식했었던 조명들이 하나둘씩 꺼지며 결국은
제일 처음에 켜져 있었던 조명이 홀로 진영이를 비춰주고 있었다.
진영이는 슬픔이 배여 있는 얼굴로 맑은 밤하늘로 향했던 고개를 천
천히 내리기 시작했다. 그리고는 눈을 감고 완전히 고개를 숙여 버
렸다. 마지막 부분은 한참 연주되다가 하프의 소리로써 끝을 맺었
다.
　자신의 공연이 끝났음에도 불구하고 진영이는 고개를 숙인 상태
그대로 무대에 멈춰 서 있었다. 관객들 역시 자신들에게 멋진 공연을
보여준 눈앞의 상대에게 박수와 환호성을 보내주기는커녕, 모두가
조용하게 음악의 여운을 즐기고 있었다.
　짝… 짝짝짝짝!
　"와아아아!!"
　마침내 어느 한곳에서 터져 나오던 박수는 마치 크나큰 해일과도

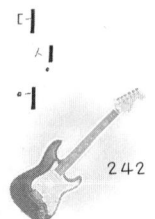

242

같이 변모하여 무대를… 이 일대를 뒤덮기 시작했다.

손이 터져라 박수를 치며 목이 쉬어라 함성을 지르는 관객들의 모습은 정말 질릴 정도였다. 이제 곧 내 차례라고 생각하니 마치 태산 아래에 깔려 있는 듯한 중압감과 부담감이 나를 짓눌러 왔다.

진영이가 대기실로 향하자 그제야 사회자가 무대에 모습을 드러냈다.

"정말 대단한 무대였습니다. 제가 장담하건대 다른 사람들은 몰라도 9번 참가자 분은 분명히 본선에 오르실 것 같군요. 잘하면 우승까지도 바라볼 수 있을 것 같습니다. 제가 참 많은 쇼 프로그램들을 진행해 보았고, 또 가수들의 공연을 봐왔지만 지금처럼 감동을 받았던 때는 정말 드물었던 것 같습니다. 아아~ 정말 환상적인 공연이었습니다."

그냥 예의상하는 멘트가 아닌 듯, 사회자는 진정으로 감동받은 표정이었다. 사회자의 말을 동감한다는 듯 특별 심사위원으로 이 자리에 함께했었던 드림이라는 댄스 그룹은 오늘 정말 대단한 것을 봤다는 듯한 표정과 함께 미소 지으며 위아래로 고개를 조심스레 끄덕였다.

"……."

진영이가 들어온 후에도 대기실은 조용하기만 했다. 녀석 또한 아무 말 없이 탈의실에 들어가더니 잠시 후, 전과 다름없는 흰색 계열의 힙합 차림으로 나타나 나에게 다가왔다. 그리고 내게 어깨동무를 하고는 고개를 들어 명쾌하게 웃어댔다.

"하! 하! 하! 봤느냐? 이 몸의 환상적인 공연을! 아아~ 이토록 유쾌·통쾌·상쾌한 기분은 정말 오랜만인 것 같군. 아~ 좋다, 좋아!"

어이없어하는 주변 사람들의 반응에도 불구하고 녀석이 이번에는 귓가에 얼굴을 가까이 대고 귓속말로 말하기 시작했다.

"어때? 나 괜찮았어? 뭔가 이상했다거나 그런 것은 없었지?"

"으, 응. 정말 멋졌어. 이상했던 것은 없었고… 하, 하여튼 괜찮았어."

나는 몹시 당황하여 대충 나오는 대로 질문을 얼버무렸다. 그러자 녀석이 씨익 웃어 보였는데, 그 표정이 흡사 '그럼 그렇지, 내가 누군데'라고 말하는 것 같았다. 하지만 녀석의 입에서 나온 말은 전혀 다른 것이었다.

"다행이다. 솔직히 진짜 떨렸었거든."

"그, 그래……?"

'떨렸다'라… 그런 자만심이 가득한 표정을 지으면서 그런 말을 하면 별로 설득력이 없는데… 정말 신빙성이 가지 않는 말이었지만 어쩌겠는가? 본인이 그렇다는 데야 아무런 말을 할 수가 없다.

그나저나 아까부터 자꾸 신경 쓰이는 것이 있었다. 그것은 바로 녀석의 진정한 성별. 아까 노래할 때의 목소리는 분명 가성으로 내는 소리가 아니었다. 그렇다고 녀석이 카스트라토는 아닐 테고… 말로만 들었었던 카운터 테너라는 작자들도 목소리가 녀석만큼 매끄러운 여성의 목소리를 낼 수는 없을 것 같았다. 결국 난 녀석에게 진상을 물어보기로 했다.

"저 말야, 너……."

"아~ 피곤하다. 그동안 방금 전의 공연에 신경을 잔뜩 썼더니 너무 피곤한 것 같아. 긴장이 다 풀려 버렸어. 에고~ 어쩌나……."

그러나 그때, 내 질문을 미리 알아채기라도 한 걸까? 녀석은 능청스럽게도 손으로 가로막기는 했지만 하품을 하고 크게 기지개를 켜보이며 '지금의 자신은 누가 툭 건드리기만 해도 쓰러질 만큼 몹시도 피곤하다' 라는 것을 은밀하게 드러내기 시작했다.

그러나 눈을 붙일 곳이 마땅치 않다는 데에 곤란한 표정으로 잠시 두리번거리던 녀석은 내게 시선을 멈췄다. 그리고는 의미를 알 수 없는 미소를 살짝 지어 보였다. 그리고 그때, 같은 성의 친구를 보며 가슴을 두근거렸던 내 자신을 발견하고는 소리없는 절규를 터뜨렸다.

"후후, 역시 너밖에 없어."

내게는 너무도 매혹적이게만 보이는 모습으로 녀석은 천천히 다가오기 시작했다. 당황스러운 마음에 나는 무의식적으로 주춤거렸지만, 어느새 녀석은 재빠른 동작으로 내게 팔짱을 낀 뒤였다.

"지금 되게 춥고… 또 옷도 이렇게 얇게 입고 와서 덮고 잘 옷이 없어서 그러는데… 후후, 모른 척하지는 않을 거지? 그렇지?"

녀석은 싱글거리는 표정으로 나를 올려다보았다. 이 모습을 목격한 주위 사람들, 특히 프리덤의 외로운 늑대들은 '으윽! 나 미쳤나

가수왕 선발대회

봐! 저 모습을 보고 순간적으로 두근거려 버렸어! 나 어떻게 해!'
'어? 너도? 나도! 으아아! 우린 미쳤어!' 라는 등등의 대화를 주고받
으며 온몸을 사정없이 비틀어대기 시작했다.

"일단 저기 앉자."

녀석은 지금 우리가 속해 있는 천막 대기실의 한쪽에 마련되어 있
는 길고 꽤 넓기도 한 나무 의자를 가리켰다. 진영이와 나는 그곳에
가서 앉았다. 나는 입고 왔던 교복 마이를 녀석에게 벗어주었고,
녀석은 그것을 덮은 뒤 내 어깨에 기대어 눈을 감았다. 그러다가 깜
빡했다는 듯 다시 눈을 뜨며 피곤함이 가득한 음색으로 더듬더듬 말
했다.

"네 차례가 올 때까지만 자고 있을 테니깐… 네 차례 오면 깨워.
그럼……."

진영이는 그것을 끝으로 다시 눈을 감았다. 곧 씩씩거리는 소리와
함께 녀석이 잠든 것을 확인할 수 있었다.

"후, 정말 알 수 없는 친구야."

"하하, 저도 지금은 뭐가 뭔지 도저히 모르겠어요."

"후후, 여기 있는 모든 사람들도 수호 군과 같은 심정일 걸세."

지금까지 조용히 우리를 지켜보고 있던 진영이 형이 그렇게 말
하며 어깨를 으쓱였다. 문득 그 옆에 있는 혜정이에게로 시선을 옮
겼다. 농담이 아니라 지금까지 혜정이의 존재를 잊어버리고 있었
을 정도로… 무슨 이유에선지 어느 순간부터 혜정이는 아무런 말
을 하지 않고 있었다. 뭔가를 생각하는 것 같기도 했고… 가끔씩

나를 무섭게 쏘아보는 것 같기도 했는데… 글쎄, 나만의 착각일까?

혜정이는 방금 전까지도 나를 보고 있었던지 나와 시선이 마주치자 당황하는 낯으로 황급히 시선을 다른 곳으로 옮겼다. 자세히 보면 모를 정도의 표정 변화였다.

음, 역시 수상해.

쿵쿵~! 쿵! 쿵! 쿵!

무대에서는 분위기가 또 바뀌어 한창 놀자판이다. 대기실에서 지켜보고 있던 프리덤은 마치 아이들의 재롱 잔치를 보는 양, 가소롭다는 표정으로 서로 이야기를 주고받았고, 관객들 또한 이미 첫 번째 참가자의 라이브 무대와, 프리덤 팀의 댄스, 그리고 진영이의 환상적인 무대를 보고 난 뒤라 많이 식상해하는 것 같았다.

무대에 집중하고 있는 관객들은 별로 없었다. 있었다 하더라도 그들은 짜증이 묻어나는 표정을 짓고 있을 뿐이다. 그 표정들은 마치 '제발 좀 들어가라' 라고 말하고 있는 보였다.

나는 그곳에서 신경을 끊기로 결심하고는 고개를 돌려 진영이의 얼굴을 바라봤다. 이 녀석, 계속 느끼고 있던 사실이지만 이렇게 가까이서 다시 한 번 보니 남자라고 하기엔 너무 예쁜 얼굴을 가지고 있다는 생각이 든다.

그러고 보니 난 이 녀석의 행동거지나 말의 억양, 그리고 꾸미고 다니는 겉모습들을 보며 이 녀석을 그저 '남자' 라고 생각하고 있었지, 여자라고 생각했던 적은 없었던 것 같다. 녀석이 다니는 학교도,

남자 고등학교라고만 생각하고 있었지, 남녀공학이라고는 전혀 생각하지 않았다.

붉은 입술과 만지면 새하얀 분 같은 것이 묻어날 것만 같은 피부, 짙고 긴 눈썹과 달걀형의 얼굴, 그리고 결이 좋은 길다란 생머리…….

의심이 되는 점이 한두 가지가 아니다. 세상에 많은 미소년들이 있다고는 들었지만 그래도 설마 이 녀석처럼 여자같이 생겼을까? 난 그들 모두를 본 적이 없기에 잘 모르겠지만 적어도 이 녀석만큼은 아닐 거라는 생각이 든다.

내 질문을 미리 알아챈 듯 적절히 얼버무리는 행동거지도 수상하고, 그토록 고운 목소리도… 지금에 와서는 엄청나게 신경 쓰인다. 물론 다른 의미로 말이다.

"후우, 내가 지금 무슨 생각을… 관두자, 관둬."

어차피 이 가수왕 선발 대회의 공연만 끝나면 다시는 만날 일이 없는 사람들이다. 진영이 형들도 그렇고 진영이 녀석도 그렇고. 하지만 계속 신경이 쓰이는 것은 어찌할 도리가 없다.

에고~ 뭐, 어쩔 수 없지. 오늘 예선이 끝나고 나면 본인에게 직접 물어보는 수밖에…….

쿠우웅!

"감사합니다!"

마침내 10번 참가자들의 공연도 끝이 났다. 이제 남은 것은 나 하나뿐.

"이제 마지막 참가자 분입니다! 제 추측이지만 아마도 이분, 정말 긴장하고 계실 것 같습니다. 자! 더 이상의 말은 필요없습니다! 바로 모셔보도록 하겠습니다! 참가번호 11번! 강! 수! 호!"

"와아아아아!"

드디어 내 차례다. 생각해 놓은 곡은 있지만 별로 다른 이들처럼 화려하게 퍼포먼스를 짜거나 하지는 않았다. 내 차례에 오기까지 솔직히 말하자면 대충 공연을 하고 떨어지면 좋겠다라는 생각을 하고 있었다. 남들이 들으면 자만심이라 생각하겠지만 본선에 올라가면 내 입장이 더욱 곤란해질 것 같았기 때문이다.

그때에 또 해야 할 곡들을 구상하고 또 연습하려면 아마 아르바이트를 할 시간도, 집을 돌볼 시간도 없을 것이다. 그러고 보니 이런저런 사정들로 인하여 벌써 며칠째 집안일에 신경을 쓰지 않고 있었다. 저녁 늦게 집으로 돌아가 바로 씻고 잠을 자버린 일이 한 번 있고, 밥을 차려놓거나 빨래, 청소 등을 안 한 지도 벌써 일주일이 다 되어가려고 한다. 아마도 지훈이가 무척이나 고생했을 텐데… 이런 생각들은 내 마음속을 더욱 나약하게 만들었다.

하지만 아까까지만 해도 대충 하고 이쯤에서 끝내자 라는 생각을 하고 있었지만 진영이의 공연을 보고, 또 프리덤의 공연을 보는 순간 비록 예선전이지만 모두가 저렇게 최선을 다했는데 나만 대충 하면 천하의 '나쁜 놈' '남자도 아닌 녀석' 등으로 낙인찍혀 버릴 것 같았다. 무엇보다도, 무엇을 하던지, 이왕 하게 되었으면 제대로 하자 라는 나의 신념 아닌 신념은 나를 무척이나 곤혹스럽게 하였다.

결국 이런저런 고민 끝에 나는 '에라 모르겠다. 한번 확실하게 해 보자!' 라고 결심을 하게 되었다!

"어디 실력을 한번 보여줘 봐. 기대하고 있을게."

"흥! 얼마나 잘하나 지켜보지."

기다렸다는 듯 진영이와 밥맛 녀석은 나를 보며 씨익 미소 지었다. 물론 그 미소의 종류가 무척 다르기는 했지만 말이다.

나는 교복 마의를 벗고 검은색 정장을 입고 온 프리덤 맴버 중의 한 명에게 옷과 바지를 빌렸다. 탈의실에서 갈아입고 나오니 꽤나 나에게 잘 맞는다라는 생각이 들었다.

정장을 갈아입은 나는 대기실의 한쪽 구석에서 아까부터 조용히 침묵을 지키고 있었던 첫 번째 참가자의 그녀, 오유미라는 이름의 여자에게 다가갔다.

"저, 오늘 쓰셨던 헤드 마이크를 좀 빌려주실래요?"

"내 헤드 마이크?"

"예, 쓸 일이 있어요."

"뭐, 좋아. 멋진 공연을 볼 수 있다면야 내가 거부할 이유는 없겠 지. 자."

그녀는 흔쾌히 자신의 헤드 마이크를 내게 넘겨주었다. 그러면서 한마디를 덧붙였다.

"셋팅은 내가 적당하게 해놨으니까 나가면서 무대 관계자에게 말하면 돼. 아, 그리고 교복을 보아하니 아직 고등학생인 듯하고 또 나이도 내가 많은 것 같아서 초면부터 말을 놓았네. 용서해 줄 거지?"

"예, 물론이죠."

"그래, 다행이다. 어쨌든 기대하고 있을 테니깐 열심히 해봐."

"예, 고마워요. 그럼……."

나는 살짝 고개를 끄덕여 그녀에게 목례를 한 뒤 걸음을 옮겨 대기실을 벗어났다.

저벅. 저벅.

언제나처럼 마찬가지로 모든 조명이 꺼져 있는 무대는 너무도 조용했다. 평소에는 전혀 신경도 안 썼던 발걸음 소리가 너무도 귀에 거슬려 왔다. 여러 가지가 신경 쓰였다.

갑작스런 예선 신청과 더불어 자기가 할 것의 선정에 대한 난감함. 그때 어떤 곡 하나가 불현듯 떠오르기는 했지만, 미처 준비도 안 한 상태였기에 이 곡을 해도 좋을 것인가에 대해 많이 망설였다. 하지만 빨리 결정하라는 주변 사람들의 성화에 못 이겨 결국 지금 할 곡으로 선택해 버렸지만… 역시, 아무것도 준비가 안 된 상태였기에 많이 걱정되었다.

다행스럽게도 의상 문제는 해결되었고, 또 추가로 헤드 마이크까지 빌릴 수 있게 되어 라이브 시 마이크를 들고 춤을 춰야 했던 문제를 모면할 수 있었지만 이 곡의 포인트인 검은색 중절모는 준비하지 못했다. 그렇지만 이제는 더 이상 어떻게 할 수가 없다.

지금 내가 해야 할 일은 최대한 어릴 적의 기억들과 감각을 되살려 음악과 비트에 몸을 맡기고 내 목소리를 조합시키는 것뿐. 벌써 이미지 트레이닝은 수십 번을 한 상태이기에 이 구성은 지금 내 머리 속에서 생생히 살아 숨 쉬고 있는 상태였다.

얼마나 잘할 수 있을는지는 모른다. 다만 최선을 다할 뿐…

"따악!"

파앗!

내가 손을 들어 손가락을 튕기자 나를 향해 단 하나의 조명이 비춰졌다. 나는 고개를 들고 양팔을 벌려 싸늘한 밤 공기와 가슴을 짓누르는 듯한 무대의 압박 속에 내 몸을 맡겼다.

하나… 둘. 하나… 둘.

크게 숨을 고르며 떨리는 가슴을 진정시켜 본다. 차가운 공기가 폐부로 들어와 뜨겁게 달궈지고 있었던 내 가슴을 진정시켰다.

'흡!'

나는 오른손을 자연스럽게 펴서 얼굴에 가져가고 왼손을 하반신에 가져가 엉거주춤한 자세를 만들었다. 내가 그런 동작을 취함과 동시에 예선 공연전에 방송실에 부탁해 놓았던 MR에서부터 이 노래의 시작을 알리는 드럼 소리가 커다란 엠프를 통해 경쾌하게 울려 퍼졌다

"어? 이 노래 ……."

"설마……."

비록 곡의 시작을 알리는 일정 박자의 드럼 소리만 나왔지만 이미

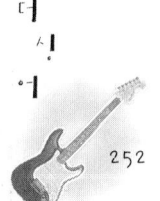

웬만한 관객들은 이 곡이 무슨 곡인지를 금세 눈치 채고는 깜짝 놀란 표정을 지었다. 나는 드럼의 비트에 맞춰 조금씩 몸으로 리듬을 타기 시작했다.

'설마 설마' 하던 사람들의 탄성 소리는 이제 거대한 함성으로 뒤바뀌었다.

"저 곡은……."

대기실에서 무대를 지켜보고 있던 사람들은 음악이 나오기 시작하자 얼굴을 찡그리며 묘한 표정을 지었다. 그들 주위에 떠돌던 고요함을 깨뜨리고, 남잔지 여잔지 성별을 알 수 없는, 사귄 지 얼마 안 되는 수호의 친구 진영이 아닌, 프리덤의 리더 김진영이 말문을 열었다.

"허, 나 이거 참… 빌리 진(Billie jean)이라니… 후우~ 혜정아, 네 남자 친구는 사람을 놀래키고 당황시키는 데에는 정말 일가견이 있는 모양이구나."

"그러게 말이야……."

"후우… 뭐, 어쨌든 좋아. 마이클 잭슨의 빌리 진이라… 그것도 라이브로 한다니… 후후후. 혜정아, 아무래도 오늘 네 남자 친구가 일을 저질러도 단단히 저지를 모양이다. 이미 진영 군도 멋지게 한번 저질러 버린 판국인데, 설마 했었던 수호까지도 그래 버릴 줄이야… 후후후, 어쨌든 두고 보자. 수호 군이 과연 얼마만큼이나 자신의 실력을 보여줄지 말이야."

진영은 거기까지 말한 뒤 입을 다물고는 다시금 고개를 돌려 무대를 바라보았다. 그리고 자신의 온 신경을 급속도로 집중시키기 시작했다.

대한민국. 서울. 그리고 동대문운동장에 위치해 있는 어느 패션타운의 무대.

한 명의 흑인 사내를 '킹 오브 팝(King of pop)' 이라는 위치에까지 오르게 만들었던 명곡이 지금 이곳에서 다시 한 번 그 위상을 발하려 용트림을 하고 있었다.

"어!? 저, 저 애는……."

민예는 가족이나 친척들이 아닌, 주변 사람 때문에 맹세코 지금처럼 놀라본 적은 없다고 생각했다.

처음 사회자가 강수호라는 귀에 익숙한 이름을 외쳤을 때 순간적으로 어느 얼굴이 떠올랐다. 왠지 멍해 보이는 얼굴과 특별히 잘생겼다 라거나 못 생겼다 라고 말할 수 없는 평범한 생김새… 비록 아침의 짧은 만남이었지만 만나게 된 경위가 워낙 범상치 않았던 탓이었는지 한동안 그 얼굴이 지워지지 않았다.

왜 그랬는지는 모른다. 하지만 분명한 것은 보통 사람들과는 다르게 두 마음, 두 뜻을 품고 항상 이상한 생각을 지니고 있지 않을지도 모른다는 근거없는 생각과 조심스러움은 강수호라는 녀석 앞에서만큼은 이상하게 통용되지가 않았다.

뭐랄까? 분위기 자체가 너무 자연스럽고 또 편하다고나 할까? 그렇기에 어쩌면 아침에 그렇게 부산을 떨 수가 있었고, 또 헤어질 때의 인사도 나름대로는 여운을 남길 수가 있었을 것이다.

헤어진 지 이제 삼 일. 마치 옛날이야기에서처럼 한눈에 반해 못 잊겠다거나 하는 것은 절대로 아니었다. 만약 이 세상에 첫눈에 반한다는 것을 제일 안 믿는 사람이 있다면 그것은 바로 자신일 것이라고 당당하게 말할 수 있을 정도로 그녀는 로맨스라는 단어와는 상당히 거리가 멀었다.

단순히 기억에 남는 것이라면 그때 같이 있었던 서울예고에 다닌 다던 그 이상한 성격의 남학생도 기억에 남기는 마찬가지였다. 하지만 당시에는 세세하기만 했었던 그 인상이 지금에 와서 무척이나 흐릿하게 남아 있을 뿐이었고, 기억나는 것이 있다면 '잘생겼더라'와 '좀 시끄럽더라'라는 정도만이 뇌리에 남아 있을 뿐이다.

하지만 수호는 달랐다. 특별히 잘생긴 것도, 그렇다고 화술이 좋은 것도 아니었고 단순히 생긴 것이라면 그곳에 있었던 모든 사람들 중 제일 못생겼었다고 말할 수 있을 정도로 수호는 평범하게 생겼었다. 화술 또한 결코 자신이 잘못한 것이 없었음에도 불구하고 계속 자신에게 밀려 결국에는 잘못을 인정하고 조용히 앉아 있어야만 했던 그런 억울함을 느껴야 했을 정도로 말빨 또한 없었다.

그런데! 도대체! 왜!

수호는 계속해서 자신의 머리 속에 남아 있을 수가 있었던 것일까?

'차라리 잘됐어. 오늘… 반드시 확인해 봐야지.'

그녀는 그렇게 결심을 굳히며 무대 위의 수호에게로 눈빛을 굳혔다.

어두운 무대 위.

저벅. 저벅. 저벅. 저벅······.

검은색 인영이 무대의 왼편에서 모습을 드러냄과 동시에 크나큰 발자국 소리는 무대를 보고 또 소리를 듣는 이들의 심장을 서늘하게 한다.

저벅.

발자국 소리가 멈춘 것은 검은색의 인영이 무대의 가장 중앙이라고 할 수 있는 부분에 도착한 뒤였다. 고개를 숙인 채로 잠시 침묵을 지키고 있던 인영은 잠시 후 조심스레 고개를 들어 하늘을 쳐다보았다.

"따악!"

화악!

오른손을 들어 손가락을 튕기자 커다란 조명이 어두운 무대에 잠식되어 있던 검은색의 인영을 환하게 밝혀주었다. 검은색의 인영, 그는 또다시 조심스럽게 몸을 움직여 다리를 모으고 팔을 좌우로 벌렸다. 마치 푸른 창공을 가르는 독수리의 자유스러운 모습을 그대로 옮겨다 놓은 것만 같았다.

그러다가 어느 순간!

"휙!"

쿵~쾅! 쿵~쾅! 쿵~쾅! 쿵~쾅!

왠지 익숙하게 들리는 드럼 비트가 귓가를 울리기 시작하면서 검은색의 인영 또한 엉거주춤한 자세를 취하며 익숙한 포즈로 비트에 몸을 맡기기 시작했다. 그 모습을 알아본 수많은 이들이 가슴속에서부터 끓어오르는 함성을 주체하지 못하여 입에서 입으로, 자신들의 모든 기력들을 무대를 향해 있는 힘껏 발산시키기 시작했다

"와아아아아!!"

엄청난 함성이었다. 그 모습을 보고 있는 나조차도 벅차오르는 기대감에 어느새 관객들과 하나가 되어 크게 소리를 지르고 있었다. 소년의 팔과 다리가 차가운 공기를 휘저으며 자신을 비추는 단 한 줄기의 조명 속에서 화려하게 빛을 발하기 시작했다.

아직 고등학생으로 보이는 무대 위의 소년은 벌써부터 무대를 꽉채우고 있었다. 저 모습을 보자니 저 소년은 적어도 춤에 관해서는 일반 아마추어의 수준을 이미 뛰어넘었다는 생각이 든다.

아, 그렇다고 벌써 프로의 경지에 올랐다는 이야기는 아니다. 뭐라고 설명해야 하나… 그래, 말하자면 세상천지에 깔려 있는 수많은 아마추어들 중에서도 프로라는 관문을 바로 눈앞에 두고 있는, 이른바 프로 아마추어라고 설명하면 될까? 그만큼 소년의 동작에는 어색함이나 군더더기 따위는 보이지 않았다.

뭐, 요즘 신세대 그룹들의 안무들과 이 곡의 춤을 비교한다는 것 자체가 좀 우습긴 하지만, 어쨌거나 이 곡은 스탠딩 댄스의 대가, 그

리고 킹 오브 팝이라고 칭해지는 마이클 잭슨의 춤이다. 결코 우습게 볼 만한 성질의 것이 아니었다.

　마침내 전주가 끝나고 노래가 시작되었다. 강수호라는 이름의 소년은 머리 오른쪽에 착용하고 있는 헤드 마이크에 손을 얹어놓은 뒤, 하반신으로는 계속 비트를 맞추며 노래를 부르기 시작했다. 정말 영락없는 마이클 잭슨이었다.

She told me her name was billie jean.
as she caused a scene
Then every head turned with eyes that drearned of
being the one
Who will dance
on the floor
in the round
그녀는 영화 속에서 나온 아름다운 여왕 같아.
난 그렇지 않는다고 말했지만 너에게 나쁜이라는 의미는 뭐지?
클럽 안 무대 위에서 누구 춤을 출 것인가?
그녀는 무대 위에서 춤을 출 사람은 나뿐이라고 했지.
그녀는 자신의 이름을 빌리 진이라고 했어. 마치 그녀는 무대
가 있는 이유 같았지.
다음엔 모두들 하나가 된 듯한 눈으로 머리를 흔들어댔지.
누가 클럽 안 무대 위에서 춤을 출 것인가?

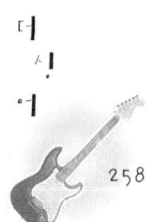

소년의 목소리는 상당히 불투명했다. 어떤 때는 소리가 맑았고 또 어떤 때는 거칠다 싶을 정도로 소리가 와일드했다. 하지만 분명한 것은 듣기에 결코 나쁘지 않았다는 점이었다. 아마 이 상태로만 나간다면 다른 이들 못지 않은 감동적인 무대를 보여줄 수가 있을 것 같았다. 아니, 오히려 더 멋있는 '무언가'를 보여줄 수가 있을지도 모르겠다.

아주 잠깐이었지만… 10여 년 동안 함께 했었던 스카우터로서의 감각은 소년의 미래에 대한 기대로 나를 몹시도 흥분시켰다.

People alway told me be careful of what you do
And don't go around breaking young girls heart
She came and stood right by me
Then the smell of sweet perfume
This happened much too soon
She called me to her room!
사람들은 항상 내게 말했어, 네가 하는 것을 조심하라고.
그리고 어린 소녀의 마음을 아프게 하는 짓은 하지 말라고.
그리고 어머니는 항상 너의 사랑을 조심하라고 말했지.
그리고 네가 하는 일도 조심하라고.
왜냐하면 거짓말이 진실이 되니까!

전체적 분위기는 점차 상승 곡선을 타고 오르며 절정을 향해 조금씩, 그러나 강렬한 속도로 치닫기 시작했다. 소년의 목소리에 미성 대신 와일드함이 그 자리를 차지하기 시작하며 그 속에 약간이나마 실려 있는 비트는 더욱 거세지기 시작했다. 아예 목소리자체가 빌리 진이라는 음악의 비트 속에서 강렬히 춤을 추는 것같았다.

Bille Jean is not my lover
She's just a girl who claims that I am the one
빌리 진은 나의 연인이 아니야
그녀는 단지 나뿐이라고 말하던 소녀였을 뿐이야.

원래 이 곡을 가지고 공연하는 사람들이 지금의 이 후렴 부분을 라이브로 그것도 춤을 추면서 부르게 되면, 제 아무리 목소리를 높이올릴 수 있는 사람이라고 할지라도 호흡 문제와 체력적인 문제, 이부분의 음역에 대한 노래하는 당사자의 미숙한 처리 문제 때문에 초반에는 잘 나가다가 후반에 와서는 결국 실수해 버리는 것이 일반적인 관례였다.

그러나 일개 고등학생밖에 안 되는 이 소년은, 비록 그들보다는 기량이 딸린다 할지라도 자신이 가지고 있는 이 곡에 대한 '이해'와 '노련미'로서 부족한 부분을 훌륭하게 커버하고 있었다.

목소리가 더 이상 올라가기 힘들 때에는 더욱 거칠고 와일드한 목소리로 나름대로 자신만의 감각을 실어 넣었고, 호흡이 부족해서 뒷부분의 가사를 이어가기가 힘들 때에는 비음을 짧게 터뜨린다거나 하는 방법들을 이용하여 곡에 대한 흥미를 살려내었다.

그것들은 배운다고 할 수 있는 것이 아니었다. 선천적인 감각, 바로 그것이 없으면 제아무리 경력이 오래된 프로 가수라 하더라도 도저히 할 수 없는 것이 순간적인 실수에 대한 매끄러운 처리였다.

공연을 하다가 실수를 하여 그 실수를 그대로 노출시킨 뒤 어색한 미소를 지으며 넘어가는 것하고, 실수를 하였다 하더라도 다른 어떠한 방법을 사용하여 훌륭한 애드립으로 그것을 타개하는 것하고는 그 차이가 천지 차이다.

흔히들 세계 정상 급 가수라고 불리우는 이들의 대부분은 모두가 어렸을 적부터 이러한 '자질'들을 지니고 있었고, 자의로든 타의로든 그 자질을 어느 순간부터 발견하여 키울 수가 있었기에 그들은 최고라는 칭호를 얻을 수 있었다.

그런 그들과는 달리 일평생 자신의 자질과 가능성을 알지 못한 채 삶과 일에 쪼들려 보내는 사람들도 많이 있었다. 과연 저 소년이 자신의 그러한 가능성을 알고 있는지 어떤지는 모르겠지만… 내 눈에 뜨인 이상, 난 절대로 저 소년을 이대로 아깝게 보내지 않을 것이다. 그리고 저 소년과 더불어 그 정체를 알 수 없는 두 명의 여인(?)들도 결코 그냥 넘기지는 않을 것이다.

좋아! 이 공연이 끝나자마자 찾아가 봐야 되겠군.

But the kid is not my son

She says I am the one, but the kid is not my son

그 아이는 나의 아들이 아니야

그녀는 나뿐이라고 말해. 그렇지만 그 아이는 나의 아들이 아니야.

For forty days and forty nights

the law was on her side

But who can stand when she's in demand

Her schemes and plans

'cause we danced on the floor in the round

So take my strong advice, just remember to always

think twice

40일 밤낮으로

법은 그녀의 편을 들어줬지.

하지만 그녀가 음모하고 계획한 것을 말했을 때

누가 알 수 있겠어?

왜냐면 우린 클럽 안 무대 위에서 춤을 췄으니까.

그리고 내 강한 충고를 새겨봐, 항상 두 번 생각해 봐.

She told my baby that a threat

as she looked at me

Then showed a photo of a baby cries

eyes would like mine

go on dance on the floor in the round, baby

그녀는 나의 아이라며 날 위협했어.

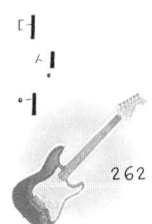

262

마치 그녀가 날 보는 것 같았지.

다음엔 아이가 울고 있는 사진을 보여줬지.

눈이 마치 나와 같아.

계속 클럽 안 무대 위에서 춤을 춰, 그대여.

"오오오!"

계속해서 탄성이 연달아 터져 나왔다. 어린 나이에 저렇게 멋진 라이브를 소화해 낼 수 있다는 것에 대해 관객들은 진정으로 감탄을 한 것 같았다.

물론 전문가인 내 입장에서 바라보면 저 소년에게는 어느 부분들에 있어서 적지 않은 어색함과 안타까운 순간들이 눈에 보인다. 하지만 그것은 지금 저 소년의 연령을 생각해 보면 그다지 큰 문제가 될 게 없었다. 그것은 배우면 해결이 되는 문제이기 때문이다.

People alway told me be careful of what you do
And don't go around breaking young girls heart
사람들은 항상 내게 말했지. 네가 하는 것을 조심하라고
그리고 어린 소녀의 마음을 아프게는 하지 말라고.

비록 무대와는 멀리 떨어져 있지만 저 소년이 점차 힘들어하고 있다는 것이 보이기 시작했다. 체력적인 문제와 기량 부족으로 힘들다

는 것이 아니다. 이유는 모르겠지만 어디가 아파서 그곳에 무리가 온 탓에 힘들어하는 것 같았다. 비록 정신없이 열광하고 있는 관객들은 모르겠지만… 아마 음악이나 공연에 대해 좀 안다고 자부하는 이들은 눈치 챘을 것이다. 저 소년이 다른 이유로 지금 몹시 무리를 하고 있다는 것을……

She came and stood right by me
Then the smell of sweet perfume
This happened much too soon
She called me to her room
Yes~!
그녀는 와서 내 옆에 서 있었어.
다음엔 달콤한 향수의 향기를 풍겼지.
이건 너무 빨리 일어난 일이야.
그녀는 그녀의 방으로 날 불렀어.

Bille Jean is not my lover
She's just a girl who claims that I am the one
But the kid is not my son
빌리 진은 나의 연인이 아니야.
그녀는 단지 나뿐이라고 주장하던 소녀였을 뿐이야.
그 아이는 나의 아들이 아니야.

다
시
어

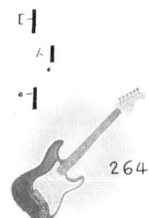

이제는 소년의 목소리가 조금씩 갈라지기 시작했다.

"어?"

"뭔가 이상한데?"

"어째 목소리가……."

그것은 전문가가 아닌 이들도 알아차릴 수가 있을 정도여서 이 변화를 뒤늦게야 느낀 관객들은 함성을 지르던 것들을 멈추고 저마다 이상하다는 표정으로 무대 위의 소년에게 다른 눈빛을 주기 시작했다.

대부분의 관객들은 그제야 소년이 적지 않은 고통 속에서도 지금껏 무리를 하고 있었다는 것에 대해 동정과 연민의 말들을 쏟아내었다. 그들의 눈에 안타까움이라는 감정들이 하나둘씩 떠오르기 시작하고 그런 관객들의 반응을 아는지 모르는지 소년은 오직 노래를 부르고 춤을 추는 것에 집중하고 있었다.

Bille Jean is not my lover
She just a girl who claims that I am the one
But the kid is not my son
She says I am the one, but the kid is not my son
빌리 진은 나의 연인이 아니야.
그녀는 단지 나뿐이라고 주장하던 소녀였을 뿐이야.
그 아이는 나의 아들이 아니야.
그녀는 나뿐이라고 말하지만 그 아이는 나의 아들이 아니야.

마이클 잭슨처럼 선천적인 미성이 아니었기에 소년은 무리를 해서 진성으로만 노래를 불렀다. 편한 것을 생각하자면 가성으로 노래를 부를 수가 있었겠지만, 만약 그렇게 한다면 고조되었던 분위기가 순식간에 추락할 위험이 있었기에 소년은 계속해서 진성만을 고집하여 노래를 부른 것이다.

무대에 마련된 커다란 스크린을 통해 소년의 모습이 크게 확대되어 눈에 들어왔다. 더운 날씨임에도 불구하고 마치 한바탕 소나기를 맞은 것처럼, 소년의 얼굴은 땀으로 범벅이 되어 있었다. 그것은 검은색 정장 마의 속의 흰색 티셔츠 또한 마찬가지였다.

그러나 그 모든 것들을 제쳐 두고 가장 눈에 뜨이는 두 가지가 있었다. 그것은 바로 소년의 목에 세워져 있는 힘줄과 핏대, 그리고 소년의 입에서 흘러나오는 아주 가느다란 선혈이었다. 물론 그것은 소년이 재빨리 소매로 훔쳤기에 왠만한 눈치가 아니고서는 그것을 목격하지 못했을 것이다.

두둠. 둠. 두둠~!

드디어 댄스 타임이다. 소년은 검지손가락 하나를 세우고 그것을 관객들에게 향한 뒤 박자에 맞추어 마이클 잭슨 특유의 비성음을 터뜨리며 관객들의 환호를 유도해 내었다. 곧 이어 소년에게서 나올 유명한 장면을 그리며 관객들은 소년의 의도에 따라 크게 호응해 주었다. 그런 그들에게서는 방금 전까지 보여졌었던 소년에 대한 걱정은 이미 사라지고 있었다.

"와아아아!!"

곡이 흐르면서 나는 점차 옛 사고의 상처가 되살아나는 것을 느꼈다. 목이 답답해지며 서서히 고통이 찾아왔던 것이다. 하지만 지금은 공연 중, 나는 어떻게 해서라도 이 공연을 성공적으로 이끌어야 했다. 그것은 누구를 위해서라기보다 내 자신의 자존심과 이 곡에 담겨 있는 프라이드의 문제이다. 기껏 옛 상처의 휴우증 때문에 이 곡을 망쳐 버린다면 나는 나중에 음인이 녀석과 인수 녀석을 만나게 되었을 때 당당히 고개를 들며 통쾌하게 웃을 수 있는 그러한 명목을 잃어버리게 될 것이다.

빌리 진.

제일 처음으로 배웠었고 또한 죽어라 연습했었던 추억의 곡이 아니던가!

Bille Jean is not my lover
She just a girl who claims that I am the one
But the kid is not my son
빌리 진은 나의 연인이 아니야.
그녀는 단지 나뿐이라고 주장하던 소녀였을 뿐이야.
그 아이는 나의 아들이 아니야.

그러나 후반부가 진행될수록 점차 괴로워지기 시작했다. 사고의 휴우증이야 그동안 전혀 생각하지 않았던 탓에 다 나은 줄 알

267

가수왕 선발대회

고 있었건만… 그것이 아닌 모양이었다. 전에 'Shape of My Heart'를 불렀을 때에는 목에 별다른 무리가 오지 않았기에 괜찮은 줄 알았는데… 역시 빌리 진 같은 난이도 높은 곡은 무리였던 모양이다.

그냥 가만히 서서 노래를 부르는 것만도 힘들었을 텐데, 하물며 춤을 춰가며 부르는 지금은 어떻겠는가. 말 그대로 나는 지금까지 목을 혹사시키며 '소리를 지르고' 있었던 것이다.

세계 최고의 가수를 꿈꿔왔던 나였기에 지금의 무대는 나 자신에게 0점이라는 점수를 내릴 수밖에 없는 아주 형편없는 무대였다. 만약 이 자리에 음인이와 인수 녀석이 있었다면 당장 그만두라며 이 공연을 중지시켰겠지만 지금은 그 녀석들이 없다. 그것 때문이 아니더라도 나 역시 최선을 다하는 것이 앞서 공연했던 다른 이들과 끝까지 지켜봐 주고 있는 관객들에 대한 최소한의 예의라고 생각했기에 공연을 끝까지 해야만 했다.

She says I am the one, but the kid is not my son
그녀는 나뿐이라고 말하지만 그 아이는 나의 아들이 아니야.

이제 후렴의 마지막 전주다. 이제 이 부분에서 조금이나마 목을 쉴 수가 있을 것이다.

일렉기타 소리가 어지럽게 음률을 쏟아내기 시작했다. 나는 약간 앞으로 나아가 박자에 맞추어 짧게 비성을 터뜨리며 관객들의 환호

를 유도했다. 내가 무리를 하고 있다는 것을 어떻게든 관객들이 알게 해서는 안 되었기 때문이다.

"와아아!"

큰 환호가 다시금 나를 덮쳐 왔다. 나는 제자리에 멈춰 선 뒤 살짝 몸을 옆으로 돌렸다. 그리고 마이클 잭슨과 빌리 진! 하면 떠오르는 이 곡의 최대 요점 포인트인 달 위에서의 걸음, 바로 문 워킹을 시도하기 시작했다.

스윽— 스윽—

워낙에 쉬운 춤이라 힘들지 않게 쉽게 출 수 있었지만, 이런 내 입장과는 달리 그것이 신기해 보였던 관객들은 지금까지와는 비교도 할 수가 없는 함성들을 마구 토해내기 시작했다.

한참을 문 워킹을 사용하여 뒤로 걷던 것을 멈춘 나를 그 자리에서 스핀을 먹여 서너 바퀴 가량 회전시킨 뒤 두 다리를 굽히고 발 앞쪽만을 사용한 채 몸을 지탱하는 마이클 잭슨 특유의 춤을 다시 한 번 시도했다. 역시 어렵지 않은 동작인 탓에 무리없이 성공해 낼 수 있었다. 그것을 성공시킴과 동시에 나는 바로 다음에 이어질 노래를 부르기 시작했다.

이제 조금 있으면 노래가 끝난다. 목이 조금만 더 버텨주기만 한다면 이 공연은 무사히 마칠 수가 있다. 제발… 그때까지만이라도 내 목이 버텨주기를…….

"정말… 대단하다."

"그렇지? 나도 그렇게 생각해."

"……"

정말 오늘은 놀라기 위해 준비되어진 날인 것 같았다. 프리덤…
이쪽 바닥에서는 단연 최고로 꼽히는 아마추어 댄스 팀인 그들. 춤
이라면 그 누구에게도 안 뒤질 자신이 있었으며, 또 공식적인 무대
에서의 공연이라면 프로에게도 안 뒤질 것이라는 자부심이 가득했
기에 그들에게 있어 오늘의 무대는 더욱 깊은 뜻을 지니고 있었을지
도 몰랐다.

그러나 그들은 더 높은 벽을 올려다볼 수가 있었고, 또 그 위로 솟
은 거대한 산봉우리를 바라볼 수가 있었다. 그들의 자신들보다 출중
한 이들의 공연을 볼수록, 그들의 자존심은 깨어졌고 자신들은 아직
멀었다는 것을 통감하게 되었다.

사실 누구든지 두근거리는 마음으로, 그리고 자신에게 다가올 화
려한 미래를 상상하는 것으로 이 세계에 처음 입문하게 된다. 그리고
는 춤과 음악을 사랑하는 마음과 누구에게도 뒤지지 않겠노라 하는
결심만 있으면 언젠가는 반드시 자신도 드넓은 창공을 날아다닐 수
가 있을 것이라 생각을 했다.

하지만 정작 들어서고 본 이 세계의 현실은 결코 자신들이 상상했
었던 그런 만만한 성질의 것이 아니었다. 너무도 험하고 치열했으며
더러는 삶이라는 너무도 귀중한 한 단어를 이 세계 때문에 포기하는
이들도 있었다. 결국 시간이 지나고 베테랑이 되어갈수록 마음은 점
점 퇴색해져 갔으며, 결국 춤과 음악을 사랑하는 마음과 열심히 해

보겠다는 열정, 그리고 푸른 창공의 꿈은 산산이 부셔져 버리고 말았다.

관객들의 함성과 박수도 자신들의 공연에 대한 당연한 대가로 여기게 되었으며, 이제는 그로 인해 기뻐하는 마음들도 점차 사라져 버리고 말았다. 벌써 이 세계가 지겹다고 평범한 일상으로 떠난 친구들도 있었고, 여러 사정으로 인해 '안 하는 것'이 아니라 '못하는 것'이 되어버려 억울하고 아쉬운 마음을 접어두며 떠난 친구들도 꽤나 되었다. 아예 크게 성공하지 못하면 언젠가는 반드시 이 세계를 떠나게 된다는 것은 모든 댄서들의 암묵적인 규칙이 되어 있었던 터였고, 어느 사이엔가 자신들 또한 그것을 받아들여 뜨거웠던 초심은 점점 차갑게 식어가고 있었다.

그런데…….

"이거… 연습 좀 해야겠다."

"화나는데……?"

분노의 불길이 마음속 깊은 곳에서부터 서서히 타오르기 시작했다.

저렇게 멋진 공연을 해내지 못하는 자신들에 대한 분노와 괜히 저런 공연을 보여줘서 자신들을 타오르게 만든 강수호라는 소년에 대한 분노.

"정말 짜증난다."

"후우우……."

이제는 온몸이 부들부들 떨린다. 그냥 이렇게 지켜보고만 있어야

가수왕 선발대회

한다는 것이 너무나도 억울했다.

　그동안 너무도 교만했고 나태했었던 것 같다. 자신들이 알지 못하는 사이 춤과 음악이라는 것을 너무 쉽게 생각하고 있었던 것이다. 그리고 그것에 대한 결과는 지금 이렇게… 비참한 기분으로서 다가오고야 말았다.

　"형, 저희들 먼저 가보면 안 될까요?"

　"갑자기 바쁜 일이 생겼어요."

　결국 분노는 뜨거운 열정으로 승화되어 그들이 지금 해야 할 일을 상기시키고야 말았다. 진영은 그들의 모습을 바라보며 그저 웃을 수만은 없었다. 저들이 느끼는 감정을 진영, 자신 또한 똑같이 느끼고 있었기 때문이다.

　"안 돼. 아직 공연이 끝나지 않았다. 지금 자리를 뜨는 것은 최선을 다해 자신의 모든 것을 보여주고 있는 저 소년에 대한 예의가 아니야. 무릇, 프로라는 자부심을 가지고 있는 자들은 실력에 대한 프라이드만큼이나 그에 상응할 만한 예의도 갖춰야 하는 법이지. 너희들의 심정은 잘 알겠다만… 이 공연이 끝날 때까지 참아라."

　그리고 새겨둬라. 지금의 이 분노를… 이 한마디를 더 덧붙이고 싶었지만 차마 말이 나오지 않았다. 진영이 거기까지 이야기한 뒤 다시 고개를 돌려 무대를 바라보았다. 그 모습을 보며 또 다른 진영은 살짝 미소 지었다. 그 미소는 마치 전쟁에서 승리한 군주의 그것과도 비슷하다.

'좋아. 잘했어, 수호야. 이번 게임은… 우리들의 승리야.'

무대의 반사 조명에 비춰진 수호를 향한 진영의 미소는 더욱 짙어
지기 시작했다.

혜정은 자신이 지금 느끼고 있는 감정들을 도저히 용납할 수가 없
었다.

'말도 안 돼… 도저히 인정할 수가 없어. 하지만……'

처음에는 그저 지루했었던 자신의 삶을 그나마 재미있게 해줄 것
같았던 장난감을 발견했다고 생각했었다. 그것은 미국에서 그 사람
에게… 수호의 과거를 들었을 때에서부터 비롯되었다.

솔직히 강수호란 이름을 가진, 너무도 존재감없는 짝을 만났을 때
에는 적잖은 실망감을 느꼈었다. 대단한 무언가를 지니고 있는 그런
특별한 짝을 원했던 것은 아니었지만, 그래도 짝이라고 정해진 남자
가 공부를 잘하는 것도, 그렇다고 외모가 특출난 것도 아닌, 말 그대
로 '대한민국의 지극히 평범한 고등학생' 이라는 것은 어렸을 적부터
신데렐라 드림을 꿈꿔왔던 혜정에게 있어서 크나큰 낭패였던 것이
다.

정말 황당했다. 그 강수호라는 이름을 가진 못돼먹은 짝은 당시만
해도 주목받는 신인 아이돌이라고 각종 매스컴에서 그렇게도 떠들어
댔었던 자신을, 처음부터 존재하지 않았던 것처럼 아예 신경도 쓰지
않았다.

보통 사람이었다면 자신과 친해지려 부단히 노력한다거나, 또는

자신에게 잘 보이려 웃기지도 않은 배려를 하려고 애를 썼을 텐데…
그 녀석은 그것이 없었다. 오히려 '넌 그거 할 테면 해라, 난 이거나
하고 있으련다' 이런 식이었고, 심지어 아예 김혜정이라는 존재를 인
식하지 못하는 듯 눈길을 주지 않음은 물론이요, 말 한 번 붙여보지
않았으니 당시의 그녀에게 있어서 생각만 해도 분통을 터지게 하는
한 가지를 꼽자면 바로 이것이었다.

어느 날, 그녀는 여러 가지 일 때문에 미국으로 가게 되었다. 스케
줄에 맞추어 이런저런 일을 하던 중, 그녀는 당시 어떤 사람을 만나
게 되었고 또 그 사람과 이야기를 하던 중, 수호에 관한 이야기를 하
게 되었다.

그녀는 수호의 이름을 들먹이며 세상에 그런 재수없는 자식은 처
음 봤다며 험담을 했다. 무슨 말을 해도 상대는 무표정으로 자신의
말을 일관해 왔었기에 그녀는 분위기 쇄신의 희생양으로 수호를 선
택했던 것이다.

옛말에 이르기를 세상에서 가장 즐거운 것은 평소 자신이 미워했
었던 상대의 불행을 지켜보는 것과 거대한 규모로 불장난을 하는 것,
그리고 마지막으로 남의 험담을 하는 것 이 세 가지라고 하지 않는
가. 물론, 그것이 나쁜 일이라는 것은 어렸을 적부터 정상적인 교육
을 받아왔던 그녀였기에 너무도 잘 알고 있었지만 그래도 어쩔 수 없
었다.

그녀는 자신과 대화하는 상대가 자신의 말에 관심을 보이지 않는
것을 너무도 싫어했다. 평소 그런 것을 즐기지 않고, 특히 남의 험담,

속어로 뒷담이라고 말들을 하는 것을 별로 좋아하지 않던 그녀였기에 그것에서 오는 죄책감은 이루 말할 수가 없었다. 그런데 상대가 상대인지라 차마 화를 낼 수가 없었다는 것은 그녀에게 있어서 최대의 낭패였던 것이다.

그러나 그녀는 거기서 예상외의 성과를 얻게 되었다. 아니, 어쩌면 너무도 다행스러운 성과를 얻게 되었다고 해야 했을 것이다. 이제껏 무표정으로 대화를 해오던 상대가 점차 반응을 나타내기 시작했으니 말이다.

그것을 본 혜정은 참으로 다행이다라고 한숨을 내쉬었지만 이제껏 냉막하던 상대가 왜 갑자기 이런 반응을 보이는지에 대해 의구심을 갖기 시작했다. 혹시, 자신의 이야기가 재미있어서 그러는 건가 하고 생각해 보기도 했지만, 단순히 그 이유 때문이라면 저렇게 진지한 표정으로 무엇을 생각할 리가 없었다. 결국, 혜정은 그의 생각이 끝나기를 기다리는 수밖에 없었다.

잠시의 침묵 끝에 마침내 '그 사람'은 입을 열었다.

'당신이 이야기하는 그 강수호라는 친구… 혹시 동생과 단둘이 살고 있지 않은가? 그 동생의 이름은 강지훈이라고 하는데…….'

그러고 보니 강수호는 어렸을 적부터 부모님을 모두 잃어 소년 가장이 되었다고 들은 적이 있었다. 특히 그 동생 강지훈은 형인 수호와는 다르게 모든 면에서 무척이나 유명했고, 또한 인기까지 있었기에 아무리 학교에 관심없는 그녀였다고는 하지만 학교 최고의 인기인인 강지훈에 대한 소문만큼은 들었던 적이 있었다.

그것을 상기해 낸 혜정은 고개를 끄덕였다. 순간, 상대의 표정
은 환희로 뒤바뀌었다. 상대의 표정은 마치 헤어졌던 이산가족을
찾았다는 소식을 접한 사람만큼이나 기쁨으로 가득 차기 시작했
고, 급기야 만세를 부르기까지 하며 큰 소리로 웃음을 터뜨려 댔
다. 그의 그러한 반응을 알 리가 없었던 혜정은 그가 진정하며 자
신의 사정을 말해 주기까지 궁금한 표정을 지으며 기다려야만 했
다.

시간이 지나고 그와 수호의 관계를 모두 들은 그녀는 경악을 느껴
야만 했다. 몹시도 평범하게만 생각되어졌었던 자신의 짝에 대해 그
녀는 다시 한 번 생각하게 되었다. 특별함이라고는 눈을 씻고 찾아봐
도 발견해 낼 수 없었던 강수호가, 사실은 그런 과거를 가지고 있었
다는 것에 대해, 그리고 눈앞에 있는 저 인물과 그런 관계였었다는
것에 대해 그녀는 입을 다물 수 없었다.

그때부터였다, 그녀가 강수호라는 인물에 대해 본격적으로 관심을
갖기 시작한 것은……

한국에 다시 돌아오고 난 후의 첫 스케줄, 바로 거기서 그녀는 수
호를 발견해 내었고, 미국에서의 결심대로 그녀는 수호의 진실한 모
습에 대해 알아보려 순서에도 없었던 게스트 초청이라는 것을 생각
해 내어 수호를 시험하기 시작했다.

그리고 첫 시험.

강수호는 자신의 예상을 훨씬 뛰어넘는 모습을 보여주어 자신을
놀라게 하더니 이제는 아주 자신을 공개적으로 물을 먹이기까지 하

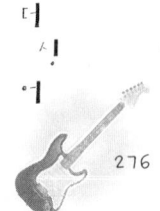

276

였다.

혜정은 여의도 공원에서 수호의 분노가 섞인 말을 들었던 그때를 지금도 잊지 못했다. 왜 그랬는지는 모르겠지만 집에 가서 눈이 붓도록 펑펑 울었다. 부모님이 그 이유를 물어봤지만 그녀는 방문을 꼭 걸어 잠그고 울기만 했으며, 당시의 상황을 알고 있는 오빠인 진영만이 그 이유를 아주 어렴풋이나마 짐작했을 뿐이다.

날이 가면 갈수록, 그리고 수호를 보면 볼수록 수호에 대한 그녀의 생각은 점차 바뀌어져 갔다. 장난이었던 반이라는 공간은 갈급함이라는 감정으로 채워져 버렸고, 나머지 반 또한 자신도 알 수 없는 여러 가지 복잡한 심정들로 채워져 버렸다. 어떤 때는 약이 올라 그로인해 화가 나기까지 했고 또 어떤 때는 괜스레 소유욕이 솟구쳐 오르고 원망스러움마저도 자리를 잡았다.

그때는 그 이유를 전혀 알 수가 없었다. 그러나 지금은… 희미하게나마 알 수 있을 것만 같았다. 물론 그것이 확신으로 다가온 것은 아니었지만… 물음표는 곧 느낌표로 바뀌어질 것이다.

'강수호… 강수호…….'

그녀는 자신의 눈과 마음을 지배하고 있는 한 인물을 떠올리며 계속해서 그 이름을 되뇌였다.

음악은 마지막으로 치닫고 있었다. 마치 물먹은 솜처럼 몸과 마음이 점점 무거워지기 시작했지만 여기서 멈출 수는 없었다. 아무리 힘들어도 즐겁고 신나게, 그것이 바로 무대에 서는 자들이 가져야 할 필수적인 마음가짐이니깐 말이다.

Bille Jean is not my lover.
Bille Jean is not my lover.
Bille Jean…….

 이제 곡의 모든 구성이 끝나고 계속해서 후렴구만 반복되고 있다. 생각 같아서는 이 음이 끝난 뒤 모타운 쇼에서 보여주었던 그때의 그 쇼를 재현해 보고 싶었지만… 지금 상황으로는 무리라는 것이 나의 솔직한 심정이었다.
 목이 아프지, 몸이 아픈 것은 아니지 않느냐 라고 말하는 사람도 있을 것이다. 하지만 만약 그렇게 외치는 사람이 내 눈앞에 나타나게 된다면 난 그 사람의 아구창을 날려 버리며 멱살을 잡고 이렇게 외칠 것이다
 '내가 마이클 잭슨이냐? 내가 프로 가수야? 불만있으면 네가 한번 해봐! 해봐!!'
 내가 정식으로 여러 가지 교육들과 트레이닝들을 거친 프로 가수가 아닌 이상, 지금 보여주고 있는 그 이상의 것을 발휘하라고 하는 것은 너무도 무리한 요구이다. 거기에 교통사고의 휴우증이 남아 있는 한 더 더욱 그렇다.
 쳇! 이 노래 다음에 이어질 쇼가 내가 제일 자신있어 하는 부분인데… 정말 아쉽군.

쿵쾅~ 쿵쾅……

점차 소리가 작아지더니 마침내 노래는 끝을 맺었다.

"와아아아!!"

다시금 엄청난 함성이 나를 휘감았고 나는 감사의 답례로 관객들에게 고개를 숙여 보인 뒤 대기실로 향했다.

"……"

"……"

대기실은 몹시도 조용했다. 특히 프리덤의 멤버들 모두는 가만히 입을 다문 채로 내 얼굴을 쳐다보기만 하고 있었는데… 그 눈빛이 심상치가 않아 나는 나도 모르게 침을 꿀꺽 삼켜야만 했다.

나 없는 사이에 무슨 일이라도 있었나? 왠지 무섭네…….

"수호야! 정말 멋있었어! 최고였어! 하하하!"

그러나 이 삭막한 분위기를 타파하며 내 귀에 박히는 익숙한 목소리가 있었으니 바로 성별을 알 수 없는 친구, 하진영이었다.

진영이는 내 어깨에 자신의 오른팔을 걸치며 유쾌하게 웃음을 터뜨렸다.

"이야~! 설마 했지만 춤 실력만이 아닌 노래 실력도 이렇게 뛰어났었다니… 너 지금 당장 가수해도 되겠다? 하하! 아, 그건 그렇고… 왜 그런지는 모르겠는데 네 공연이 끝나니깐 내 속이 엄~청나게 시원해진 것 있지? 넌 안 그러냐? 응? 하하하!"

진영이의 말속에는 가시가 가득했다. 과연 그 가시가 누구를 향한

것이었는지는 직접 입 밖으로 꺼내지 않았지만 그것이 프리덤 멤버
들을 향한 거라는 것은 우리 일과는 상관없는 그 누구라도 눈치 챌
수 있었을 것이다.

곧 일어날 분란을 생각하니 머리가 지끈거려 오기 시작했다.

"……."

"쳇."

그러나 웬걸? 제일 열받아 할 것이라 생각했던 밥맛 녀석은 물
론이거니와 다른 멤버들 또한 아무런 말을 하지 않고 단지 끊어오
르는 분노만을 삭이고 있는 것이 아닌가! 그 모습이 무척이나 의아
했지만 지금 상황에서 내게 그 이유를 설명해 줄 이는 아무도 없었
다.

음, 저들에게 왜 그러냐고 물어봐야 괜스레 나만 욕먹을 것 같다.
뭐, 조금 있다가 진영이에게 물어보면 되겠지.

"네! 이제 마지막 열한 번째 참가자의 공연도 끝나고 이제는 본선
에 진출한 참가자의 발표만을 남겨두고 있습니다. 아직 심사위원들
의 순위 집계가 끝나지 않았다고 하니, 그사이에 모든 참가자 분들을
무대 위로 모시겠습니다. 자! 모든 참가자 분들은 무대 위로 나와주
시기 바랍니다!"

마침내 본선에 진출한 참가자 발표만이 남았다. 사회자의 요청에
따라 나와 진영이를 비롯한 모든 참가자들이 무대 위로 올라왔고, 곧
무대와 관객석은 소란스러워지기 시작했다.

"모든 참가자 분들이 올라오셨습니다. 이제 마지막으로 본선 진출

발표만을 남겨놓고 있는 지금, 현 심정은 어떤지… 음, 아, 첫 공연에서 정말 환상적인 무대를 보여주었던 가면의 여인, 오유미 양에게 들어보겠습니다. 오유미 양, 지금 심정은 어떻습니까?"

사회자가 그렇게 말하며 마이크를 넘겨주자 가면의 여인, 그녀는 조금의 머뭇거림 없이 바로 대답을 했다.

"음… 글쎄요. 별 생각이 없네요. 사실은 조금 떨리기는 해요."

"아, 그렇군요."

어찌 보면 성의없게 들릴 수도 있는 대답이었지만 또 그만큼 지금 상황에서 적절한 대답은 없을 것이다. 그녀와의 짧은 대화가 끝나자 사회자가 이번에는 관객들을 바라보며 질문을 던졌다.

"자, 여러분. 이번에는 누구와 대화를 나누어볼까요? 여러분들께서 지목해 주세요. 프로필이라던가 특기 사항이라던가, 그런 것이 궁금했던 분이 있으셨다면 바로 지금! 주저없이 그 참가자 분의 번호를 크게 외쳐 주시면 감사하겠습니다. 자! 몇 번?!"

그 순간, 여러 숫자들이 관객들의 입에서 터져 나오기 시작했다. 정말 정신이 하나도 없을 지경이었지만 그래도 그 와중에서 내 귀에 똑똑히 꽂히는 하나의 숫자가 있었다.

"예! 알겠습니다. 다양한 참가자 분들의 번호를 외쳐 주셨지만, 역시 이분을 원하시는 분들이 더 많은 탓인지 제 귀에 이 번호가 아주 똑똑히 들리는군요. 자… 한번 모셔보겠습니다! 참가번호~ 9번!"

"오오오오! 바로 그거야! 9번! 난 9번이 제일 궁금하다고!"

"1번과 마지막 참가자도 괜찮긴 하지만 역시 9번이 제일 궁금하다! 9번 누구냐!"

"와아아아아!!"

역시 예상대로 다수의 인원들이 원하는 사람은 역시 남자인지 여자인지 도대체가 정체를 알 수 없는 신비의 인물, 바로 진영이 녀석이었다.

"아, 옷을 갈아입으셨군요. 잠깐만 이쪽으로 나와주시면 감사하겠습니다."

사회자는 진영이의 손을 잡고서 무대 앞쪽으로 이끌었다. 진영이는 내게 살짝 미소를 지어 보이고는 마치 가녀린 여인인 양 행동하기 시작했다.

"아마도 많은 분들이 이분에게 궁금해하는 것은 성별인 것 같은데요. 음, 지금 이 모습을 보니 남자인 것 같기도 합니다. 그런데 그것만 가지고는 딱히 뭐라고 장담할 수가 없군요. 음… 성별이 어떻게 되죠? 남자인가요? 아니면 여자인가요?"

이것은 하나도 안 곤란한 어찌 보면 당연하고 당연해서 하품이 나올 정도의 질문이었다. 하지만 진영이는 무슨 곤란한 질문이라도 받은 양, 얼굴을 살짝 찌푸리며 무언가를 고심하는 듯하더니 관객들을 향해 상큼하게 웃어 보이며 말했다.

"글쎄요? 저도 궁금하군요. 정 원한다면 옷이라도 벗어 보여 드릴까요?"

그렇게 애교가 가득한 여성의 목소리로 말하며 진영이는 티셔츠를 벗으려 했다. 그러자 사회자가 다급히 만류하며 식은땀을 훔쳤다.

"아아~! 돼, 됐습니다. 하하하! 정말 당황스럽게 만드시는 분이군요. 예, 좋습니다. 아마도 비밀로 남겨두고 싶으신가 보군요. 뭐, 어쩔 수 없지요. 오늘은 그냥 넘어가겠습니다. 하지만 만약 본선에 진출하게 되고 또 거기서 좋은 성적을 거두시게 된다면 그때는 꼭 알려주셔야 합니다. 약속하실 수 있으시죠?"

"음~ 글쎄요? 후훗."

"우우우우!"

그녀의… 에? 그녀? 아니, 다시 정정하지. 그 녀석의 대답에 수많은 관객들이 그런 것이 어디 있냐는 듯 야유를 퍼부었다. 솔직히 나도 저들과 별다를 바 없는 심정이다. 녀석을 오늘 처음 보는 관객들도 저러는데 저 녀석과 명색이 친구라는 관계에 처해 있는 나는 오죽하겠냐! 으아!

"예, 들어가 주시고요. 아~! 이제 집계가 나왔다는군요. 예, 그러면……."

사회자는 심사위원석으로 다가가 본선 진출자의 명단이 씌여 있을 흰색의 사각 쪽지를 건네받았다. 사회자는 다시 무대의 중앙으로 와서 입을 열기 시작했다.

"네! 오래 기다리셨습니다! 자~ 긴장하시고!"

두두두두두…….

사회자의 말이 끝나자마자 마치 약속이라도 한 듯 심금을 울리는 웅장한 북소리가 가슴속에서 요동 치며 크게 울리기 시작했다. 일부 참가자들은 자기들이 정말 긴장하고 있다는 것을 알리기라도 하듯, 가슴에 두 손을 얹고 잔뜩 긴장한 표정을 지으며 사회자의 얼굴을 바라보았다.

"우선 첫 번째 본선 진출자를 소개해 드리겠습니다! 우선 영광스러운 첫 번째 본선 진출자~!"

쿠궁! 두두두두두두~!!

한 차례 묵직하고 웅장한 타격음이 울리더니 북소리의 크기는 점점 더 세기를 더해갔다. 그렇게 소란스럽게 자기들끼리 이야기를 나누던 관객들 또한 지금만큼은 몹시도 고요한 침묵을 지키며 사회자만을 주목하고 있었다.

"참가번호~ 1번! 브리트니 스피어스의 'Baby One More Time'을 라이브로 열창하셨던 가면의 여인! 오유미 양입니다!"

"와아아아아!!"

당연하다. 저 여자가 안 되면 아마 이 중에서 본선에 진출할 수 있는 사람들은 없을 것이다. 그만큼 그녀는 프로 못지 않은 뛰어난 실력을 보여주었고 관객들의 호응도를 이끌어내었다. 그녀는 한 발짝 앞으로 나와 관객들을 향해 정중하게 감사의 인사를 했다.

"네! 마치 예상을 하셨다는 듯한 반응들이시군요. 좋습니다! 다음~! 두 번째 본선 진출자 분을 발표하겠습니다! 본선 진출! 그 두 번째 참가자!"

두두두두두두두…….

두 번째 참가자라… 순서대로라면 누가 될지 예상은 할 수 있었다.

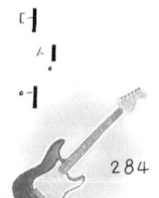

일부 참가자들 또한 내 생각과 다를 바 없었는지 내 쪽을 향해서 축하의 박수를 건네왔다. 씁쓸한 미소와 함께 말이다.

"참가번호~ 7번! 엔싱크의 'It's gonna be me!'를 멋진 댄스로서 소화해 주셨던 프리덤 여러분들입니다!"

또 기다렸다는 듯 큰 환호성이 터졌다. 팬인 듯한 여학생들의 입에서는 연신 멤버들의 이름이 터져 나왔고, 프리덤의 멤버들 또한 가슴을 쓸어내리는 행동을 하며 서로 기쁨을 나누었다.

자, 이제 마지막 발표만을 남겨두었다.

마지막 발표라는 초점 때문인지 소란스러운 분위기는 금세 가라앉았다.

"마지막 본선 진출자를 발표하겠습니다! 오늘 대한민국 최고의 패션몰, 이지스 패션타운에서 주최하는 가수왕 선발 대회 예선전 마지막 날! 자~ 과연 마지막 세 번째 본선 진출권을 거머쥐는 자는 누가될 것인가! 지금 이 시간……."

두두두…….

"발표하겠습니다!"

두두두두두두!!

마지막 발표 탓인지 긴장감은 최고점으로 치닫기 시작했다. 무수하게 많은 침 넘어가는 소리들이 내 귀에 똑똑히 꽂힐 정도였다.

고요함은 너무도 길었다. 마치 어두운 터널 속을 달리는 듯한 기분이었다. 뛰고 뛰고… 어둠을, 그리고 그 속에서 물밀듯 밀려오는 두려움을 탈출하려 계속해서 달리는 듯한 그런 기분…….

"참가번호……!"

사회자의 입에서 마지막 참가자의 번호가 불려지는 그 순간.

"9번!"

와아아아아아!

거대한 함성은 차가운 밤하늘과 몹시도 뜨거웠던 이 무대를 잠식하기 시작했다.

그렇군. 나는… 떨어진 건가?

"……."

설마설마 했지만 막상 눈앞에 현실로 닥친 결과를 대면하자니 괜한 분노감이 나를 휘감았다. 누구는 아까운 피까지 뽑아가면서 그렇게 열심히 했는데…….

후, 생각하자니까 진짜 열받는데? 그래, 한번 따져 보자.

1번과 진영이 녀석이야 제아무리 노래 주인공이라 하더라도 더 이상 뭐라고 할 말이 없을 정도의 공연과 실력을 보여주었으니 충분히 수긍이 간다고 치자. 아니, 오히려 뽑힌 것은 당연하겠지. 하지만 프리덤, 저 팀은 뭐냐? 기껏 음악에 맞춰 춤만 추었을 뿐인데… 내 라이브가 저들의 몸부림보다 더 못했다는 건가?

"……."

나는 고개를 돌려 그들을 쳐다보았다. 그들은 서로 얼싸안고 무척이나 기뻐하고 있었다. 그것을 보니 더욱 열이 받았다. 지금 내가 그나마 폭발하지 않을 수 있었던 것은 진영이 형과 밥맛 녀석의 굳은 표정 때문이었을 것이다. 흠, 진영이 형의 반응은 예상했

었지만… 밥맛 녀석의 저 반응은 정말 의외다. 예의 그 싸가지가 가득한 표정으로 나를 내려다보며 신나게 비웃을 줄 알았었는데…….

…뭐 어쩔 수 없는 일이지. 이왕 이렇게 된 것 담담하게 결과를 받아들여야 진정한 사나이라고 어디 가서 명함이라도 내밀 수 있지 않겠어? 에이~ 박수라도 쳐주자.

짝짝짝짝.

나는 그들을 향해 뜨겁… 지는 않은 약간의 원망과 불평이 섞인 박수를 보내주었다. 그들은 자기들끼리 기뻐하느라 나에게 전혀 신경 쓰지 않고 있었지만, 자꾸 옆에서 아른거리는 진영이 형의 굳은 표정은 나로 하여금 형에게 씁쓸한 미소를 보내주도록 만들었다.

에이, 뭐, 잘된 거야. 어차피 나는 할 일도 있고… 이 정도 즐겼으면 이제 슬슬 정신 차릴 때도 됐지. 그래, 잘된 걸 거야.

짝짝짝짝!!

그렇게 애써 내 자신을 납득시키고 위로하며 박수를 더욱 크게 치기 시작했다. 그리고 이번에는 진영이에게 축하한다는 말이라도 해주려고 오른쪽으로 고개를 돌렸다.

그런데…….

'헉! 왜, 왠지는 모르겠지만 무지 살벌한 표정인데? 무, 무슨 화나는 일이라도 있었나?'

진영이의 지금 표정과 전신에서 모락모락 피어오르고 있는 분위기는 말 그대로 살얼음장이었다. 진영이는 살짝 고개를 숙이며 얼굴을 찡그리고 있었고, 입술을 꽉 깨물며 생각에 잠겨 있었다.

획!

그러더니 녀석은 나에게로 획 하고 고개를 돌렸다. 나를 향한 눈빛이 무척이나 살벌했기에 난, 나도 모르게 꿀꺽 침을 삼켜야 했다.

진영이는 나에게로 천천히 다가오기 시작했다. 그때서야 비로소 뭔가 잘못되어 가고 있다는 것을 느낀 관중들과 참가자들, 그리고 사회자는 모두 진영이를 향해 박수를 치던 것들을 멈추었다. 관중들은 이게 어떻게 된 거냐며 웅성이기 시작했고, 그것은 무대 위에 있는 많은 참가자들 또한 다를 바가 없었다.

멈칫.

진영이는 내 바로 코앞에서 멈춰 섰다. 그리고 잠시 나를 째려보더니 이번에는 내 옆에 있던 프리덤 멤버들을 향해 발걸음을 옮기기 시작했다. 그들도 분위기가 이상해져 있다는 것을 눈치 챈 탓인지, 기뻐하며 소란을 떨던 것을 멈추고는 내 쪽으로 정확히는 진영이 녀석에게로 시선을 집중시키기 시작했다.

멈칫.

그들의 앞에 다다른 진영이는 또다시 걸음을 멈추었다. 멤버들을 한 명 한 명 무서운 눈으로 쏘아보던 진영이 녀석은 기가 막힌다는 듯 '허' 하며 공중으로 허탈한 음성을 뱉어내더니 곧 오른쪽 발을 세게 구르며 크게 소리쳤다.

"말도 안 됩니다! 이건 잘못된 판정이에요!!"

쿠웅!

발 구름의 충격 때문에 무대가 미약하게나마 진동음을 냈다. 진영이는 그 말을 툭 던지고는 잠시 그들을 한동안 노려보았다. 분위기가 급속도로 고조되어 가기 시작했다.

이번에는 무대의 오른쪽, 바로 심사위원들이 앉아 있는 곳으로 나아가더니 무대의 난간 쪽에 오른발을 턱 하니 걸쳐 놓고 상당히 건방진 자세로 입을 열기 시작했다.

"도대체! 왜! 어찌하여! 어떻게! 수호… 아니, 참가번호 11번을 떨어뜨렸는지 설명해 주실 수 있으신가요? 분명, 11번은 참가번호 1번이나 저와 같이 직접 라이브로 공연했고, 또 관객들에게 누구보다도 많은 격려와 환호를 받았어요. 11번은 프로가 아닌 우리들이 봐도 분명 7번 팀보다 더 뛰어난 실력을 보여줬었는데… 이건 말이 안 되잖아요! 7번 팀은 그저 입만 뻥긋거리며 음악에 맞춰 춤만 췄을 뿐인데, 왜 11번이 아닌 7번 팀이 본선에 진출한 거죠? 여기 가수왕 선발 대회가 아니라 붕어왕 선발 대회였던 건가요? 어떻게 된 건지 어서 설명해 보시죠?!"

진영이는 잔뜩 화가 난 표정으로 심사위원들을 노려보았다.

음, 심사위원들이 요즘 한창 주가를 올리고 있는 댄스 그룹이라고 했던가? 뭐, 옛날 댄스 그룹들이야 자신들이 가수라는 것에 대해 상당히 자각이 없었다고는 하지만, 시대가 시대이니만큼 지금은 그렇지가 않을 텐데… 진짜 왜 그런 판결을 내린 거지? 이거 도통 이해할

가수왕 선발대회

수가 없네?

"……."

그들은 상당히 곤란하다는 표정으로 서로를 바라보았다. 그들은 서로 무언가를 소곤거리며 이야기를 나누었고, 잠시 후 그들 중 한 명이 일어서서 진영이의 물음에 대한 답을 말하기 시작했다.

"분명히 참가번호 11번의 무대는 정말 대단했습니다. 우리들조차도 다른 관객들과 다름없이 무척이나 열광했었으니깐 말이죠. 지금 솔직히 말하건데 가요계에서도 저기 참가번호 11번… 수호 군이라고 하였던가요? 하여튼 수호 군처럼 이렇게 자연스럽게 마이클 잭슨의 라이브 댄싱을 소화해 내는 사람은 드물 겁니다. 그런데 수호 군은 춤은 물론 노래까지도 자신의 개성을 살려서 원곡에 플러스 알파를 더했던 놀라운 쾌거를 이룩해 내었죠. 예, 참가번호 9번님께서 말씀하신 것처럼, 단순히 이 무대에서 보여주었던 실력만이라면 참가번호 7번, 프리덤보다 홀로 라이브 댄싱을 한 수호 군이 더 뛰어났습니다. 그건 부정하지 않겠습니다."

"그걸 잘 알면서 왜……!"

"하지만! 하지만 잘 들어보십시오. 당신은 당신 자신의 문제를 생각하기에 앞서 수호 군의 문제를 생각해 본 적이 있습니까?"

"예? 그게 무슨 엉뚱한 소리……."

"아마 이곳에 계신 거의 모든 분들이 못 보셨을 거라고 생각합니다만… 저희는 봤습니다. 노래를 불렀을 때 후렴구 부분에서 입가에 흘러나왔었던 수호 군의 피를 말이죠."

"피? 피라고……?"

"예, 그렇습니다."

웅성웅성.

이 말은 커다란 파장을 가져왔다. 그것을 목격했었던 일부 관객들은 자신들이 봤던 것이 착각이 아니었었다며 크게 법석을 떨어댔고, 그것을 몰랐었던 관객들도 진짜 그런 일이 있었냐며 같이 소란을 떨었다.

그것은 반응을 달았지만 진영과 프리덤의 멤버들 또한 마찬가지였다. 그들은 멍한 표정으로 수호를 바라보았다. 그의 말은 계속되었다.

"피… 보통, 명창들은 폭포 아래에서 목에 피가 터질 때까지 노래를 부른다고는 합니다만… 수호 군 같은 경우는 그 경우가 달랐습니다. 노래를 불렀기 때문에 터져 나온 살아 있는 피가 아닌, 어떤 경로로 인해 목에 부담이 갔기 때문에, 그로 인해 터져 나온 죽은 피였습니다. 즉, 어떤 이유인지는 모르겠지만 예전부터 수호 군의 목은 이미 망가질 대로 망가져 있었다는 것이지요. 그렇게 되기까지 아마도 어떤 사고가 원인인 것 같습니다만… 더 이상 목에 부담을 주게 되면 최악의 경우, 아마 수호 군은 말도 제대로 하지 못하게 될 것입니다. 아, 우리가 그것을 어떻게 알았냐고는 묻지 말아주세요. 외람된 말씀이지만 지금 시대의 가요계에서 조금 인기를 얻고 있는 그룹이나 가수들에게는 기획사에서 그들에게 그들의 개인 주치의를 소개시켜 준다는 것은 기본 상식에 속하니깐 말이죠. 저희 팀 닥터를 소개하죠."

그리고서 그는 그들 옆에 앉아 있었던 한 명의 젊은 여자를 가리켰다. 그 여자는 자리에서 일어서더니 진영이를 향해 살짝 고개를 숙여 보이고는 다시 제자리에 앉았다. 왠지 차갑다라는 인상이 강한 여자였다.

흠, 그나저나 젊고 예쁜 여자라니… 제길! 부럽다!

그는 계속해서 말했다.

"혹여, 젊다고 의심하지 마시기 바랍니다. 이분은 외국의 유명 대학에서 공부를 하고 오셨고, 지금도 우리나라의 여러 큰 대학 병원들 같은 곳에서 스카웃 제의가 들어오고 있는 분이시거든요. 솔직히 우리 같은 가수들의 개인 주치의로서는 너무 아까우신 분이죠. 그래서 늘 이분에게 죄송스럽게 생각하고 있습니다만… 어쨌든, 저희 닥터께서 특히 이쪽 계열에 밝으신 분이니만큼 아까 수호 군의 공연을 보면서 더 이상 무리를 하면 위험하다 라는 말을 계속해서 우리에게 하셨습니다. 자녀들은 부모님의 눈을 속이지 못하고, 병자는 의사들의 눈을 속이지 못합니다. 저희들 또한 수호 군을 본선에 진출시키고 싶기는 하지만… 수호 군을 생각하여, 안타깝게도 본선 진출자 명단에서 제외시키기로 하였습니다. 저희는 저희의 심사로 인해서 본선 무대에서 불행한 사건이 터지는 것을 원하지 않고, 또 위험하다는 것을 알면서도 그 사람을 본선에 내보낼 만큼 비정한 사람들 또한 아닙니다. 정말 죄송합니다만… 수호 군은 탈락입니다. 아, 하지만 분명 수호 군은 본선 진출의 참가 자격이 있으니 원하신다면 특별권을 발휘

할 수도 있습니다. 즉, 모든 것은 수호 군의 의사에 달렸다는 이야기이지요. 그렇잖아도 그 문제에 대해 해명을 하려던 참이었습니다만은……."

그는 말끝을 흐리면서 진영이를 쳐다보았다. 그리고 싱긋 웃어 보이며 말했다.

"마침, 9번님께서 기회를 마련해 주셨군요. 이것에 대해 진심으로 감사의 인사를 드리는 바입니다."

"이이익……!"

그는 진심으로 그러하다는 듯 진영이에게 고개를 숙여 보였지만, 그것이 진영이에게는 아까 자신의 말들에 대한 보복으로 생각했던 모양이었는지 발끈하면서도 애써 자제하는 모습을 보여주었다.

그는 다시금 입을 열었다.

"탈락이라는 것은 그저 과분하게도 오늘의 이 행사에 특별 심사위원으로 초청받은, 저희들의 '권유'라고 생각하시기 바랍니다. 아까도 말했다시피 모든 선택은 수호 군에게 달려 있는 거죠. 그럼 수호 군에게 여쭈어보겠습니다. 자, 수호 군, 어떻게 하시겠습니까? 본선에 진출하시겠습니까?"

"……."

결국 나에게로 화살이 돌아왔다. 쳇, 지금까지 더 이상 무리를 하면 목을 영원히 사용할 수가 없다느니 어쩌니 하면서 실컷 겁을 줘놓고는 내 의사에 맡기겠다니… 이거 화를 내야 하는 거야? 아니면 말아야 하는 거야? 나 이것 참……. 그나저나 어떻게 한다? 일이 이렇

가수 선발대회

293

게 되었으니 결국에는 내 결정에 모든 것을 맡기겠다는 이야기인데 이거 참가를 해야 하나 말아야 하나?

"……."

나는 시선을 돌려 관중들을 쳐다보았다. 방금 전까지의 소란스럽던 분위기는 어디로 갔는지 관중들은 모두들 목소리를 죽인 채 하나같이 나만을 쳐다보고 있었다.

"꿀꺽……."

수백, 또는 수천의 눈동자가 마음을 졸이며 내 말을 기다린다고 생각하니 무척이나 긴장되었다. 잠깐 동안 머리 속이 텅 비었었고 아무런 생각도 들지 않았었지만… 나는 이미 내가 어떠한 대답을 해야 할지, 그리고 내 마음은 내 입이 어떠한 답을 내뱉기를 원하고 있는지 다 알고 있었다. 결국, 대답은 이것이다.

"예, 본선에 진출하겠습니다."

"와아아아아아!!"

대답이 끝나자마자 엄청난 함성이 터져 나왔다. 나는 깜짝 놀라 귀를 막았지만 곧 손을 천천히 때고는 나를 향해 커다란 함성을 보내주는 관객들에게 답례의 인사를 올렸다.

함성은 꽤 길게 이어졌다. 그러나 그것도 끝이 있는 법, 곧 어느 정도 함성이 가시자 그는 다시금 입을 열었다.

"예, 그렇다면 본 대회의 규칙에 규정되어진 대로 특별권을 발동하여 참가번호 11번, 강수호 군을 마지막 본선 진출 확정자로 선언합니다. 이상입니다."

"와아아아아아!!"

잠잠하던 파도는 또다시 크게 요동 치기 시작했다. 나는 긴장으로 잔뜩 고조되었던 가슴을 한숨과 함께 쓸어내렸다.

"잘됐어, 수호야! 정말 잘됐어!"

어느새 내 곁으로 다가온 진영이는 나를 꽈악 껴안으며 기쁨의 미소를 지었다.

"잘됐다, 수호야. 사실 대결이 공평치가 않게 끝나는 것 같아서 무척이나 찝찝했었는데… 이렇게 같이 본선에 진출하게 되었으니 정말 잘됐지 뭐냐? 하하하! 정말 잘됐어!"

"후, 운도 좋군. 하지만 잘됐어. 본선 무대에서는 우리가 나서서 확실하게 너를 박살내 줄 테니. 기대해도 좋다."

아까까지 표정이 엄청나게 굳어 있었던 진영이 형 또한 밝은 미소로 내게 다가와 축하의 인사를 건네었다. 밥맛 녀석 또한 여전히 재수없는 미소를 지으며 무척이나 신경에 거슬리게 말을 했지만 그 어투 속에 담겨 있는 후련함은 나로 하여금 녀석에 대해 재인식을 가지게 하는 데에 작게나마 영향을 미쳤다.

쳇, 그나저나 목 괜찮냐고 물어보는 사람은 어째 한 명도 없냐? 인간들이 정말… 에휴~!

"예! 이로서 또 한 명의 본선 진출자가 탄생되었습니다. 참가번호 11번! 빌리 진의 라이브 댄싱으로서 우리에게 크나큰 감동을 안겨주었던 강수호 군이 오늘, 이지스 패션타운에서 주최하는 가수왕 선발 대회의 예선전, 최후의 참가자로 선정되었음을 알려 드립니다! 모두 다시 한 번 뜨거운 박수와 함께 함성을 보내주시기 바랍니다!"

"와아아아아!"

"11번! 11번! 11번!"

"우오오오오!! 심사위원단 멋지다!"

"최고야! 최고! 내가 본선에 안 오면 인간이 아니다! 꼭 간다!"

가슴이 뜨거워진다. 내 가슴에 잠재되어 있는 의욕이 더욱더 크게 타오르는 것이 느껴진다. 저도 모르게 꽉 쥐어진 내 주먹은 어느새 땀으로 흠뻑 젖어 있었다.

"본선은 돌아오는 일요일. 저녁 7시 30분에 시작하겠습니다. 본선에 진출하신 모든 참가자 여러분들은 더욱 멋진 공연으로 한 주간을 준비해 주시기 바랍니다. 참가자 인원을 더 늘려도 좋고, 공연 시간 또한 얼마든지 마련해 드리겠습니다. 그러니 철저하게 준비해 오셔서 그때에 모일 관중 여러분들에게 웃음과 감동을 안겨 드리십시오! 저 또한 잔뜩 기대를 하고 있겠습니다! 자! 이것으로 이지스 패션타운에서 주최하는 가수왕 선발 대회 마지막 예선전을 마침으로 저는 물러나겠습니다! 함께해 주셨던 여러분들께 진심으로 감사의 인사를 드립니다! 즐거운 한 주간을 보내시기 바랍니다! 안녕히 계십시오!"

"와아아아아아―!!"

거대한 함성이 다시 한 번 어느 겨울, 토요일의 차가운 밤하늘을 잠식했고 무대에 있는 우리 참가자들 또한 마치 마법에라도 걸린 듯 그에 동참하여 크게 함성을 질러댔다.

"와아아아아!"

나 또한 다음 무대에 대한 걱정을 잠시나마 잊어버리기 위해 다른 사람들과 함께 함성을 지르려는 순간.

"어?!"

난 관객들 틈에서 어떤 익숙한 얼굴을 보고야 말았다. 처음에는 혹시라도 내가 잘못 본 것이 아닌가 하고 의심해 보기도 했지만 그 사람을 보면 볼수록, 내가 잘못 본 것이 아니라는 느낌이 들었다.

관객들 틈에서 발견한 익숙한 얼굴. 그는 분명…….

"박… 민예?"

내가 스스로 말을 되뇌임과 동시에 익숙한 이, 바로 정신여고의 얼짱이자 내가 한동안 잊고 있었던 존재인 바로 박민예는 고개를 돌려 멀리 떠나가기 시작했다.

"어어……?!"

"민예야, 저기 저 애, 우리를 봤던 것 같은데… 아니니?"

"아니야. 착각이야."

"음… 그래? 그래."

난 소연이의 말을 단칼에 잘라 버렸다. 내가 왜 그랬는지는 모르겠지만 말이다.

난 길을 걸으면서 수많은 생각들을 떠올렸다. 내가 그동안 너무 최

신 문화를 모르고 지낸 것이 아닌가 하는 생각부터 이렇게 가끔은 공
연을 보러 다니는 것도 좋겠다는 생각까지… 그리고 더불어, 내 머리
속을 가장 압도적으로 차지하는 부분은 바로 오늘 무대에서 보았었
던 강수호에 대한 생각이었다.

그렇잖아도 계속 아른거리고 있던 참에 아주 의외의 장소에서 다
시 보게 된 강수호는 의아하기도 했지만 왠지 반갑기도 했다. 아는
사람의 공연을 보는 것이어서 그런지 계속 무대를 지켜보는 족족
'혹시 실수라도 하면 어떡하지?' 하고 생각을 하며 걱정을 하게 되
었다.

사실, 그렇게 친한 사이도 아니었고 그저 딱 한 번의 인연으로 만
났던 사이었지만 강수호의 공연을 보면서 계속 그런 마음이 들었었
다는 것은 분명 부정할 수 없는 사실이었다.

왜 황급히 그 자리를 도망쳐 나왔을까? 아직도 그 이유를 알 수가
없었다.

나와 강수호의 눈이 마주치는 순간, 그리고 강수호가 나를 알아보
는 그 순간, 나는 나도 모르게 소연이의 손을 붙잡고 얼른 그곳을 빠
져나왔다. 무대가 안 보일 때까지 소연이의 손을 잡아끌고 정신없이
걸음을 재촉했으며, 이제 어느 정도 되었다 싶었을 때에는 왠지 모를
안도감마저 들었다. 하지만 그와 동시에 왠지 모를 아쉬움에 조금씩
젖어들었다는 것은 너무도 큰 의문이었다.

"강수호……."

"응? 뭐라고?"

"음? 아, 아냐."

"그래? 음, 너 아까부터 이상하던데… 뭐 걱정거리라도 있는 거니? 아니면 어디가 아프다던가……."

"아, 아냐. 그런 것 없어. 그래도 신경 써줘서 고마워."

"그래? 흠, 알았어."

소연이는 아직도 미심쩍다는 표정이었지만 곧 내 말에 수긍하는 눈치였다. 진짜로 수긍했는지 안 했는지는 모르겠지만 내 기분을 알아채고 더 이상 깊이 파고들지 않고 있다고 생각하니 왠지 고맙게도 느껴졌다.

"그나저나 오늘 정말 대단했지? 구경 오길 잘한 것 같아. 다음 본선이 정말 기대된다! 그치, 민예야?"

"응."

"그때 꼭 오자! 같이 갈 거지? 응? 응?!"

"그, 글쎄……."

"아이~! 그런 게 어디 있어! 같이 가자~! 응? 민예야아~~!"

소연이는 마치 아이처럼 내게 조르기 시작했다. 이런 소연이의 모습은 나를 약해지게 만들었다. 뭐, 어차피 가끔 이렇게 구경 다니는 것도 나쁘지 않겠다 생각하고 있던 참이니깐 그때 또 가서 나쁠 것은 없겠지. 그리고… 나도 왠지 기대가 되니깐 말이야.

"응, 알았어. 같이 가자."

"정말? 와~ 좋아. 민예야, 배고프지? 오늘 저녁은 내가 쏜다! 가자!"

가수왕 선발대회

이렇게 기뻐하는 소연이의 모습은 또 오랜만에 보는 것 같았다. 소연이는 내 팔을 잡아끌기 시작했고, 나는 그에 억지로 이끌려 가면서도 왠지 미소가 그려지기 시작하는 것은 어찌할 도리가 없었다.

하지만……

"죄, 죄송합니다! 죄송합니다!"

아무리 기분이 좋아도 그렇지, 이렇게 사람이 많은 곳에서 그렇게 무대포로 걸으면 안 되지. 크게 과장을 취하며 걷다 사람들과 부딪친 소연이는 어쩔 줄을 몰라 하며 부딪친 상대에게 황급히 사과하기 시작했다.

"헤헤, 왠지 창피하다."

그래도 요즘 중 · 고생들과는 달리 너무도 해맑은 미소를 가진 소연이의 모습을 대하노라면 나조차도 그 순수함에 물이 드는 것 같다.

그날, 결국 우리는 조심스런 걸음걸이로 우리의 마음에 맞는 음식을 찾으려 꽤 긴 시간을 돌아다녀야 했다. 겨울밤은 더욱 깊어지고… 내가 집에 도착한 때는 저녁 10시를 훨씬 넘긴 늦은 밤이었다.

모든 행사를 마치고 프리덤 멤버들과 진영이, 그리고 나는 빈속을 채우기 위해 함께 음식점으로 향했다. 기분이 들뜬 우리들은 연신 웃음을 터뜨려 댔고, 때문에 지나가던 사람들이 우리들을 이상하다는 듯 쳐다보았다. 하지만 그로 인해 쪽팔림이라던가 하는 감정들은 전

혀 생겨나지 않았다. 오히려 볼 테면 맘껏 보아라 하고 외치고픈 심
정이었다.

문득, 진영이가 내게 질문을 던졌다.

"너 아까 왜 그랬어?"

"응? 아~ 아는 사람을 본 것 같아서."

"그래? 우와~ 누구야!? 여자야?"

진영이는 호들갑을 떨며 내 답변을 재촉했고, 그에 나는 가슴을 쭉
펴며 당당하게 말했다.

"응. 하하핫~!"

솔직히 대답해 버렸다. 과정이 섞인 내 웃음소리에 진영이는 눈을
동그랗게 뜨며 나를 쳐다보았다.

"오~ 네가 아는 여자도 있었냐? 그래, 누구냐? 이 형님이 한번 들
어봐 주마. 여자친구는 아닐 테고… 음, 혹시 옆집 아줌마!?"

"어허~! 나를 무시하는구만! 뭐, 물론 여자 친구는 아니지만… 그
래도 결코 범상치 않은 사이라고! 음… 뭐랄까? 그래! 우리는 함께 뜨
거운 밤을 보냈었지."

"헉! 뜨, 뜨거운 밤이라니! 설마 그런……!"

"아하하핫! 어떤 의미인지는 마음대로 생각하라고~!"

나는 그렇게 의문을 던져 주고는 입을 닫았다. 한참을 생각하며 도
대체 누구일까 추론하던 진영이었으나, 내가 말을 안 해주는 이상 자
기가 알 리가 나? 결국, 궁금함을 못 이긴 녀석이 내 목을 조르며
대답을 촉구하기 시작했으나, 절대로 입을 열 수 없다. 자칫하면 큰

오해를 살 수도 있거니와 가만히 생각해 보니 이것은 한 인격체의 체면과도 직결되는 문제였기 때문이었다.

결국 내가 끝까지 입을 열지 않자 진영이는 대답 얻어내기를 포기했고, 나는 진영이의 어깨를 툭툭 치며 나름대로는 상큼하게 웃어 보였다.

우리가 선택한 음식점은 바로 포장마차! 동대문운동장에 오면 꼭 빼놓지 말고 먹어야 할 음식이 있는데 그것이 바로 포장마차에서 판매하는 야채 곱창들이었다. 식욕을 마구마구 자극하는 그 향은 설사 곱창을 먹어보지 못했던 사람이라 하더라도 '나도 한번 먹어볼까나?' 라는 생각을 가지게 할 만큼, 엄청난 마력을 지니고 있었다.

저녁이어서 그런지 보이는 포장마차들마다 가득 매운 사람들로 인해 만원이었다. 거기에다가 우리 쪽은 인원이 상당히 많았던 탓에 인원수에 합당한 자리를 구하기란 결코 쉬운 일이 아니었다. 하지만 곧 어렵지 않게 우리는 자리가 비어 있는 곳을 찾을 수 있었고, 우리는 꽤 긴 시간 동안 이야기꽃을 피우며 포장마차의 정감을 즐길 수가 있었다.

"이제 헤어질 시간이군."

지하철 입구. 서로에게 어지간히 정감이 들어버린 우리였기에 이별이라는 것은 너무도 아쉽게만 느껴졌다. 나와 진영은 프리덤 멤버들과 악수를 하며 그들과 작별을 나누었다.

나는 마지막으로 진영이 형과 악수를 했고, 형은 내 손을 꽉 쥐며 말했다.

"오늘처럼 즐거운 시간을 보낸 것은 정말 오랜만이었다. 한 주간 건강하게 지내고… 심심하면 얼마든지 놀러와도 좋아. 반갑게 맞아 줄 테니까."

"네, 알았어요."

어느새 진영이 형은 내게 편히 말을 놓고 있었다. 이전까지는 '~하게' 또는 '수호 군' 이런 식으로 불러서 대화하기가 약간 거북했는데 지금은 무척 자연스러워져서 좋다. 이게 바로 서로가 친해졌다는 증거겠지? 한참 그렇게 웃으며 대화하던 형은 느닷없이 나를 일행과 떨어진 한쪽 구석으로 이끌고 가더니 조그마한 목소리로 사정하듯 말했다.

"그리고 이쯤이면 혜정이를 용서해 줘도 되지 않겠니? 아까부터 계속 너희 둘을 주시했었는데 서로 아무런 말도 하지 않더구나. 음, 물론 둘 사이의 일을 내가 왈가왈부해서는 안 된다는 것을 알지만 그래도 오빠로서 축 쳐진 동생을 바라만 보고 있어야 한다는 것이 영 불편하더구나."

"저기……"

"음, 물론 네 맘은 알겠지만 그래도 이해해 주면 안 되겠니? 알고 보면 저 애도 무척 불쌍한 아이라서……"

"아니, 그게 그러니까……"

"그래, 물론 힘들겠지. 하지만 난 네가 넓은 마음으로 상처를 입은 혜정이의 마음을 감싸주리라 믿는다."

"……."

"그래그래. 아, 애들이 기다리겠다. 어서 가자."

머엉.

진영이 형은 내 어깨를 두 번 두드린 뒤 일행들이 있는 곳으로 뛰어갔다. 나는 그 자리에 멍하니 서 있을 뿐이었다.

"안녕~! 다음 주에 보자!

"잘 가, 수호야!"

"바이바이~!"

프리덤의 멤버들과 진영이는 각자 내게 인사말을 던지며 지하철 출입구 안으로 사라졌다. 한참 후, 나는 내 코끝을 간질이는 붕어빵 냄새를 만끽하며 하늘을 올려다보았다. 그렇게나 시리게만 느껴졌던 밤하늘이 오늘따라 너무 상쾌하게만 느껴졌다.

"친구들이라……."

오래전에 내 마음 저편에 묻혀 버린 단어.

그러나 지금 이 순간, 마치 해가 돋듯 그렇게 내 마음속에서 그 모습을 나타내기 시작했다. 친구라는 단어가 이렇게 훈훈하게 생각되어진 것은 참으로 오랜만이었다.

"그나저나 본선은 어쩐다……."

이제 프리덤 멤버들과의 마찰이 사라지자 지금까지 잊고 있었던 걱정거리가 내 머리 속을 서서히 잠식해 오기 시작했다. 난데없이 가수왕 선발 대회라는 것에 이끌려서 간신히 어떻게 해보기는 했지만, 오늘의 승리는 솔직히 약간의 운이 따라주었다고 봐도 무방했다.

하지만 다음 주에 있을 본선에서는 결코 어중이떠중이들이 아닌, 쟁쟁한 실력자들로 가득해 있을 것이고, 거기에 맞서려면 오늘 정도의 무대로는 너무도 역부족일 것이다. 거기에다가 아까 그 드림이라는 댄스 그룹의 닥터라는 여자가 말한 것도 있고 하니, 이제부터는 목 관리에도 신경을 써야 할 것 같은데… 이제 어떻게 한다? 생각할수록 막막해지는데?

"아… 맞아! 그 사람들이 있었지!"

한참을 제자리에 서서 고민하던 나는, 문득 어떤 인물들이 기억남과 동시에 머리 속이 번뜩이는 것을 느낄 수 있었다.

그래! 그 사람들이 있었어! 그 사람들이라면 본선 무대뿐만이 아니라 그 어디에서도 충분히 통할 수가 있을 거야!

"좋았어!"

어두웠던 눈이 점점 밝아지는 듯한 느낌이 들었다. 나는 가슴이 벅차오르는 것을 느끼며 황급히 뒤주머니를 뒤져 지갑을 꺼냈다. 그리고…….

"역시! 좋았어!"

그때, 헤어지기 전에 서로 교환해 두었던 전화번호가 아직 지갑에 고이 간직되어 있는 것을 확인했다. 그때 전화번호 받아두기를 잘했다는 생각이 듦과 동시에 나 자신이 무척이나 대견스러워졌다.

"지금 시간이……."

저녁 11시 20분. 음, 남의 집에 전화하기는 너무 늦은 시간이다.

"어쩔 수 없지. 뭐, 시간은 내일도 많으니깐……."

결국 오늘 전화하는 것은 포기해야 했지만 그래도 좋다. 기회가 오늘만 존재하는 것은 아니지 않은가.

"후, 피곤하기도 하니 이제 슬슬 가보자. 그러고 보니 지훈이 녀석, 내가 안 오면 올 때까지 자지 않고 기다리는 녀석인데……."

확실히 그랬다. 아주 어렸을 적부터 지훈이는 내가 저녁 늦게까지 집에 안 돌아오면 어머니가 뭐라고 말해도 잠을 자지 않았었고, 밥을 먹을 때에도 나와 같이 먹기 전까지는 숟가락에 손도 대지 않던 녀석이었다. 그것은 어머니가 돌아가시고 난 후부터는 더욱 심해졌으며, 이제는 그것 때문에 아주 골치가 아플 지경이 되었다.

아르바이트를 마치고 내가 돌아오기 전까지는 새벽 2시가 되었든 3시가 되었든 계속 공부하며 기다리고 있을 정도였으니, 오죽하면 밤 11시마다 집에 전화를 걸어 녀석을 먼저 재우는 것이 습관이 되었겠는가.

"에구! 빨리 가자! 아, 아니. 일단 전화를 먼저 해야… 에잇! 모르겠다! 일단 가자!"

뒤늦게서야 내게 닥친 위기를 느낀 나는 황급히 뛰기 시작했다. 꽤 운동을 안 한 탓에 얼마 안 가서 숨이 가빠져 왔지만, 지금은 그것을 느낄 세가 없었다. 그날 동대문운동장에서 집까지 나는 단

1시간 만에 도착이라는 놀라울 정도의 쾌거를 이룩해 낼 수 있었다.

음, 오늘 하루를 한마디로 표현하자면 초등학교 때 쓰던 일기 끝마무리 형식으로… 참 재미있었다 라고 해야 할까나?

에이, 모르겠다. 좋으면 그것으로 된 거지 뭐. 안 그래?

4-1장 재회

이른 아침.

"하암~!"

언제나 느끼는 거지만 아침에 일어나는 기분만큼 찝찝한 기분은 없는 것 같다. 잠자리가 원체 나빠서 그런 건지, 아니면 나만 그런 건지… 꼭 일어나기만 하면 입이 바짝 말라 있고, 병이라도 있는 건지 속이 무척이나 안 좋다. 거기에다가 오늘은 특별하게도 목까지 이렇게 아프니…

"죽겠네… 어휴~"

말 그대로 참담한 심정이다.

"음… 지훈이 녀석, 벌써 학교 갔나?"

지훈이가 자고 있었을 옆자리는 무척이나 말끔해져 있었다. 아마 벌써부터 일어나 곤히 잠을 자는 나를 놔두고 학교에 간 것 같았다. 언제나 느끼는 거지만 정말 부지런한 녀석이야.

"후우, 이곳은 언제쯤이나 넓어질까나……?"

나에게는 또 하나의 작은 꿈이 있다. 그것은 바로 간신히 월세로 살아가는 이 작은 단칸방에서 벗어나 단 두 칸이라도 좋으니 각자의 방이 있는 그런 집으로 이사를 가는 것이다. 물론 최종적인 목표는 우리들만의 집을 갖는 것이지만…….

지금으로서는 너무 힘들게만 느껴지는, 말 그대로 '꿈'으로만 다가올 뿐이다. 물론 지훈이 녀석이 훌륭하게 자라 돈을 많이 벌게 되면 그까짓 아파트 정도야 문제도 아닐 테지만… 그것은 어디까지나 먼 훗날에 이루어질 꿈이겠지?

"어머니……."

그러나 이럴 때면 으레 우리 앞에서 슬픈 눈으로 삶을 마감하셨던… 너무나 아름다우셨고 또 자상하셨지만 결국에는 삶에 충실했던 보상들을 받지 못한 채 억울하게 눈을 감으셔야 했던 우리 어머니가 떠오른다.

우리가 어렸을 때는 그렇게 혼자서 고생하시더니 자식들이 자라나서 이제는 좀 살아볼 만하다 싶으니까 세상을 떠나신 어머니…….

지금 생각해 보는 거지만 훗날 아무리 돈을 많이 벌게 되고, 큰 집으로 이사를 하게 되었다고는 해도, 정작 우리들의 마음은 드디어 꿈을 이루었다는 데에 대한 행복으로 가득하지만은 않을 것 같다.

그것은… 인생을 살고 있는 세상의 모든 소년 소녀 가장들에게 주어진 숙명과도 같은 것이니 말이다.

덜컹!

그런데 바로 그때 방문이 열리며 한 명의 낯선 인물이 방 안으로 들어섰다.

"일어났네? 늦었어."

언뜻 들으면 무척이나 냉랭하게 들리는 음성. 그 인물은 나무로 만들어진 사각형의 자그마한 상을 들고 내 쪽으로 다가와 그 상을 내려놓았다. 붉게 덧칠된 상 위에서 피어오르는 김은 내 눈과 코를 사정없이 자극했다.

"너무 곤히 자기에 그냥 내가 아침을 차려봤어."

흰 쌀밥과 된장국, 거기에 내가 얼마 전에 해놓았던 겉저리 배추김치… 음~ 비록 반찬은 얼마 없었지만 보는 것만으로도 벌써부터 마음이 풍만해지기 시작했다. 그의, 아니, 지훈이의 표정은 비록 무표정이었고 거기에 왠지 모를 싸늘함까지 느껴지기는 했으나 아예 녀석을 키우다시피 했었던 나로서는 녀석이 꽤나 부끄러워하고 있다는 것을 알아챌 수 있었다.

"지훈아……."

나는 약간 과장되게 무척이나 감동한 표정을 지었다. 그도 그런 것이 지훈이가 차려준 밥을 먹은 게 녀석이 중학교 때 몇 번 빼놓고는

제
회

정말 오래간만이었던 것이다.

중학교 때, 지금과 비슷한 상황으로 몇 번 녀석이 상을 차렸던 일이 있었지만 고등학교에 올라오고 나서는 그 일도 상당히 뜸해졌다. 그것은 녀석이 공부에 더 힘을 쏟기 시작했기에 정신적으로 여유가 없어진 탓도 있었지만 무엇보다도 녀석이 그럴 기미를 보이기 전에 철저하게 암묵적으로 방어를 했었던 나의 독단적인 행동이 더욱 컸다.

에구~ 생각해 보니 죄책감이 들기 시작했다. 이렇게 될 때까지 최근 들어서 정신없이 놀았었다고 생각하니 열심히 자신의 할 일을 다하고 있는 동생에게 형으로서 너무 면목이 없다.

"후우~ 지훈아, 최근 들어 너무 너에게 신경 쓰지 못했던 것 같구나… 정말 미……."

"어서 먹어, 식기 전에."

그래서 내가 사과의 말을 꺼내려는 순간, 지훈이는 짤막한 말로 내 말을 끊었다. 그리고는 수저를 들어 식사를 하기 시작했다. 정말 형으로서 너무 면목이 없다.

"……."

"……."

결국 식사를 마칠 때까지 우리 사이에는 단 한 마디의 대화도 오고 가지 않았다.

"형, 요즘 들어 계속 집에 늦게 들어오던데… 무슨 일 있는 거야?"

버스를 타고 가던 도중 느닷없는 지훈이의 질문에 순간 막막한 기분이 들었다. 이거 뭐라고 말해야 하나? 그동안 열심히 놀러 다녔다고는 차마 말할 수가 없고… 에고, 어떻게 하지?

　　"으, 응. 하하하! 내가 원래 조금 바쁘잖아. 하하하……."

　　"음……."

　　음… 택도 없는 변명이다. 하지만 지훈이 녀석은 낮게 수긍하는 빛을 보이더니 그대로 입을 다물었다. 물론 딱 한 마디를 남겨놓고.

　　"『피아노와 커피』에서 어제 전화 왔었어. 최근 들어 형이 안 보인다고. 연락을 하고 빠진 것이기 때문에 뭐라고 하지는 않겠지만 더 이상은 일손이 딸려서 용납을 못하겠다더군. 이렇게 되면 알바 때문에 매일같이 늦게 들어오는 것은 아니라는 이야긴데… 뭐, 알바를 제쳐 둘 만큼 중요한 일이 있다니 내가 거기까지 신경 써서는 안 되겠지만… 그래도 주인 누나가 화 많이 난 것 같더라. 조심해."

　　"그, 그래? 으윽……!"

　　화가 많이 났다니, 나의 얼굴을 떠올리며 이를 바득바득 갈고 있을 누나를 생각하니 갑자기 오한이 밀려왔다. 에구~ 오늘은 학교 끝나고 나서 성진이 녀석을 한번 찾아가 보려고 했었는데… 이거 계획을 좀 수정해야겠는걸?

　　"저기… 지훈아?"

　　"응?"

"저기… 있잖아."

"뭔데?"

아무래도 아까의 거짓말이 계속 마음에 걸렸다. 그래서 약간이라도 돌려 말을 꺼내봐야겠다고 생각하고 입을 열었으나 쉽게 말이 나오지 않았다.

세상에!

가수왕 선발 대회에 나간다는 것과 거기에 구경 오라는 말을 무슨 낯짝으로 꺼낸단 말인가!

《이번 역은 XX은행 앞, XX은행 앞입니다. 다음 역은…….》

이제 다 다음 역이다. 그전까지 어떻게 말해 봐야 하는데… 에잇! 사나이 체면에 이게 다 뭐냐! 뭐, 놀 수도 있는 거지!

"저기 지훈아, 내가 말이야……."

결국 든든히 마음먹은 나는 당당하게 말하기로 굳게 결심하고 아직도 나를 향해 의문이 가득한 눈빛을 보내고 있는 지훈이에게 말문을 열었다.

"만약, 그러니까, 아주~ 만약에 어떻게 해서 다른 사람들과 시비에 말려들었고 그것 때문에 어느 대회에서 승부를 판가름하기로 대결을 약속했는데… 정~말, 진짜, 저엉~말 재수없게도 나와 그 사람들 모두가 본선에 진출하게 되었다면… 만약 내가 그렇게 돼가지고 너보고 구경 오라고 하면… 너 올래?"

"음……."

정말 식은땀이 난다. 내 제의에 한참을 생각하는 듯하던 진영이는

316

천천히 입을 열었다.

"어디에서 하는 거야?"

"저… 그게… 이지스 패션타운이라고… 알지? 동대문에 있는 거기."

"…뭐?"

"그러니까 이지스 패션타운이라고……."

"이지스?"

갑자기 녀석의 얼굴이 굳어지기 시작했다. 아차! 그러고 보니 이녀석, 어릴 적의 그 사건 이후로 이지스 기업에 대해서라면 엄청나게 이를 갈고 있었다. 이 녀석이 지금처럼 이렇게 냉랭하게 변한 것도 따지고 보면 그 기업 때문인데…….

"하하하. 아, 안 되겠지? 그렇지?"

왠지 당황스러운 마음에 나오는 대로 그렇게 말하고 보았다. 식은 땀이 흐르는 것 같다.

"얘, 제 강지훈 아니니?"

"어머! 맞아! 강지훈이야!"

"꺄악! 어떻게 우리와 같은 버스에 탔다니? 우연이어도 너무 우연이다! 꺄악!"

"그런데… 저 옆에 있는 사람이 그 유명한 강수호라는 선배인가봐? 강지훈의 형이라는 선배."

"어머? 나도 들은 적 있어. 그런데 너무 비교된다. 형제라면서 어쩜 저렇게 틀리게 생겼니?"

"글쎄 말이야. 신비로운 은발 머리에, 짙고 긴 눈썹과 하얀 피부…
완전 꽃미남 중에 꽃미남이자, 공부면 공부, 운동이면 운동, 완전 만
능인 동생과는 달라도 너무 다르다. 특별히 잘생기지도 않았고… 그
렇다고 공부를 잘한다고 들은 것 같지는 않은데…….”

"너무 비교된다, 그치?"

"응.”

버스 안에서는 같은 해광고등학교의 교복을 입고 있는 여학생들이
우리를 흘끔흘끔 쳐다보면서 자기들 딴에는 조용히 말한답시고 조그
마한 목소리로 소곤대었지만, 실상은 누구나 다 들을 수 있을 정도의
크기로 이야기들을 나누고 있었다.

주된 이야기의 주제가 지훈이와 나의 비교였는데… 음… 만약
나 혼자 버스에 타서 나 혼자만 욕을 먹은 거라면 기분이 정말 나
빴겠지만 내 동생과 같이 있었고, 또 동생의 칭찬을 듣고 있던 터
라 기분이 나쁘기는커녕, 오히려 거짓말하지 않고 정말 좋기만 했
다.

나는 싱글거리며 지훈이의 옆구리를 툭 쳤다. 그러나 지훈이는 역
시 지훈이. 녀석은 방금 전보다 한층 더 싸늘해진 표정으로 잠시 나
를 쳐다보더니 천천히 고개를 돌려 다시 그 여학생들을 쳐다보았다.
그녀들은 그 유명한 강지훈이 자신들을 쳐다본다며 얼굴을 붉히면서
소란을 떨어댔다.

지훈이는 그녀들에게 천천히 걸음을 옮기기 시작했다. 그러자
그녀들은 지훈이가 자신에게 다가온다며 어쩔 줄을 모르고 부끄러

운 듯 고개를 푸욱 숙였다. 혹여 자신들에게 상냥한 말투로 말이라도 걸어줄까, 아니면 부드러운 목소리로 인사라도 해줄까, 여하튼 그러한 종류의 상상에 푹 젖으며 뭔가 큰 기대를 하고 있는 듯 보였다.

그러나… 쯧쯧. 잘못 걸렸어.

"너희들……."

"으, 응? 왜 그래, 지훈아?"

"왜 그래? 뭐 할 말이라도 있어?"

"아이참~"

후에 닥쳐올 냉기덩어리들을 예상하지 못한 채 그녀들은 애써 좋아하는 기색을 숨기며 무슨 일로 말을 거냐는 듯 도도한 표정들을 짓고 답문하려는 자세를 취했다. 그 여학생들을 부르고 잠시 침묵을 지키고 있던 지훈이는, 그녀들 중 얇은 은색의 테 안경에 짧은 커트 머리를 하고 있는 가운데 여학생의 어깨에 손을 올리고는 힘을 주어 꽉 움켜쥐기 시작했다.

"공공 장소에서 시끄럽게 떠들든, 어린 계집 주제에 담배를 피든, 다 용서할 수 있겠는데 적어도 내 앞에서는……."

꽈악!

"아야!"

지훈이는 얼굴을 찡그리며 무서운 표정을 지었다. 원체 표정과 분위기가 냉랭하고 삭막한 녀석이어서 그런지, 녀석이 인상을 찌푸리니 무서움도 색다른 무서움으로 다가왔다.

재
희

지훈이에게 어깨를 잡힌 여학생은 외모와는 달리 꽤나 힘이 센 지훈이의 압력에 얼굴을 찡그리며 고통에 찬 비명을 질렀지만 지훈이는 그에 아랑곳 않고 눈빛을 번뜩이며 말했다.

"우리 형 욕만은 절대 하지 마. 내가 제일 싫어하는 게 바로 그거야. 알았어?"

"아, 알았어. 알았으니 이것 좀……."

"조심해."

지훈이는 손을 떼고는 다시 무표정한 얼굴로 내게 다가왔다.

"너무 심한 것 아냐?"

왠지 학교에서의 입지가 염려되어 녀석에게 슬쩍 걱정스럽게 운을 띄워봤지만 지훈이는 별것 아니다 라는 표정을 지으며 말했다.

"아니, 저렇게 해둬야 다음부터는 입조심을 하게 돼. 그리고 형도 그래. 남이 형 욕하는데 형은 좋다고 웃고만 있어? 응? 아무리 성격이 좋아도 그래도 그렇지… 후우~"

아무래도 상당히 화가 난 듯 보였다. 녀석의 마음은 다 알지만… 그래도 어쩔 수 없는 일이다. 지훈이가 남에게서 그렇게 좋은 평가를 듣는 것만큼 기분 좋은 일도 없는데 나보고 뭘 어쩌란 말인가!

"괜찮아. 난 신경 쓰지 마. 너만 잘하면 되는 거야."

"…후, 형은 정말……. 그래, 그건 그렇고… 이지스 패션타운이라고?"

"아, 응. 이지스 패션타운에서 가수왕 선발 대회라는 것을 하는데… 만약 내가 그곳의 예선전에 출전했다가 운이 좋아서 본선 무대에 진출하게 됐다고 치면… 어떻게 할 거야? 올 거야?"

"음… 언제 해?"

"이번 주!"

나는 나도 모르게 다급히 대답하고는 지훈이의 대답을 기다렸다.

"몇 시?"

"저녁 7시 30분까지야. 나랑 같이 가도 좋고!"

"후우, 좋아. 알았어."

"좋았어!"

나는 그렇게 말하고는 결국 내 마음속에서부터 피어오르는 기쁨과 흥분을 주체할 수 없어 그만 싱글벙글 웃음을 지어 보였다. 아, 왠지 후련하고 뿌듯한 기분이다.

지훈이가 구경 온다니… 이거 정말 기대되는걸? 역시 말 꺼내기를 잘했어!

내가 그렇게 들떠 있으며 한참을 웃고 있을 때 지훈이는 살짝 한숨을 내쉬며 나에게도 간신히 들릴 정도의 어조로 입을 열었다.

"후우… 그냥 자기가 출전하니 구경 오라고 하면 누가 뭐라고 하나? 뭘 그렇게 빙빙 돌려서 말하는지… 하여간."

마지막 말에는 허탈한 심정 또한 담겨 있는 것 같았다.

뭐, 상관없지. 온다는 게 중요한걸?

"룰루~"

내가 그렇게 휘파람을 불며 한참을 들떠 있는 동안 어느새 버스는 학교 앞 정류장을 향하여 열심히 내달리고 있었다.

띵~동~댕~동!

"차렷! 경례!"

"안녕히 계세요!"

오늘도 학교에서의 하루는 별탈없이 끝났다. 말 그대로 별탈없었고, 또한 별일도 없었다. 언제나 정해져 있는 똑같은 시간표에, 똑같은 생활… 그리고 끝.

분명 기계와도 같은 너무나 단조롭고 변함없는 생활이라며 일부 생각이 트여 있다 외치는 학생들은 그렇게 불평 불만들을 토로했지만 역시 주말은 특별한 날. 그들 모두 독서실로, 또는 오늘 하루 새워두었던 각자의 스케줄에 따라 즐겁게 걸음을 옮기고 있을 것이다.

6교시. 오늘의 학교 생활 끝!

대체적으로 거의 모든 중·고등학교들이 이러한 표어를 너무 당연하게 생각하고 있겠지만 극히 일부의 몇 군데만은 전혀 그렇지가 못했다. 대한민국 최고의 엘리트들이 모여 있는 곳, 그 이름 서울종합예술고등학교.

현재 한국에 존재하는 모든 고등학교 중에서 최고의 시설과 설비, 그리고 교사진들을 갖추고 있는 학교를 말하라면, 그 대상이 초등학교에 다니는 철없는 학생이라 할지라도 주저없이 서울종합예술고등학교, 이 이름을 외쳐 댈 것이다.

마치 유럽의 대학을 연상시키는 흰색 계열의 크고 작은 중세풍 건물들과 고등학교라고는 도저히 믿을 수 없는 넓고 푸른 잔디밭… 그리고 여러 종류의 크고 작은 나무들.

이 학교를 한 번이라도 와본 이들이라면 하나같이 입 모아 말한다. 자유스러움의 상징인 캠퍼스가 대학만의 전유물로 인식되어졌던 시절은 오래전에 지나갔다고……

그만큼 이 학교는 적게는 대한민국의 중·고등학생들에게, 더 나아가서는 학교라는 단어를 지난 세월들을 되돌이켜 보고, 또 짙은 미소와 향수를 불러일으키는 인생의 가장 소중한 재산으로 여기고 있는 기성 세대들에게는 부러움과 선망의 대상이요, 시기의 대상이기까지 여러모로 의미 깊고 대단하다 말할 수 있는 곳이었다.

11월 말이면 귀가 꽁꽁 얼어버릴 정도로 추운 겨울철이었지만 근 3일 동안은 무슨 조화인지 봄을 무색케 하는 맑고 따뜻한 날씨가 계속되었다. 때문에 따사로운 햇살과 푸른 창공 아래에서 힘껏 싱그러움을 발하고 있는 캠퍼스 내의 푸른 잔디들과 꽃들, 그리고 나무들은 처음 보는 이들로 하여금 마치 창세 이후의 에덴 동산이 지금도 존재한다면 바로 이 모습일까? 하는 의문감을 안겨주기에 충분할 정도였다.

또한 학창 시절에 보았었던 중세 시대 영화 속에나 나오는 듯한 학교 건물들은 색 다른 이질감과 분위기들을 안겨주고 있다. 그야말로 유토피아!

　다만 문제라면 보통 학교들이 그렇듯 교과 과목들을 6교시 외에 특기 활동이라는 명목으로 전공 과목을 교습받거나 또는 실습을 하는 시간들이 별 외로 마련되어 있다는 것이었다.

　생각해 보라. 6교시 동안 지루함과 졸음 가운데서 치열한 사투를 벌이고 난 뒤, 또 자신들의 전공 과목 교습을 3교시나, 많은 5교시 남짓을 더 받아야 한다는 것을.

　때문에 많은 이들이 이 학교를 부러워하면서도 또 한편으로는 생각만 해도 끔찍하다며 고개를 젓는 제 일 순위의 학교가 바로 이곳이다.

　그것은 오늘이 바로 일주일에 단 세 번밖에 없는 특기 활동 시간이 끼어 있는 월·수·목요일 중 바로 월요일인 탓에 그러했다.

　다른 중·고등학교의 학생들은 6교시의 수업을 마치고 친구들과 시시덕거리며 들떠 있는 기분으로 오늘 하루를 어떻게 보낼까 고민하고 있을 이때에, 이 예술고등학교의 학생들은 아마 각자 자신들의 전공 과목을 담당하고 있는 학교의 선생님이나 특별히 초청한 명망 높은 교수님들의 악마의 유혹으로만 느껴지는 수면의 충동과 맞서싸우느라 지금쯤 파김치가 되어 있을 터였다.

　8·90년 때 학창 시절을 보냈었던 지금의 기성 세대들이 한 번쯤 생각해 보았었던 그 꿈의 세계, 동시에 생각으로만 떠올리며 설마 그럴 리 없다면서 입가에 한 번쯤은 허탈한 미소를 떠올렸을 법한 지독한 두뇌·정신 노가다가 함께하는 환상의 학교 생활.

그것은 2024년 오늘, 대한민국의 정부와 그 나라에 사는 모든 시민들이 공인한 최고 엘리트 고등학교, 바로 서울종합예술고등학교에서 펼쳐지고 있었다.

[2권으로 이어집니다]

상대를 한눈에 꿰뚫는다!!

■ 한눈에 상대방의 심리를 꿰뚫어 보는 법
캄바 와타루 지음 / 김진수 옮김 | 값 8,000원

궁금하지 않나요?
상대가 어떤 사람인지, 나를 어떻게 생각하는지.

알고 싶지 않나요?
자신의 행동이 타인에게 어떻게 비치는지.

바라지 않나요?
보다 예쁘게, 좀더 멋지게, 한층 더 의미 있게,
상대에게 다가가기를.

**사소한 말과 동작에 나타나는 상대의 복잡한 심리!
간단히 파악하고 절묘하게 이용하여 처세의 달인이 되자!**

도서출판 **청어람** ● www.chungeoram.com ● TEL : 032-656-4452/54 ● FAX : 032-656-4453 ● Email : eoram99@chol.com